10
18

12, AVENUE D'ITALIE. PARIS XIIIe

Sur l'auteur

Kerry Greenwood est née à Melbourne, en Australie, où elle vit toujours. Elle est l'auteur d'une vingtaine de romans – dont la série des aventures de Phryne Fisher, commencée en 1989 avec *Cocaïne et tralala*, et qui compte aujourd'hui quinze tomes –, de plusieurs pièces de théâtre et d'un essai.

Kerry Greenwood est avocate à la Commission d'aide juridique de Melbourne.

Site officiel de l'auteur : www.phrynefisher.com

KERRY GREENWOOD

COCAÏNE ET TRALALA

Traduit de l'américain
par Christine BARBASTE

INÉDIT

10/18

« Grands Détectives »

dirigé par Jean-Claude Zylberstein

Du même auteur
aux Éditions 10/18

► COCAÏNE ET TRALALA, n° 3905
TRAFIC DE HAUT VOL, n° 3906

Titre original :
Cocaine Blues

ISBN-2-264-04295-8

À mon père et à ma mère

1

[Il] ira, pareil au centre d'une pompe glauque
[…] sur son irrésistible trajectoire.

Wallace STEVENS,
Le nu chétif part pour un voyage de printemps

La vitre de la porte-fenêtre vola en éclats. Un concert de cris s'éleva parmi les invités, mais le hurlement strident de Mme Saint-Clair, la femme de l'ambassadeur, domina l'émoi général.

— *Ciel ! Mes bijoux** !

Sans se départir de son calme, Phryne Fisher chercha à tâtons un briquet. Jusque-là, la soirée avait été plutôt fastidieuse. Grâce à l'application apportée aux préparatifs de cette réception censée être le clou du calendrier mondain de l'année, le dîner s'était avéré un chef-d'œuvre culinaire – à l'inverse de la conversation qui, elle, s'était révélée un puits d'ennui sans fond. Phryne s'était trouvée placée entre un colonel des Indes à la retraite et un amateur de cricket. Si le colonel s'était borné à quelques commentaires choisis concernant les mets, Bobby, qui connaissait par cœur

* Les mots et expressions en italique suivis d'un astérisque sont en français dans le texte. *(N.d.T.)*

les scores de tous les matches – toutes nations confondues – des deux dernières années, ne s'était pas privé de faire étalage de sa science. Ensuite, les lumières s'étaient éteintes d'un coup, et la vitre avait volé en éclats. N'importe quel incident susceptible d'interrompre le récit des matches du Wisden of the Country House était le bienvenu, songea Phryne en mettant enfin la main sur son briquet.

La scène que révéla la lueur vacillante de la flamme était pour le moins confuse. Les jeunes femmes qui d'ordinaire étaient promptes à donner de la voix ne s'en privaient pas, comme il se doit. Quant au père de Phryne, il barétait contre son épouse. Cela était également dans l'ordre des choses. Plusieurs messieurs avaient frotté des allumettes, et l'un d'eux avait sonné. Phryne gagna le vestibule, où elle trouva la porte du tableau électrique ouverte. Elle abaissa la manette marquée « Général » et un flot de lumière ramena tous les invités à leurs sens… à l'exception, toutefois, de ceux qui étaient les plus imbibés de gin. Et lorsque Mme Saint-Clair, une main théâtralement agrippée à son cou, découvrit que sa parure – dont certaines pierres, à ce qu'on racontait, provenaient du collier de la tsarine – avait disparu, ses cris surpassèrent tous les efforts précédents.

Témoignant d'une compréhension de la situation étonnamment vive, Bobby lâcha dans un hoquet de surprise :

— Mince alors ! Elle a été dévalisée !

Phryne s'éclipsa de la confusion générale et sortit sur la terrasse, afin d'examiner le sol devant la vitre brisée. De là, elle entendit Bobby hasarder avec ingénuité :

— Il a dû casser cette vitre qui date de Mathusalem, entrer en trombe et rafler le butin ! Culotté, hein ?

Phryne serra les dents. Son orteil heurta une balle ; elle la ramassa… une balle de cricket. Elle écrasait sous ses semelles des débris de verre, qui pour la plupart, remarqua-t-elle, se trouvaient à l'extérieur. Elle intercepta un aide-jardinier qui passait par là et lui ordonna d'apporter une échelle dans la salle de bal.

Lorsqu'elle rejoignit la compagnie, elle prit son père à l'écart.

— Ah, ne viens pas m'embêter, ma fille ! Il faut que je fouille tout le monde. Que va penser le duc ?

— Père, chuchota-t-elle, si vous vouliez bien attirer ce jeune Bobby à l'écart, je pourrais vous épargner de l'embarras.

Son père, qui avait toujours eu le teint vif, vira au prune foncé.

— Que veux-tu dire ? C'est un garçon de bonne famille. Ils descendent de Guillaume le Conquérant.

— Ne soyez pas déraisonnable, Père. Je vous dis que c'est lui le coupable, et si vous ne le prenez pas à part discrètement, le duc en sera fâché. Allez donc le chercher, lui et cet assommant colonel. Il nous servira de témoin.

Le père de Phryne fit ce qu'on lui demandait, et les deux gentlemen escortèrent Bobby dans la salle de jeu.

— Mais enfin ! De quoi s'agit-il ? protesta le jeune homme.

Phryne le fixa d'un regard pénétrant.

— Bobby, vous avez cassé la vitre, et dérobé le collier. Voulez-vous passer aux aveux, ou bien dois-je vous expliquer comment vous avez procédé ?

— J'ignore de quoi vous parlez, bluffa-t-il, tout en pâlissant à la vue de la balle que lui montrait Phryne.

— J'ai découvert ceci, sur la terrasse. L'essentiel du verre brisé se trouvait également à l'extérieur. Vous avez coupé le courant et lancé cette balle contre la vitre pour produire ce choc très théâtral. Ensuite, vous avez retiré le collier du cou de Mme de Saint-Clair... qui, il faut le reconnaître, était paré plus que de raison.

Le jeune homme sourit. C'était un grand gaillard, avec des cheveux châtains bouclés et des yeux bruns qui n'étaient pas sans rappeler ceux d'une vache de Jersey. Il avait du charme, et ne se privait pas d'en faire usage, mais Phryne demeura de marbre. Bobby écarta les bras.

— Si c'est moi qui l'ai fauché, je l'ai forcément sur moi. Je n'aurais pas eu le temps de le cacher. Fouillez-moi.

— Inutile, rétorqua sèchement Phryne. Suivez-moi plutôt dans la salle de bal.

Les trois hommes lui emboîtèrent docilement le pas. L'aide-jardinier dressa l'échelle. Phryne y grimpa avec témérité, et offrit ce faisant – comme le lui ferait remarquer plus tard sa mère – une vue imprenable sur ses jarretières diamantées. Elle plongea la main à l'intérieur du lustre, redescendit sans incident et présenta sa trouvaille à Mme Saint-Clair, qui cessa de crier aussi brusquement que si on lui avait fermé les vannes.

— Est-ce à vous ? s'enquit Phryne.

Bobby lâcha un petit grognement et battit en retraite dans le salon de jeu.

— Par Jupiter, voilà une découverte astucieuse ! s'enthousiasma le colonel après que Bobby, disgracié, eut été autorisé à quitter les lieux. Vous avez l'esprit sacrément vif. Mes compliments ! Accepteriez-vous de nous rendre visite, à mon épouse et à moi-même, demain ? Il s'agit d'une affaire privée. Seigneur ! Vous pourriez justement être la jeune fille que nous cherchons.

Le colonel était bien trop solidement marié et par trop bardé de distinctions militaires pour menacer la vertu de Phryne… ou ce qu'il en restait. Elle accepta donc, et se présenta le lendemain à Mandalay, la retraite bucolique du colonel, aux alentours de l'heure à laquelle il est coutume pour les Anglais de boire le thé.

— Miss Fisher ! s'exclama l'épouse du colonel avec un empressement excessif dont elle n'était guère coutumière. Entrez donc, je vous prie ! Le colonel m'a raconté avec quelle présence d'esprit vous avez confondu ce jeune homme… je m'en suis toujours méfiée, il me rappelait ces officiers subalternes dans le Punjab, ceux qui détournaient les fonds du mess…

Phryne fut invitée à entrer. Cet accueil, hors de proportion avec ses mérites, éveilla immédiatement sa suspicion. Elle se souvenait encore de la dernière fois où on lui avait léché les bottes avec cette exaltation un peu fofolle : une famille d'aristocrates avait cru pouvoir lui refourguer son effroyable gigolo de fils, sous prétexte qu'elle avait couché une fois ou deux avec lui. Son refus d'épouser le bon à rien en question avait donné lieu à une scène digne des mélodrames du début de l'époque victorienne. « Deviendrais-je cynique ? » s'inquiéta Phryne en prenant place devant une table en ébène.

Elle accepta une tasse d'excellent thé. Le salon était rempli à craquer de divinités indiennes en cuivre, de malles sculptées et marquetées, et de tapisseries luxuriantes. Phryne s'obligea à détourner les yeux d'une Kali particulièrement bien dotée par la nature qui dansait sur des morts, un chargement de têtes décapitées dans chaque main, et s'efforça de se concentrer. Le colonel n'y alla pas par quatre chemins.

— Il s'agit de notre fille, Lydia. Nous sommes inquiets à son sujet. Elle s'est acoquinée avec une drôle de bande, à Paris, voyez-vous, et elle a mené une vie de bâton de chaise. Mais c'est une bonne petite ; elle a la tête sur les épaules, et lorsqu'elle a épousé cet Australien, nous étions convaincus que tout était pour le mieux. Elle semblait plutôt heureuse. Toutefois, lorsqu'elle est revenue nous voir, l'an passé, elle était effroyablement pâle et mince. Vous aimez bien ça, mesdames, de nos jours, hein ? Mais n'avoir que la peau sur les os, ça ne peut pas être bon… Mmmm, marmotta le colonel, décontenancé par le regard de quarante volts que lui décocha son épouse. Mm… bref, au bout de trois semaines, elle était requinquée. Elle est partie passer quelque temps à Paris, puis nous l'avons réexpédiée à Melbourne aussi guillerette qu'un chiot. Mais sitôt de retour là-bas, elle est retombée malade. Et c'est là le point intéressant, Miss Fisher : elle est allée en cure dans une station thermale, et elle s'est rétablie… mais sitôt revenue chez son mari, elle est à nouveau retombée malade. Et je pense…

— Et je partage son avis, ajouta Mrs. Harper avec gravité. Il se passe des choses foutrement curieuses – je vous prie de m'excuser, ma chère – et nous aimerions qu'une jeune fille digne de confiance découvre ce qui se trame.

— Vous pensez que son mari est en train de l'empoisonner ?

Si le colonel marqua une hésitation, son épouse, elle, demanda placidement :

— À votre avis ?

Phryne devait admettre que le cycle de la maladie était de nature à éveiller la suspicion et, justement, elle se trouvait plutôt désœuvrée. Rester chez son père à composer des bouquets ne lui disait trop rien. Elle s'était frottée au travail social, mais s'était lassée des ragoûts, des prostituées et de la famine de Londres… sans compter que la compagnie des dames de charité ne valait rien à son caractère. Elle avait souvent pensé repartir en Australie, où elle était née dans une extrême indigence, et là se présentait une formidable opportunité de différer pendant six bons mois toute décision concernant son avenir.

— Très bien, je vais y aller. Mais je voyagerai à mes frais, et ferai mon rapport à mon rythme. Ne me harcelez pas de câbles effrénés, sinon, nous en resterons là. Je me débrouillerai toute seule pour lier connaissance avec Lydia, et vous ne parlerez de moi dans aucune de vos lettres. Je descendrai au *Windsor*.

Phryne frissonna en prononçant ce mot. La dernière fois qu'elle était passée devant ce palace, c'était dans l'aube froide, chargée de vieux légumes glanés dans les rebuts du Victoria Market.

— Vous pourrez me joindre là-bas, si c'est important. Pourriez-vous m'indiquer le nom d'épouse de Lydia, et son adresse ? Et dites-moi, de quoi hériterait son mari, si elle venait à disparaître ?

— Son mari s'appelle Andrews, et voici son adresse. Si elle disparaît avant lui sans descendance, il hérite de cinquante mille livres.

— A-t-elle des enfants ?

— Pas encore. Peut-être aimeriez-vous jeter un coup d'œil à ceci, ajouta le colonel en déposant un paquet de lettres sur la table. Ce sont les lettres de Lydia. Vous allez voir qu'elle ne manque pas de jugeote, et maligne, avec ça, pour tout ce qui concerne les questions d'argent. Mais elle est entichée de cet Andrews, renifla-t-il.

Phryne ouvrit la première lettre et commença à lire.

C'était une correspondance captivante. Les lettres étaient dépourvues de qualités littéraires, mais cette Lydia semblait être un drôle d'oiseau. Après une dissertation sur les actions pétrolières qui n'aurait pas déparé sous la plume d'un comptable, elle s'abandonnait, à propos de son mari, à une sentimentalité mielleuse, à la limite du supportable. *Mon chat de gouttière a réprimandé sa souris avec sévérité car hier soir, au souper, elle a dansé avec un beau félin*, lut Phryne avec une nausée grandissante. *Et il n'a pas fallu moins de deux heures de cajoleries pour qu'il redevienne mon gentil chaton.*

Tandis que leur invitée s'absorbait dans la lecture de cette correspondance, la colonelle ne cessait de remplir sa tasse, si bien qu'au bout d'une heure Phryne se retrouva imbibée de thé et de sentimentalisme. Une fois Lydia arrivée à Melbourne, le ton des lettres devenait geignard. *Johnnie va à son club et laisse sa pauvre petite souris se languir dans sa maison de souris... J'étais malade comme une bête, mais Johnnie m'a dit que j'avais trop mangé et il est sorti dîner. Une rumeur dit que les mines d'or péruviennes vont reprendre leur activité. Ne placez pas d'argent là-dedans. Leur directeur achète sa seconde automobile... J'espère que vous avez suivi mon conseil en ce qui concerne la propriété des Shallows. La parcelle jouxte le droit de passage d'une église et par conséquent ne peut pas avoir de vis-à-vis. Sa valeur aura doublé dans vingt ans... J'ai transféré une partie de mon capital à la Lloyd's, où le taux d'intérêt est d'un demi pour cent supérieur... J'essaie des bains et des massages chez Mme Breda, de Russell Street. Je suis très malade mais Johnnie ne fait que se moquer de moi.*

Curieux... Phryne recopia l'adresse de Mme Breda, sur Russell Street, et prit congé avant qu'on eût pu lui offrir une autre tasse de thé.

2

Nous vivons dans un ancien chaos du soleil,
Ou une ancienne sujétion du jour et de la nuit,
Ou une solitude d'île, sans tuteurs, libres,
Dans cette eau immense, inéluctable.

Wallace STEVENS, *Dimanche matin*

Accoudée au bastingage, Phryne pistait le premier rai de soleil qui surgirait à l'horizon tout en écoutant les cris des mouettes annonciateurs du rivage. Elle avait enfilé son déshabillé et se félicitait qu'il n'y eût personne sur le pont pour s'émouvoir de son spectaculaire motif oriental vert et or – mieux valait effectivement ne pas le montrer à l'improviste à des gens dont la santé ou les nerfs étaient fragiles. Il était cinq heures du matin.

Une faible lueur commença à poindre à l'horizon ; Phryne attendait le rayon vert, qu'elle n'avait jamais vu. Elle sortit de sa poche une cigarette, son fume-cigarette et une allumette. Elle alluma la cigarette et jeta l'allumette par-dessus bord. Aveuglée par la flamme, elle cligna des yeux et lissa son casque de cheveux noirs.

« Qu'ai-je envie de faire ? se demanda-t-elle. Jusque-là, ma vie n'a pas manqué d'intérêt, mais je ne peux pas continuer éternellement à me disperser. Je pourrais sans doute essayer de battre le record aérien avec le nouvel Avro… ou bien rejoindre Miss May Cunliffe dans les épreuves sur route de la nouvelle Lagonda… ou apprendre l'abyssinien… ou me mettre à boire du gin… ou encore élever des chevaux… Je ne sais pas, tout cela paraît bien fade… Bon, résolut-elle, je vais jouer de mon mieux à la détective à Melbourne – cela devrait me donner assez de fil à retordre – et peut-être une idée se présentera-t-elle spontanément. Sinon, il sera toujours temps de rejoindre la saison de ski. Ce qui pourrait s'avérer amusant, après tout. »

À cet instant apparut un unique éclair vert chlorophylle, puis le ciel se colora d'or et de rose. Phryne souffla un baiser au soleil levant et regagna sa cabine.

Encore vêtue de son déshabillé, elle grignota un toast en contemplant sa garde-robe étalée, tel un pique-nique, sur toutes les surfaces planes de la cabine. Elle se servit une tasse de thé de Chine et passa en revue ses tenues d'un œil critique.

Les prévisions météorologiques promettaient un ciel dégagé et une température clémente. Phryne faillit se laisser tenter par un ensemble Chanel en jersey de soie beige, puis hésita devant un manteau et une jupe plutôt audacieux en drap de laine rouge vif, et arrêta finalement son choix sur un ravissant costume marin rehaussé d'un col en piqué et de passepoils blancs. Avec sa bonne quinzaine de centimètres de plissé qui partait des hanches, il ne pouvait rien avoir de choquant, même au vu des critères paroissiaux de Melbourne.

Elle enfila une combinaison-culotte, des bas de soie retenus par une jarretière au-dessus du genou et des souliers bleu marine à talon bobine. Elle étudia son visage dans le miroir de la cabine tout en brossant avec énergie son casque de cheveux de jais brillants, irréprochablement raides et coupés court sur la nuque et le front. Elle se coiffa d'un chapeau cloche mou bleu marine, et avec une dextérité qui devait tout à une longue pratique, elle dessina ses sourcils, souligna ses yeux vert-gris d'un fin trait de khôl, ajouta une touche de rouge et un nuage de poudre.

Elle se servait sa dernière tasse de thé quand un coup frappé à la porte la fit replonger dans les plis de son déshabillé.

— Entrez !

S'agissait-il d'une nouvelle visite du commandant, qui se consumait pour elle d'un amour désespéré – combustion qui, Phryne n'en doutait pas, s'éteindrait dans les dix minutes qui suivraient l'accostage de l'*Orient* ?

La réponse la rassura.

— C'est Elizabeth !

Phryne ouvrit la porte ; le Dr MacMillan entra et prit place sur le fauteuil le plus confortable de la luxueuse cabine, le seul à ne pas crouler sous les vêtements.

— Nous serons à quai dans trois heures, ma petite... à en croire les dires de ce jeune commissaire de bord maniéré. Vous ne finissez pas ces toasts ? Cette enquiquineuse, dans l'entrepont, nous a sorti son marmot à trois heures ce matin... à croire que les bébés exigent de naître aux heures les plus indues et de préférence pendant un orage... il y a chez les bébés quelque chose qui me semble lié aux forces élémentaires.

Phryne lui tendit le plateau – sur lequel trônait une assiette d'œufs au bacon intacte et plus de toasts qu'elle n'aurait pu en manger après une longue journée de famine – et regarda sa visiteuse avec affection.

Le Dr MacMillan avait au moins quarante-cinq ans ; compte tenu de son extraordinaire détermination à marcher dans les pas du Dr Garrett Anderson[1], elle avait bataillé, comme elle, pour devenir médecin, et n'avait eu de temps à consacrer à rien d'autre. Aussi costaude et forte qu'un travailleur manuel, elle en avait le teint bistre, les mains rêches et calleuses. Ses cheveux poivre et sel étaient coupés impitoyablement court, comme ceux d'un collégien anglais. Par commodité, elle portait des vêtements masculins, qui lui conféraient une beauté assez brute.

— Montons sur le pont admirer le port, proposa-t-elle.

Phryne enfila son costume marin et la suivit. Accoudée au bastingage, elle observa Melbourne apparaître tandis que l'*Orient* fendait les lames à une allure soutenue, avant de bifurquer vers l'embouchure du fleuve et Station Pier.

La ville était en vue et le drapeau qui flottait sur Government House annonçait la présence dans les lieux du gouverneur. Phryne s'étonna de découvrir une ville bien plus étendue que dans son souvenir, mais il fallait reconnaître qu'elle n'avait guère été en mesure de l'observer lorsqu'elle en était partie, cramponnée au bastingage d'un bateau.

— La ville me semble grande. Et belle, remarqua le Dr MacMillan en lançant le mégot de son cigare pardessus bord. De la bonne pierre solide, des flèches…

— À quoi vous attendiez-vous ? Des clayonnages enduits de torchis ? Enfin, Elizabeth, ce ne sont pas

1. Elizabeth Garrett Anderson (1836-1917) : une des premières femmes à avoir exercé la profession de médecin en Angleterre, à Londres. *(N.d.T.)*

des sauvages ! Vous verrez, ce n'est pas sans ressembler à Édimbourg. En plus paisible, peut-être.

— Parfait, ça me changera. Avez-vous bouclé vos malles, Phryne ?

Phryne sourit en songeant aux trois malles-cabines, aux deux valises, au grand sac et au sac à main qui se trouvaient dans sa cabine, et aux sept grosses malles qui voyageaient en soute – à n'en pas douter sous un troupeau de moutons. Ses importations téméraires dans son pays natal comprenaient un petit revolver de dame et sa boîte de balles, plus certains accessoires du Dr Stopes[1], enveloppés dans ses sous-vêtements et placés sous un paquet ouvert de Ladies Traveling Necessities – histoire de décourager tout douanier trop zélé.

Accoudées au bastingage dans un silence complice, les deux femmes observèrent la ville approcher. Dans la brochure de sa cabine, Phryne avait appris que Melbourne était une cité moderne. La majeure partie de la ville était équipée d'égouts et d'eau courante ainsi que, dans certains quartiers, d'électricité ; elle était desservie par un réseau de transports publics constitués d'autobus et de trams. L'industrie y était en plein essor, et le nombre des véhicules motorisés – automobiles, camions et motocyclettes – y dépassait celui des transports à cheval, à raison de trente pour un. La plupart des rues étaient goudronnées, et la ville s'enorgueillissait de posséder une université, plusieurs hôpitaux, un terrain de cricket, l'Athenaeum Club et une galerie marchande, la Royal Arcade. On recommandait vivement aux visiteurs d'assister aux courses Flemington, ou aux matches de football. (Collingwood était arrivé l'année précédente

1. Marie Stopes (1880-1958) : médecin londonien, célèbre pour son guide de la contraception (1919). En 1921, elle ouvrit la première clinique de planning familial à Londres. *(N.d.T.)*

en championnat de première division, notifiait le fascicule, à l'immense perplexité de Phryne.) Les dames étaient assurées d'apprécier une promenade à Block Arcade, le haut lieu de la mode à Melbourne, et ne manqueraient pas d'admirer l'intéressant ajout de Walter Burley Griffin[1] à Collins House. Aux passagers de première classe, on recommandait de descendre au *Menzies*, au *Scott* ou au *Windsor*. Phryne se demanda quel lieu de séjour on conseillait aux passagers de troisième classe.

– *Elevator House*, sans doute, songea-t-elle. On peut toujours compter sur l'Armée du Salut.

— Hein ? Oh, oui, des gens formidables ! approuva distraitement le Dr MacMillan.

Phryne s'aperçut qu'elle avait pensé à voix haute. Aurait-elle eu coutume de rougir, elle aurait rougi, mais comme cela n'était pas dans ses habitudes, la question s'en trouva réglée.

Franchir les douanes demanda un moindre déploiement de charme que Phryne ne l'avait craint et, en l'espace d'une heure, sa montagne de bagages et elle attendaient un taxi sur le trottoir. Elizabeth MacMillan, bien moins encombrée avec seulement une sacoche de vêtements et une caisse de livres, leva vigoureusement la main. Une auto fit une embardée et vint se ranger devant elles, en freinant brutalement.

Le chauffeur descendit et contempla la pile d'attirail.

— Vous faut un autre taxi, conclut-il laconiquement.

Il héla énergiquement un camarade, Cec, qui flemmardait de l'autre côté de la rue contre un mur. Cec s'éclipsa avec une célérité que rien, dans son attitude

1. Walter Burley Griffin (1876-1937) : architecte américain, surtout célèbre pour avoir conçu le plan de Canberra. *(N.d.T.)*

nonchalante, n'aurait laissé prévoir, et revint au volant d'une camionnette qui n'était pas de prime jeunesse et qui, à en croire l'inscription « Cox's Orange Pippin » qui barrait ses flancs, avait autrefois appartenu à un épicier.

« Voilà donc à quoi ressemblent les autochtones », pensa Phryne.

Cec était un jeune type efflanqué, grand, blond aux yeux marron, et férocement taciturne. L'autre chauffeur, qui apparemment se prénommait Bert, était petit, noiraud et plus vieux. Les deux étaient étonnamment séduisants. « On appelle ça la "vigueur hybride", me semble-t-il », songea Phryne.

— Chargez ! commanda Bert aux trois porteurs, qui s'exécutèrent.

Phryne observa, émerveillée, l'agilité avec laquelle le chauffeur faisait rouler sa cigarette d'un coin à l'autre de sa lèvre inférieure. Elle distribua de généreux pourboires et prit place dans le taxi qui, dans un cahot, s'élança en direction du centre-ville.

C'était une belle et douce journée d'automne. Ils quittèrent le quai dans un nuage de fumée et un rugissement de moteur, et tandis que le chauffeur abordait une série de virages à une vitesse alarmante, Phryne se défit de son manteau en moire et alluma une cigarette.

Bert observait Phryne avec autant d'intérêt détaché qu'elle l'examinait. En même temps, il gardait un œil sur la circulation et la camionnette d'épicier de Cec qui les suivait. « Reverrai-je un jour mes luxueux bagages ? » se demanda Phryne.

— Où va-t-on d'abord ? cria Bert.

— Au Queen Victoria Hospital. Ensuite, au *Windsor* ! s'époumona Phryne pour couvrir le bruit du moteur. Et nous ne sommes pas particulièrement pressées.

— Des infirmières, hein ? demanda Bert.

Le Dr MacMillan prit l'air résigné.

— Non, voici le Dr MacMillan, d'Écosse. Quant à moi, je suis juste ici en visite.

— Vous séjournez au *Windsor*, miss ? demanda Bert.

Il détacha sa cigarette bringuebalante de ses lèvres et la jeta par la vitre – tout aussi branlante – du taxi.

— Une aristo, pas vrai ? Le jour viendra où le travailleur se retournera contre ses oppresseurs et rompra les chaînes du Capital et…

— Et ce jour-là, le *Windsor* n'existera plus, acheva Phryne.

Bert parut contrarié. Il lâcha le volant et tourna la tête pour faire des remontrances à la jeune capitaliste.

— Non, miss, vous ne comprenez pas, protesta-t-il.

D'un énergique mouvement de volant, il leur évita de justesse la mort en s'éloignant en dérapage contrôlé d'un camion.

— Le jour où la révolution viendra, nous habiterons tous au *Windsor*.

— Ça m'a l'air d'être une excellente idée, approuva Phryne.

— J'ai vu assez d'horreurs pendant la guerre, renifla Elizabeth MacMillan. Les révolutions sont synonymes de sang et de mort. Et elles privent de toit les populations innocentes.

— La guerre est un complot du Capital pour obliger les travailleurs à se battre au nom de la sécurité économique, énonça sentencieusement le chauffeur. Voilà ce que c'est, la guerre.

— Est-ce que Cec nous suit toujours ? s'enquit Phryne en cherchant à distraire l'attention de ce communiste fervent.

— Ouais, fit Bert. Cec est bon conducteur. Mais pas aussi bon que moi.

Tandis qu'ils filaient à toute vitesse, la ville derrière eux se nimbait d'un nuage de gaz d'échappement et de poussière. Le chauffeur freina abruptement devant l'entrée peu imposante d'un bâtiment. Lorsque le nuage de poussière et de fumée se dissipa, Phryne lut l'inscription gravée sur le frontispice et réalisa que le moment était venu de se séparer d'Elizabeth MacMillan. Elle éprouva un serrement de cœur inattendu qu'elle étouffa bien vite. Le médecin l'embrassa sur la joue, rassembla sa sacoche et son manteau pendant que Cec déchargeait la caisse de livres sur le trottoir, sans mettre en péril trop de vies humaines. Tandis qu'Elizabeth agitait la main, le chauffeur fit redémarrer son moteur récalcitrant ; il évita de justesse un tram qui arrivait en carillonnant, dévala Collins Street, décrivit un cercle autour du policier en faction puis son auto s'attaqua avec force gémissements à l'ascension de la côte. À une lenteur d'escargot, ils dépassèrent le Theosophical Building et le théâtre, deux églises, deux échoppes assez charmantes de *couturières** et des plaques de cuivre par centaines. Lorsque Phryne aperçut droit devant eux une imposante bâtisse grise, elle redouta un instant que son chauffeur n'ait envie d'essayer son coursier sur la majestueuse volée de marches en façade.

Ses craintes s'avérèrent infondées. Le chauffeur était manifestement en terrain connu. Il exécuta un demi-tour en trois manœuvres et freina, sourire aux lèvres, devant l'austère entrée de l'hôtel. Le portier, sans s'émouvoir le moins du monde à la vue de ce véhicule excentrique, s'avança avec distinction pour ouvrir la portière qui ne tenait plus que par une unique charnière. Phryne prit appui sur sa main gantée, mit pied à terre, lissa ses vêtements et sortit son porte-monnaie.

Le chauffeur descendit à son tour pour tendre à Phryne son manteau, avec un sourire aimable. Il arborait aux lèvres une nouvelle cigarette.

— Merci infiniment pour cette intéressante promenade. Combien vous dois-je, à vous et à… euh, Cec ?

— Je pense que cinq shillings feront l'affaire, répondit Bert sans se départir de son sourire et en fuyant le regard du portier.

Phryne ouvrit son porte-monnaie.

— Selon moi, deux shillings et six pence feront l'affaire, n'est-ce pas ? répliqua-t-elle ingénument.

— Et un shilling pour Cec, marchanda Bert.

Phryne lui tendit un shilling supplémentaire. Cec, doté de plus de force qu'on n'en aurait soupçonné de la part de son corps osseux et dégingandé, confia les malles et les boîtes de Phryne aux soins d'un bataillon de chasseurs en livrée. Puis, dans un toussotement gras de moteur et un nuage de poussière, les deux chauffeurs disparurent.

— Je suis Phryne Fisher, indiqua-t-elle au portier. J'ai fait ma réservation de Londres.

— Oui, miss. Nous vous attendions. Vous êtes arrivée ce matin avec l'*Orient* ? Vous voudrez sans doute une tasse de thé. Par ici, je vous prie.

Phryne se laissa conduire dans l'univers paisible du *Windsor*, où tout n'était qu'ordre et opulence.

Baignée, rhabillée et affamée, Phryne gagna la salle à manger pour déjeuner. Dans son ensemble en coton jaune clair et son chapeau de paille autour duquel elle avait drapé une écharpe en soie aux ramages vert, jaune citron et bleu océan, elle offrait l'image envoûtante d'une gravure de mode dernier cri. Elle choisit une table sous le groupe de cupidons en marbre, opta pour un bouillon et une collation froide sur le menu que lui tendit une jeune serveuse tout de noir vêtue et entreprit d'étudier la clientèle de l'hôtel.

Les femmes, dont certaines assez belles, étaient bien habillées, en dépit d'une élégance un peu démodée. Les hommes – des avocats ou des banquiers, peut-être – arboraient l'inévitable costume à fines rayures, ou parfois un costume noir. Quelques jeunesses pétulantes – garçons en pantalons de flanelle et vestons sport, filles aux yeux charbonneux vêtues de robes Fugi ornées de galons ondoyants – égayaient le tableau. Une actrice fardée, la tête ceinte d'un turban, avait revêtu un pyjama de plage en lamé or. Ses doigts ruisselaient de bijoux ; un bébé léopard retenu par une solide chaîne était assis à ses pieds. Tout ce beau monde semblait se sentir chez lui au *Windsor*.

Le bouillon était excellent ; Phryne lui fit un sort avec un appétit d'ogre avant de s'attaquer à sa collation, qu'elle fit descendre avec trois tasses de thé. Puis elle regagna sa chambre pour se reposer. Elle s'endormit, et ne se réveilla qu'au son du gong qui annonçait qu'il était temps de s'habiller pour le dîner.

Pendant sa sieste, on avait défait ses malles, repassé et suspendu ses vêtements dans l'imposante armoire. La chambre était décorée avec un goût, sinon sobre, du moins exquis. Phryne regrettait toutefois que les abat-jour soient d'un rose si agressif et se serait contentée de quelques statues de nymphes en moins. Phryne avait une dent contre les nymphes. Son prénom, par décision paternelle, avait été Psyché. Regrettablement, le matin du baptême, son père, qui émergeait d'une fort longue soirée à son club, n'avait pas été en possession de tous ses esprits. Quand on lui avait demandé le prénom de sa fille, il avait fouillé dans les lambeaux de son éducation classique et en avait exhumé le nom de Phryné. Voilà donc comment, de Psyché la déesse, elle devint Phryné la courtisane.

Après quelques recherches, Phryne avait été rassérénée. L'hétaïre avait été une femme pleine de cran. Elle avait été accusée d'impiété ; voyant que le procès prenait mauvaise tournure, son défenseur avait arraché la tunique de sa cliente pour révéler aux juges sa magnifique poitrine. Ébahis par tant de perfection, ces derniers l'avaient acquittée. Et c'était Phryné qui, ayant amassé des tas d'or bien mal acquis, avait offert de reconstruire les murailles de Thèbes à la condition de pouvoir y faire graver l'inscription « La muraille de Thèbes : détruite par le temps, reconstruite par Phryné la courtisane ». Mais les austères citoyens de la ville avaient préféré leurs ruines.

« Tant pis pour eux, songea Phryne Fisher en enfilant des sous-vêtements de soie et une robe du soir bleu paon de Patou. J'espère que les Romains les ont envahis. Bon, les saphirs ou les émaux ? »

Elle considéra les longs pendants qui vibraient de mille feux bleus, et les suspendit à ses oreilles. Elle étala avec dextérité de la couleur sur son visage, se brossa vigoureusement les cheveux et passa un ruban à travers ses mèches brillantes. Elle prit une cape vert océan, son réticule et descendit dîner.

Elle se restaura d'un cocktail, accompagné d'un excellent homard mayonnaise. Phryne avait une passion pour le homard mayonnaise, garni de cornichons.

C'était une soirée agréable, et aucun de ses commensaux ne semblait présenter le moindre intérêt, à l'exception d'un charmant gentleman qui lui avait souri avec gentillesse, visiblement subjugué par sa robe. Le monsieur, toutefois, était fort occupé par sa nombreuse compagnie, et Phryne avait besoin de réfléchir. Elle était certaine que Block Arcade était encore ouvert, puisqu'on était samedi ; elle regagna sa chambre et troqua sa robe contre un pantalon et un pull-over de soie, une paire de mocassins et un chapeau de feutre mou – une tenue qui offrait l'avantage de lui donner une silhouette suffisamment androgyne pour ne pas attirer l'attention des jeunes citadins désœuvrés, sans la priver de l'opportunité de mettre en valeur sa féminité si jamais l'envie lui en prenait.

Et comme elle souhaitait réfléchir tout en marchant, avant de s'élancer dans le crépuscule tiède, elle enfila un caban de couleur sombre.

Les trams filaient le long des rues à vive allure et dans un concert de grondements ; il flottait dans la ville une odeur de feuilles d'automne, de fumée et de poussière. Phryne descendit Collins Street, comme le lui avait indiqué le portier. Au cas où la température aurait fraîchi, elle avait choisi un caban à pli creux doté de poches, et comme elle ne s'était pas encombrée d'un sac à main, ses mains étaient inhabituellement libres. La multitude de plaques en cuivre apposées sur les austères façades qui bordaient Collins Street lui rappelèrent Harley Street, à Londres, à ce détail près qu'à Melbourne les foules étaient plus dissipées, plus propres aussi, et qu'on y croisait moins de mendiants. Phryne sentait les feuilles mortes craquer sous ses semelles.

Elle dépassa l'église presbytérienne, le Manse, l'église baptiste, et s'arrêta un instant pour contempler, de l'autre côté de la rue, le Regent Theatre, une bâtisse massive chargée d'autant de rajouts ornementaux que sa façade en béton pouvait en supporter. Le résultat était d'une vulgarité si éhontée que Phryne ne put s'empêcher de l'aimer.

Un essaim de jeunes ouvrières, en bas de soie et ornées de plumes, vêtues sans discrétion de rouge, bleu et vert, et toutes enduites d'une épaisse couche de produits de Mr. Coles, la dépassèrent en jouant des coudes et en piaillant telle une nuée d'hirondelles. Phryne reprit sa marche d'un pas égal, se faufila dans la foule qui musardait sous les arcades de la mairie et traversa Swanston Street.

3

Ma vie, dit-elle, est monotone, si monotone,
Plût à Dieu que je fusse morte !

Alfred TENNYSON, *Mariana*

D'un mouvement du pouce, Cec désigna à l'attention de Bert une jeune fille écroulée dans les bras d'un homme, sur le trottoir de Lonsdale Street.

— Éméchée, commenta Bert en s'arrêtant. Et il n'est que onze heures du matin. Quelle misère ! Ouais, bonhomme ! cria-t-il à l'homme qui le hélait. Où allez-vous ?

— Richmond, indiqua l'homme tout en soulevant la fille par la taille pour la hisser précipitamment dans le taxi à côté de Cec. Elle vous donnera l'adresse. Voici l'argent pour la course.

Il agita un billet de dix shillings sous le nez de Bert et claqua la portière.

— Gardez la monnaie ! cria-t-il par-dessus son épaule.

L'homme s'éloigna en hâte, presque au pas de course, puis il bifurqua dans Queen Street, où la foule l'avala. En entendant les automobilistes qui, derrière lui, molestaient leur klaxon et se répandaient en remarques désobligeantes concernant la moralité de sa génitrice, Bert se décida à avancer.

— Il avait le diable aux trousses, ç'ui-là. 'Scusez-moi, miss, c'est quoi, l'adresse ?

La fille cligna des yeux, se frictionna les paupières et humecta ses lèvres gercées.

— Je peux rentrer chez moi, maintenant, murmura-t-elle. Je peux rentrer chez moi.

— Ouais, et la course est réglée. C'est où, chez vous ? redemanda Bert d'une voix de stentor modulée pour fendre les brumes de l'alcool. Allons, miss, un petit effort !

Au lieu de répondre, la fille glissa de côté, telle une poupée de chiffon, et s'affala sur l'épaule de Cec. Celui-ci la remit doucement d'aplomb.

— Y a un truc qui cloche, camarade. Elle ne sent pas l'alcool. Elle est mal fichue. Sa peau est brûlante.

Bert, qui venait de s'engager dans Market Street, freina pour céder le passage à un haquet chargé de légumes.

— T'en penses quoi ?

— Du sale boulot, répondit lentement Cec. Elle saigne.

— À l'hôpital, en ce cas, décida Bert en évitant de justesse une collision avec une camionnette d'épicier.

Le chauffeur, exaspéré, lança une salade en direction du taxi, mais loupa sa cible.

— L'hôpital pour femmes, dit Cec avec une emphase solennelle. Le Queen Victoria Hospital.

La fille s'agita entre les bras du jeune homme et demanda d'une voix cassée :

— Où m'emmenez-vous ?

— À l'hôpital, répondit paisiblement Cec. Vous êtes mal en point.

— Non ! protesta-t-elle d'un filet de voix en cherchant fébrilement la poignée de la portière. Tout le monde sera au courant !

Bert et Cec échangèrent un regard entendu. Un mélange de sang et de substances malodorantes imprégnait la robe bleue de la jeune fille ; une flaque se formait entre ses cuisses. Cec lui prit la main avec autorité et l'obligea à se redresser contre le dossier. La jeune malade haletait et serrait si fort le poignet de Cec que celui-ci avait l'impression que ses doigts le marquaient au fer. Elle n'était qu'une gamine, remarqua-t-il – dix-sept ans, au plus. Elle était hagarde, enfiévrée ; des mèches folles, échappées des épingles qui retenaient ses cheveux bruns, s'étaient collées contre son front et son cou. Sous l'effet de la douleur et de la fièvre, ses yeux se paraient de l'éclat du diamant.

— Personne n'en saura rien, la rassura Bert. Je connais un docteur, là-bas… Tu te souviens, Cec, la vieille poule écossaise, avec tous ces bouquins ? Celle qui est arrivée avec la jeune aristo ? Elle ne dira rien à personne. Restez assise et détendez-vous, miss. Comment vous appelez-vous ?

— Alice, marmonna-t-elle. Alice Greenham.

— Moi, c'est Bert, et lui Cec, dit Bert en dérapant le long d'Exhibition Street.

Il s'engagea dans Collins Street, puis accéléra pour pousser le moteur faiblard sur ce qu'il restait de côte avant d'atteindre Mint Place.

Ils abandonnèrent le taxi devant l'entrée de l'hôpital et, sans effort apparent, Cec transporta Alice Greenham en haut du perron. Bert martela le vantail du poing et appuya sur la sonnette. Quand la porte s'ouvrit, Cec entra et Bert se tourna vers l'infirmière.

— Nous avons une urgence ! aboya-t-il. Où est le docteur écossais ?

Les infirmières, par nature, sont impossibles à intimider. Celle-ci le regarda dans les yeux, sans répondre. Bert finit par comprendre ce qu'elle attendait.

— S'il vous plaît, lâcha-t-il.

— Le Dr MacMillan est en salle d'opérations, annonça-t-elle.

Bert prit une longue inspiration tandis que Cec montrait la jeune fille.

— Elle s'est évanouie dans notre taxi, expliqua-t-il. Nous sommes venus vous demander de l'aide, ajouta-t-il, par crainte de n'avoir pas été assez explicite.

Cec n'était pas d'un naturel disert car il lui semblait que, la plupart du temps, les mots échouaient à véhiculer ce qu'il souhaitait leur faire dire.

Alice Greenham gémit et l'infirmière se laissa fléchir.

— Amenez-la par ici, dit-elle.

Ils lui emboîtèrent le pas jusque dans une salle de consultation dénudée, aux murs blancs. Cec étendit la jeune fille sur une civière.

— Je vais chercher le docteur, annonça l'infirmière en disparaissant.

Bert savait que les infirmières ne couraient pas, mais celle-ci marchait sacrément vite. Il échangea un regard avec Cec.

— J'suppose qu'on pourrait filer et la planter là, dit-il d'une voix hésitante. Sapristi, Cec, regarde-toi !

Cec était maculé de traînées de sang. Il entreprit de les frotter, sans succès. Il s'assit à côté d'Alice et lui prit la main.

— Ce n'est qu'une môme.

— Mais qui s'est fourrée dans un pétrin d'adulte.

Bert, qui ne goûtait guère les hôpitaux, s'apprêtait à suggérer qu'à présent qu'ils avaient accompli leur devoir, ils pourraient s'éclipser, lorsque le Dr MacMillan fit irruption dans la pièce.

— Eh bien, eh bien, qu'avons-nous ici ? Elle s'est évanouie, n'est-ce pas ? demanda-t-elle avec autorité. Vous la connaissez ?

Cec secoua la tête.

— Un type l'a fourrée dans notre taxi sur Lonsdale Street, précisa Bert. Il m'a donné dix shillings pour la conduire à Richmond. Puis elle s'est évanouie, et Cec a remarqué… le sang, alors on vous l'a amenée. Elle a pas dit grand-chose, à part son nom, Alice Greenham.

Contre toute attente, le Dr MacMillan sourit.

— L'infirmière va vous servir une tasse de thé et vous allez attendre que je revienne. Nous devons parler de cet homme, de Lonsdale Street. Miss ! Apportez donc du thé à ces messieurs dans la salle des visiteurs et envoyez-moi immédiatement Miss Simmonds.

Block Arcade, par contraste avec la façade de pierre noire et les ornements pseudo-romains de l'Athenaeum Club voisin, irradiait une douce et agréable lumière. La galerie marchande s'ouvrait par un ravissant portail en fer forgé, ourlé de délicates dentelles, et le sol – ou du moins ce qu'on pouvait en apercevoir entre les milliers de pieds qui le piétinaient – était un élégant damier blanc et noir. Phryne se mêla à la foule, tout en observant avec un détachement amusé les rituels locaux de parade amoureuse. Les jeunes femmes, en rose vif et bleu paon, dégoulinantes de diamants Coles (dont aucun n'avait coûté plus de deux shillings et six pence), avaient le visage fardé et embaumaient outrageusement *Otto of Roses*. La préférence des jeunes hommes allait aux chemises souples, aux manteaux amples, aux cravates aveuglantes et à l'eau de toilette *Californian Poppy*. Entre la puanteur âcre d'un feu de feuilles mortes qui arrivait de quelque parc, les remugles de gaz d'échappement et le curieux relent d'ozone puissamment salé produit par les trams, l'air dans la galerie était suffocant.

Les boutiques, cependant, y étaient captivantes, et Phryne fit l'acquisition d'une paire de gants en daim et d'une barrette à cheveux en forme d'insecte, aux ailes étincelantes de brillants.

Elle prit ses dispositions pour que ses emplettes soient enveloppées et livrées au *Windsor*, puis décida qu'une tasse de thé serait la bienvenue. Elle surprit son reflet sur la surface polie de la colonne de marbre noir qui ornait l'entrée du gantier et s'arrêta un instant afin de remettre de l'ordre dans sa coiffure. À côté de son reflet, elle en distingua un autre – celui du visage figé et livide d'une jeune fille qui se trouvait derrière elle. Ne se sachant pas observée, l'inconnue se mordillait lentement la lèvre. Saisie par l'air horrifié qui se peignait sur ce visage, Phryne pivota. La jeune fille était adossée au pilier opposé. Elle était vêtue d'une robe en cotonnade d'un noir fané ; ses jambes étaient nues. Elle n'avait ni gants, ni chapeau, ni manteau, et portait aux pieds des chaussons d'intérieur éraflés. Ses longs cheveux châtain clair étaient tirés et ramassés en un chignon disgracieux qui menaçait de s'effondrer. Son regard bleu était fixe, dans un visage qui aurait pu avoir la fraîcheur d'un minois de laitière si quelque maladie ou tension intérieure ne lui avait donné ce teint d'héliotrope. La jeune fille dissimulait quelque chose dans ses mains, qu'elle tenait ramenées contre elle. Intriguée, Phryne céda à une impulsion et marcha vers elle. Alors elle identifia l'objet dans ses mains – un couteau.

— Bonjour, je m'apprêtais à prendre une tasse de thé, annonça-t-elle avec autant de décontraction que si elle venait de rencontrer une vieille connaissance. Aimeriez-vous m'accompagner ? C'est juste là, précisa-t-elle sur le ton du bavardage.

Elle entraîna la jeune fille, qui ne manifesta aucune résistance.

— Asseyons-nous et commandons. Miss ! Deux thés, s'il vous plaît. Sandwiches ?

La jeune fille hocha la tête.

— Et des sandwiches ! Je pense que vous feriez mieux de me donner ce couteau, ne croyez-vous pas ?

La fille s'exécuta, sans prononcer un mot. Phryne glissa le couteau dans sa poche. C'était un couteau de cuisine ordinaire, semblable à ceux qu'on utilise pour émincer les légumes. Phryne espéra que la lame, aussi affûtée que celle d'un rasoir, n'allait pas entailler la doublure de la poche de son nouveau manteau.

On leur servit le thé. Les arches mauresques, avec leurs lanternes qui diffusaient une lumière tamisée et leurs suspensions de fleurs artificielles, étaient apaisantes. Phryne versa le thé, offrit les sandwiches et regarda son invitée ressusciter un peu plus à chaque nouvelle bouchée.

— Merci, miss. J'étais affamée.

— Avec plaisir. Vous en voulez d'autres ?

La fille hocha la tête et Phryne commanda une nouvelle fournée de sandwiches. Quelque part, un orchestre de jazz endommageait la soirée, mais il se trouvait suffisamment loin pour ne pas rendre toute conversation impossible. La jeune fille fit un sort aux sandwiches, se recula contre le dossier de sa chaise et soupira. Phryne lui offrit une cigarette, qu'elle refusa avec indignation.

— Les filles comme il faut ne fument pas, trancha-t-elle. Je veux dire…

— Je sais ce que vous voulez dire, la coupa Phryne avec un sourire. Alors, de quoi s'agit-il ? Que faites-vous ici ?

— Je l'attends. Pour le tuer. Je viens de Collingwood, vous voyez, et j'étais servante chez un docteur. La dame du docteur, elle était très gentille…

Phryne eut l'impression d'avoir déjà entendu cette histoire.

— … mais son fils, lui, n'arrêtait pas de me coller au train et de me tripoter. Il me tournait constamment autour. Cet après-midi, la coupe a débordé. Je lui ai dit ma façon de penser, et que j'irais tout raconter à sa mère s'il ne me laissait pas tranquille. Il est revenu pendant que la vieille dame faisait sa sieste, et il m'a jetée à terre. Je lui en ai collé une, mais il m'a donné un tel gnon… À peine si j'y voyais encore. Alors, j'ai répondu d'un coup de genou, il m'a lâchée et je me suis enfuie. Mais après dîner, la dame m'a appelée. Elle m'a reproché de « harceler son fils d'une façon éhontée » et m'a dit qu'elle me renvoyait ; elle m'a traitée de « misérable catin ». Elle ne m'a pas donné de références ni de gages. Et lui, il souriait niaisement, il jouait au bon garçon. Alors j'ai volé le couteau dans la cuisine, je suis partie à la gare avec mes affaires, et j'étais décidée à le tuer. Parce que je ne peux pas rentrer à la maison. Ma maman a sept autres bouches à nourrir et elle compte sur mes gages, vous comprenez. Jamais plus je ne trouverai de travail. Il a fait de moi une fille des rues, voilà ce qu'il a fait. Il mérite la mort.

— Absolument, renchérit Phryne – ce qui laissa la jeune fille quelque peu interdite. Mais il existe de meilleures façons de s'y prendre. Vous l'attendiez ici ?

— Oui, c'est un mirliflore – un des ces dandies qui ne pensent qu'à parader.

— Et vous l'avez vu ?

— Oui, c'est lui, là.

Un exquis jeune homme, à l'évidence boursouflé de suffisance, passa d'un pas guilleret.

— Comment vous appelez-vous ? Moi, c'est Phryne Fisher, de Londres.

— Dorothy Williams. Ooh, regardez-le ! Si seulement je le tenais !

— Écoutez, j'ai besoin d'une femme de chambre et je vais vous prendre à mon service. Je séjourne au *Windsor*, et je suis assez respectable. Si je vous venge de ce jeune vaurien, puis-je compter que vous saurez tenir votre langue sur mes activités ?

— Si vous pouvez faire ça, miss, mon dévouement vous est acquis, jura Dorothy.

— En ce cas, répondit Phryne avec un sourire, ouvrez les yeux et ne bougez pas d'ici.

Elle se glissa dans la foule. Le jeune homme se pavanait en compagnie de quelques camarades, également oisifs et horriblement vains. Phryne se faufila derrière sa proie et épia la conversation. Le jeune homme était en train de fanfaronner.

— Ensuite, je l'ai allongée par terre et elle ne s'est pas fait prier – c'est bien une fille d'Ève !

Tandis que les acolytes s'esclaffaient, Phryne, le couteau dans la main, se faufila près du gandin. D'un geste vif et adroit, elle transperça la veste ample, trancha les bretelles et lacéra le caleçon. Le temps de réaliser ce qui s'était passé, le jeune fat chapeauté se retrouva en tenue d'Adam de la chemise jusqu'aux suspensoirs des chaussettes.

L'incident s'était déroulé en quelques secondes mais il n'échappa pas aux flâneurs de Block Arcade ; en un instant, la moitié la plus turbulente de la société à la mode de Melbourne, secouée de rires de ravissement, cerna le jeune homme. Et lorsque celui-ci, à cause d'un pas malheureux, glissa et s'étala par terre, l'exultation de la foule redoubla. Les amis du jeune homme ne furent pas en reste et quand un policier à la stature imposante hissa le jeune fat sur ses pieds et l'entraîna – non sans l'avoir décemment couvert de son casque – jusqu'au commissariat, pour l'y inculper d'outrage à la pudeur et de conduite indécente susceptible de troubler l'ordre public, le plafond voûté de la galerie résonna de commentaires animés et de cris stridents.

Phryne regagna sa chaise et recommanda du thé. Dorothy, l'œil humide et brillant, posa une main menue sur le poignet de sa championne.

— Je suis à vous, l'assura-t-elle.

— Parfait. Nous irons récupérer vos effets demain. Il y a une chambre de bonne contiguë, dans ma suite ; vous y serez à l'aise. Et oubliez donc cette idée d'aller courir les rues, Dorothy, cela n'a rien d'amusant, vraiment.

Étourdie, la jeune fille suivit Phryne à l'extérieur de la galerie, pour remonter vers l'hôtel.

Sitôt qu'elle fut assurée que Bert et Cec étaient partis patienter dans la salle des visiteurs, le Dr MacMillan s'arma d'une paire de gros ciseaux, découpa la robe bleue et les sous-vêtements, roula le tout en boule et s'en débarrassa dans un coin. Un rapide examen la conforta dans la certitude que sa patiente avait subi un avortement perpétré par un amateur qui ne possédait que de très sommaires connaissances anatomiques.

Lorsque Miss Simmonds, qui se destinait aux études médicales sitôt qu'elle aurait amassé le pécule nécessaire à son inscription, arriva, le Dr MacMillan commenta son diagnostic.

— Nettoyez tout ça, miss. Vous voyez ? On a introduit un corps étranger dans l'utérus – une aiguille à tricoter, une seringue remplie d'eau savonneuse, ou encore une écorce d'orme enduite de savon. Du travail de boucher ! Notez bien, miss, qu'un avortement réalisé sous éther et dans des conditions idéales d'asepsie n'est pas périlleux… mieux vaut, en général, délivrer un utérus impropre à la procréation avant le troisième mois que d'amener à tout prix une quasi-fausse couche à terme pour accoucher d'un monstre, ou d'un avorton qui meurt au bout de quelques jours. Mais là, c'est de la boucherie. Regardez ! Le col de l'utérus est largement dilaté, toutes les bactéries vaginales s'y sont introduites et ont commencé à y établir des colonies.

— À quand remonte l'intervention, docteur ? s'enquit l'infirmière en prenant un linge propre imbibé de phénol.

— Deux jours. Trois, peut-être. Des criminels ! Ces gens outragent la nature, puis la fille commence à faire une fausse couche – celle-ci en était au quatrième mois, peut-être – et, généralement, ils la réexpédient chez elle en la laissant se dépatouiller seule des conséquences. Une septicémie est le moins auquel on puisse s'attendre. Bien, quel serait votre diagnostic ?

Miss Simmonds souleva la main d'Alice et lui prit le pouls. Il était si rapide que les battements étaient indiscernables. La température de la malade atteignait les quarante degrés. La jeune fille transpirait et grelottait tour à tour ; elle se déshydratait et brûlait de fièvre. Une éruption de boutons écarlates lui recouvrait le ventre, la poitrine, les cuisses.

— Septicémie.

Le Dr MacMillan hocha la tête.

— Traitement ?

— Salicylate et sérum antitétanique.

— Bien. Demandez qu'on prépare un lit dans la salle des maladies infectieuses, ainsi que la salle d'opérations, dès que possible. Si je retire la source de l'infection, ses chances de survie en seront augmentées. Préparez de l'eau glacée pour la rafraîchir, et du paraldéhyde par injection. Pauvre mioche, ajouta-t-elle en caressant la joue d'Alice. Elle est encore si jeune !

Bert goûta le thé avec circonspection. Il était très chaud et sucré, et il l'avala d'un trait, en se brûlant la langue. Toute cette affaire ne lui disait rien qui vaille. Il devinait que cette Alice allait leur attirer des ennuis et il regretta amèrement que le type de Lonsdale Street n'ait pas choisi de se débarrasser de la pauvre môme dans un autre taxi. Cec, lui, n'avait pas touché à sa tasse de thé et contemplait fixement le mur.

— Bois donc ton thé, camarade.

— Ce n'est qu'une gamine, répéta Cec.

Bert soupira. Depuis des années qu'il connaissait Cec, il savait que celui-ci avait le cœur aussi tendre que du mastic. L'immeuble, à Carlton, où tous deux louaient des chambres, accueillait en ce moment trois chats et deux chiens – des rescapés in extremis qui, grâce aux soins de son associé, avaient recouvré une santé agressive, tout en aboiements et coups de griffes. « Après tout, songea Bert, je l'ai déjà vu passer la nuit debout pour soigner un chaton à moitié noyé. Toujours prêt à se toquer du faible et du nécessiteux, voilà Cec. Mais que va dire Mrs. Browning, s'il se met en tête de ramener cette fille des rues à la maison ? J'en sais fichtre rien. Quand on pense qu'elle a fait un tas d'histoires à cause du dernier chiot… » Le souvenir de cet épisode lui arracha un sourire.

— Te laisse pas abattre, Cec, l'encouragea-t-il en lui tapotant l'épaule. Elle va s'en sortir.

Cec souleva sa tasse et à peine l'eut-il portée à ses lèvres que le Dr MacMillan entra. Les deux hommes se levèrent. Elle leur fit signe de se rasseoir sur leurs spartiates chaises d'hôpital et se laissa choir pour sa part dans le seul fauteuil décemment rembourré de la pièce. Cec lui servit du thé.

— Comment va-t-elle ? demanda-t-il d'une voix tendue par l'anxiété.

Le Dr MacMillan lui décocha un bref regard. L'inquiétude qui se lisait dans ces yeux marron était exempte de la peur que n'aurait pas manqué d'éprouver le responsable de l'état d'Alice et de l'intervention qu'elle avait subie.

— Ce n'est pas brillant, soupira-t-elle. Elle a trop attendu avant de venir nous voir. Elle souffre d'un empoisonnement du sang et j'ignore si je vais pouvoir la sauver. Elle est sur le fil du rasoir. Tout dépendra de la force de sa volonté de vivre.

— Vous ne pouvez rien faire ? demanda Bert.

— Non. Même la médecine moderne ne peut pas grand-chose. Cette jeune fille doit lutter par elle-même, et rien ne nous assure qu'elle sortira victorieuse de ce combat. Bien, dites-moi maintenant tout ce que vous savez de cet homme de Lonsdale Street.

— Environ un mètre quatre-vingts, arrogant, en habit et chapeau noirs, des airs de gentleman. Il n'en menait pas large, notez bien. Il avait une chevalière en or au petit doigt de la main gauche, avec un diamant aussi gros qu'une perle d'épingle à chapeau.

— Un souteneur ?

— Nan, et cette fille n'est pas une catin, objecta Bert. Je m'y connais, j'en ai transporté assez. Les rares personnes à pouvoir s'offrir un taxi, presque.

— Non, ce n'est pas une fille des rues, renchérit Cec. Elle a fait une bêtise, c'est tout. Un type s'est mal conduit avec elle. Il l'a engrossée, puis l'a laissée tomber. Elle doit venir d'une famille respectable car elle a dit qu'elle pouvait rentrer chez elle, maintenant. Tu te souviens, camarade ? C'est donc qu'elle vient d'une bonne famille et qu'ils ne sont au courant de rien.

— Ouais, elle paniquait, souligna Bert. On lui a promis de ne rien dire à personne.

— Je ne dirai rien non plus, promit le docteur. Je vais prévenir sa famille qu'elle est ici, mais je tairai la raison qui nous l'a amenée. N'importe quelle plaie peut dégénérer en empoisonnement du sang – il suffit parfois de se piquer avec une épine de rose. De quels autres détails vous souvenez-vous, concernant cet homme ?

— Pas grand-chose. Il était brun, je crois, avec un air d'aristo. Hein, Cec ?

Cec, ébranlé d'avoir fait montre d'une éloquence inaccoutumée, se contenta de hocher la tête.

— Et je crois que je l'avais déjà vu, reprit Bert.

— Où donc ?

— Dans le taxi… ou dans la rue – j'ai l'impression que c'était dans le même coin… Hé, Cec, elle te rappelait rien, cette bobine d'aristo ?

— Nan, camarade. T'as dû le croiser pendant une de tes tournées.

— En général, nous ne travaillons pas ensemble, expliqua Bert. Cec a sa camionnette. Mais comme en ce moment elle a un problème de piston, on bosse en équipe. Pourquoi ces questions ?

— Pour informer la police, évidemment, dit posément le Dr MacMillan. Il faut retrouver ce bonhomme et le mettre sous les verrous. Si jamais la petite meurt, il devient un criminel. Des bouchers ! Ils s'accrochent comme des sangsues à la respectabilité de ces idiotes – ce sont toujours les innocentes et les naïves qui tombent dans le panneau – puis ils les mutilent, ils leur extorquent dix livres pour un acte de sauvagerie auquel ne s'abaisserait pas un cannibale, et ensuite ils les traitent comme un tas de détritus, ils les laissent se vider de leur sang dans le caniveau. Rien n'est assez vil pour de tels hommes – rien. Ah, si je pouvais leur mettre la main dessus, je leur inoculerais des bactéries et je les regarderais trembler et hurler dans leur agonie !

— Mais de là à aller chez les vaches, tout de même… marmonna Bert.

— Et pourquoi pas ? Vous êtes des témoins clés.

— Ouais, mais Cec et moi, on a nos raisons de pas apprécier les vaches.

— Je ne vous demande pas de les apprécier, et ils ne s'intéresseront pas à vos petits larcins. Vous allez m'accompagner cet après-midi à Russell Street pour leur raconter tout ce que vous savez, et je me porte garante que vous en ressortirez. Compris ?

Oui, ils avaient compris.

Cet après-midi-là, sur les talons du Dr MacMillan, Bert et Cec franchirent le porche en brique du commissariat et se présentèrent devant le sergent qui, du haut de son estrade, était préposé à l'accueil.

— Je suis le Dr Elizabeth MacMillan et j'ai rendez-vous avec l'inspecteur principal Robinson.

— Oui, madame, il vous attend. Voici vos gens, monsieur, ajouta-t-il à l'intention de l'homme jeune et sobrement vêtu qui était assis à côté de lui.

L'inspecteur invita les visiteurs à lui emboîter le pas le long d'un couloir et les conduisit dans un petit bureau austère, aux murs peints d'un vert administratif. Dehors, on entendait le fracas métallique du tramway. L'officier pria d'un geste ses visiteurs de s'asseoir puis sortit un registre et dévissa le capuchon d'un stylo noir. Personne n'avait encore prononcé un mot.

— Vos noms, s'il vous plaît, demanda finalement le policier d'une voix délibérément brusque.

C'était un homme terne et insignifiant, aux cheveux châtains et aux yeux marron clair. Bert et Cec déclinèrent leur identité et, en entendant « Albert Johnson » et « Cecil Yates », le policier fit un grand sourire.

— Les Rouges, hein ? Alors, vous combattez toujours le fléau capitaliste ? Vous êtes déjà allés en

Russie ? Avec tout un tas de possessions dont on peut raisonnablement suspecter qu'elles ont été obtenues par des voies illégales ?

Tandis que Cec contemplait le Dr MacMillan d'un air abattu, Bert décocha un regard venimeux au policier et siffla :

— Votre heure viendra. L'oppresseur de la veuve et de l'orphelin, le défenseur de l'exploiteur…

— Ça suffit, intervint Elizabeth MacMillan. Rappelez-vous, inspecteur, je vous ai parlé de ces messieurs. Ils ont fait montre à l'égard de cette malheureuse jeune fille d'une bonté et d'une galanterie remarquables. Je leur ai donné ma parole qu'on ne leur demanderait de témoigner qu'au sujet de ce boucher d'avorteur, et je ne serai pas parjure.

Elle fixa l'inspecteur qui, mal à l'aise, cilla.

— C'est exact, madame, vous avez raison. Bien, parlez-moi de cet homme.

Bert, assisté de Cec, répéta sa description et l'inspecteur perdit son indifférence. Il feuilleta les pages de son registre et lut à voix haute :

— Un mètre quatre-vingts, cheveux courts, teint mat, chevalière à la main gauche.

— Ouais, fit Bert. On ne pouvait pas voir ses cheveux à cause du chapeau, mais je pense qu'ils étaient bruns, ou marron très foncé, comme du cirage. Et une trace de moustache, un trait au-dessus de la lèvre.

— C'est lui, affirma l'inspecteur. Voilà trois ans qu'il est impliqué dans ce trafic – ou trois ans, du moins, que nous sommes au courant. Nous l'avons surnommé George le Boucher. La première victime était une fille du nom de Mary Elizabeth Allen, trouvée morte dans les Flagstaff Gardens, balancée d'une voiture par un homme correspondant à ce signalement. Une bonne fille, au demeurant. La suivante était une prostituée connue sous le sobriquet de Gay

Lil, Lilian Marchent de son vrai nom, retrouvée agonisante dans le caniveau de Fitzroy Street. Elle a dit que le travail avait été fait par un type du nom de George Fletcher et nous a donné un signalement similaire. Naturellement, on ne peut pas se fier à la parole d'une fille comme ça…

— Vraiment ? intervint le Dr MacMillan d'une voix cassante, son accent écossais plus marqué au fur et à mesure qu'elle s'énervait. J'ai travaillé avec suffisamment d'entre elles pour savoir qu'on peut leur faire autant confiance qu'à une autre – ces femmes sont des êtres humains, pour l'amour de Dieu ! Et la mort de Lil est tout autant une tragédie que celle des filles de bonne famille… elles meurent tout pareil, inspecteur.

Elizabeth MacMillan vit que Bert, Cec et le policier la dévisageaient avec le même regard interdit. Elle en conclut que tous les hommes étaient pareils, qu'ils soient d'un côté ou de l'autre de la loi. Elle se mordit la langue. L'inspecteur poursuivit sa lecture.

— La troisième était une femme mariée – mère de huit enfants – et elle était chez elle quand l'hémorragie a commencé. Elle a laissé une lettre à son mari disant que George lui avait extorqué dix livres et qu'elle était désolée. On a vu un homme répondant à ce signalement sortir de la maison. Cela remonte à six mois. Et maintenant, votre fille… selon vous, les faits remontent à quand ?

— Deux ou trois jours.

— La victime survivra ?

— Je l'espère. Je ne peux pas me prononcer, soupira le docteur.

L'inspecteur se recula contre le dossier de sa chaise.

— Nous manquons d'éléments. Ce n'est jamais simple de retrouver ces types, car leurs victimes les protègent. Pour une fille dans cette situation, même la mort paraît préférable à la grossesse et au bannissement social qui la guette. Et quelques-uns d'entre eux sont assez compétents. Certains utilisent même de l'éther et possèdent une salle d'opérations. D'autres, comme ce salaud – je vous prie de me pardonner, madame –, abusent de ces filles avant l'opération.

Cec lâcha un grognement et Bert demanda d'une voix revendicatrice :

— Si vous avez toutes ces preuves, pourquoi vous le coffrez pas ?

— Nous n'avons pas de témoins. Il se débarrasse de celles qui meurent.

— Et celles qui survivent se taisent, ajouta le Dr MacMillan. Je comprends. En se faisant avorter, elles commettent un crime. Nous en voyons assez à l'hôpital. Elles saignent comme des cochons qu'on égorge, elles sont infectées, mutilées, stériles à vie, mais elles soutiennent toutes que c'est à cause d'un bain brûlant, d'une promenade à cheval ou d'une chute dans un escalier escarpé. Très bien, inspecteur. Merci de nous avoir reçus.

— Hé ! protesta Bert. Vous allez rien faire ?

L'inspecteur se tourna vers lui, les traits las.

— Pourquoi ne mobilisez-vous pas les camarades ? suggéra-t-il d'une voix sans timbre. Ce George est quelque part dans la ville, non loin de l'endroit où vous avez ramassé cette malheureuse. Gardez l'œil ouvert, vous pourriez le revoir.

— Je vais vous dire ce que je vais faire, camarade, lança Bert tandis qu'on les reconduisait. Si je le croise, je l'écrase.

De retour dans le taxi, Cec prit le volant et Bert pressa le docteur de questions.

— Elle survivra ?

— Comme je l'ai dit à ce policier, je n'en sais rien. J'ai cureté l'utérus, donc la source de l'infection a disparu. J'ai recousu les tissus endommagés et désinfecté toutes les plaies que je pouvais atteindre. C'est à présent à elle de décider de son sort. Je dois demander à l'assistante sociale de trouver sa famille et j'ai une opération à quatre heures, alors si nous pouvions arrêter de traînasser…

Cec passa la vitesse supérieure.

Après avoir déposé le Dr MacMillan à son hôpital, Cec et Bert reprirent leur service. Sans se parler, ils patrouillèrent dans la ville et encaissèrent le montant des courses tout en restant à l'affût du grand type moustachu à la chevalière ornée d'un énorme diamant. Ils se relayèrent au volant, jusqu'à regagner Carlton, aux environs de trois heures du matin.

— Ça vous reste tout de même sur l'estomac, une histoire pareille ! pesta Bert en assenant un coup de pied dans un portail qui passait là.

Cec ne répondit rien, mais c'était normal.

4

Quand ce rustre viendra bafouillant,
Aiguisant sa houe,
Je courrai devant lui,
Diffusant les plus aimables odeurs
De géranium et de fleurs irrespirées.
Ça l'arrêtera.

Wallace STEVENS, *Complot contre le géant*

— Dites, vous n'êtes pas de ces personnes qui font la traite des Blanches, n'est-ce pas ? demanda Dorothy en s'arrêtant brusquement dans Collins Street, ce qui valut à un gentleman qui marchait derrière elle d'avaler son cigare.

Phryne plongea la main dans sa poche en gloussant. L'idée de recruter des esclaves blanches à Block Arcade n'était pas sans lui chatouiller l'imagination.

— Si c'est là ce que vous pensez vraiment, acceptez ces dix livres et retournez chez votre mère, suggéra-t-elle.

Dorothy se mit à fixer le sol avec une telle intensité que Phryne se demanda si elle cherchait l'or qui, à en croire les légendes populaires, pavait les rues de Melbourne. Après un moment, la jeune fille lui prit la main.

— Non, je ne le pense pas. Pas vraiment. Mais j'ai lu ça dans *Women's Own*, vous savez ; ils disaient que des tas d'ouvrières tombaient dans le piège.

— Vraiment ? Allons, courage, Dorothy, nous y sommes presque.

— Miss, vous marchez tellement vite ! Je n'en peux plus.

— Je suis horriblement navrée, ma petite, murmura Phryne en ralentissant aussitôt. Nous ne sommes plus très loin, l'encouragea-t-elle en lui tapotant la main. C'est au coin, en haut de la côte. Vous pourrez prendre un bain et peut-être... oui, un cocktail, et...

À la vue de l'indigente mal fagotée qui gravissait les marches du *Windsor* à la suite de la dame anglaise, c'est à peine si le fringant portier s'autorisa un battement de cils ; mais in petto, il se fit la réflexion que l'aristocratie avait des goûts vraiment singuliers.

Phryne boucla Dorothy dans la salle de bains en lui ordonnant de se laver méticuleusement de pied en cap ; elle lui indiqua quels produits utiliser pour le corps ou les cheveux, puis elle abandonna la jeune fille à sa confrontation plutôt dubitative avec l'assortiment de pots, d'onguents et d'éponges disposé sur la coiffeuse juponnée – sur laquelle veillait une nymphe de bronze excessivement dévêtue. Phryne soupira. À l'évidence, cette nymphe avait attisé les soupçons latents de Dorothy. Cependant, les clapotis et les bouffées de vapeur parfumée qui filtrèrent sans tarder de sous la porte lui indiquèrent que ces doutes ne s'étaient étendus ni à l'eau chaude ni aux cosmétiques de sa nouvelle maîtresse – pour preuve tangible, ces effluves de Koko-for-the-hair, le shampoing qui avait les faveurs de la famille royale du Danemark.

Phryne, qui n'était pourtant guère sujette aux phobies, nourrissait une véritable hantise envers les poux.

La seule pensée de ces parasites suffisait à lui hérisser l'échine. Dans sa prime jeunesse, elle avait passé une journée atroce, la tête enturbannée dans une serviette empestant le kérosène, et dans la mesure du possible, elle préférait éviter de renouveler l'expérience. Elle farfouilla dans sa quatrième malle et y trouva une chemise de nuit toute simple ainsi qu'une robe de chambre dans un ton orangé qui ne lui seyait pas du tout, puis elle se mit à établir sa liste des visites à effectuer.

Dans la matinée du lendemain, il lui fallait déposer sa carte chez une vingtaine de personnes – une perspective qui ne l'enchantait nullement. Elle sélectionna le nombre de cartes requis et écrivit sur chacune d'elles le nom de la personne dont elle se recommandait auprès des maîtres de maison. Cela lui demanda une vingtaine de minutes, et lorsque ce fut achevé, elle commença à s'inquiéter du silence qui régnait dans la salle de bains. Elle alla frapper à la porte, les vêtements de nuit pliés sur le bras.

— Tout va bien, ma petite ? lança-t-elle en entrouvrant la porte.

— Oh, miss, j'ai déchiré ma robe, et c'est la seule que j'ai ! se lamenta l'infortunée servante.

Phryne lui tendit les vêtements dans l'entrebâillement.

— Enfilez donc cela, Dorothy, et sortez ! Je vais vous avancer de quoi vous acheter une nouvelle robe.

Elle entendit un cri d'étonnement étouffé et, un instant plus tard, Dorothy émergea, dans un froufrou de satin.

— Oh, que c'est beau ! J'adore les jolis habits ! s'écria-t-elle.

Cette exclamation de joie, la première que Phryne entendait jaillir de la bouche de la jeune fille, lui arracha un sourire. Toilettée et vengée, avec sa peau claire empourprée, ses cheveux plus foncés parce que mouillés et ses yeux brillants, Dorothy était méconnaissable.

Phryne ouvrit une porte dérobée.

— Voudriez-vous vous coucher tout de suite ? Voici votre chambre, et voilà la clé – vous pouvez vous enfermer, si vous le souhaitez.

— Je préfère attendre un peu, miss, si vous le permettez.

— Très bien. Je vais faire monter du thé.

Phryne décrocha le téléphone, commanda le thé et retourna s'asseoir au bureau pendant que Dorothy paradait dans la chambre en se délectant du bruissement de la robe de chambre.

— Vous parliez sérieusement, miss, quand vous proposiez de me prendre à votre service ? demanda-t-elle en exécutant un demi-tour face au mur.

— Oui, j'ai besoin d'une femme de chambre... comme vous pouvez le constater...

De la main, Phryne balaya le salon qui était littéralement jonché de vêtements.

— ... mes affaires sont un peu en désordre. Mais je ne vous force nullement la main. Je séjourne à Melbourne pour une affaire confidentielle. Je suis chargée d'enquêter sur une dame, à la demande de ses parents. Donc, si vous acceptez de travailler à mon service, vous devrez tenir votre langue, ne jamais répéter à qui que ce soit ce que vous aurez pu entendre et ne jamais cancaner. Je dois pouvoir compter sur votre absolue discrétion. Il se peut que nous soyons amenées à séjourner dans de grandes demeures, et vous ne devrez jamais, sous aucun prétexte, rien divulguer des conversations que vous auriez pu surprendre. Vous êtes entièrement libre de parler de moi, ajouta-t-elle avec un sourire, mais pas de mes affaires.

— Vous avez ma parole, l'assura Dorothy, qui, avec solennité, humecta son index et traça prudemment une croix sur le satin de sa robe de chambre. Que je meure si je mens.

— Bien. En ce cas, votre mission se bornera à veiller sur mes affaires, à retrouver celles que j'aurai égarées, à répondre au téléphone si je suis sortie et, plus généralement, à veiller sur moi. Par exemple, demain, il faudrait prendre un taxi et déposer toutes ces cartes chez les personnes que je suis supposée rencontrer à Melbourne. Qu'en dites-vous ?

Dorothy releva le menton.

— Si j'ai une nouvelle robe, je peux m'en charger.

— Formidable !

— Et mes gages, miss ?

— Oh, j'ignore tout des tarifs en vigueur pour un emploi de femme de chambre de confiance et secrétaire. Combien gagniez-vous ?

— Deux shillings et six pence par semaine, logée, nourrie, blanchie.

Phryne accusa le choc.

— Rien d'étonnant à ce qu'ils aient des problèmes de personnel domestique, dans ce pays ! Que faisiez-vous, pour ce salaire ?

— Tout, miss, sauf la cuisine. Ils employaient une cuisinière. Et la lessive était envoyée chez les Chinois. Alors, ce n'était pas si mal. Il fallait que je me place. On ne peut pas vivre sur ce que gagne maman. Évidemment, vous ne connaissez rien de tout ça. Vous n'avez jamais connu la faim.

— Oh, que si ! dit Phryne avec tristesse. Je sais ce que c'est que d'avoir la faim au ventre. Ma famille était fauchée jusqu'à mes douze ans.

— Mais alors… ? bafouilla Dorothy en pliant un peignoir. Comment… ?

— Trois personnes entre Père et le Titre sont mortes, expliqua Phryne. Trois jeunes hommes disparus prématurément, et le vieux lord nous a fait venir de Richmond ; nous avons embarqué sur un gros paquebot et dans le giron du luxe. Je n'aimais pas trop ça, avoua-t-elle. Ma sœur est morte de diphtérie et de faim. Quelle cruauté, quand on songe que nous avions tous ces parents en Angleterre, et qu'aucun n'a levé le petit doigt avant que Père n'hérite ! Alors, ne me parlez pas de la pauvreté, Dot. J'ai mangé du lapin et du chou parce qu'il n'y avait rien d'autre, et je dois avouer que, depuis, je ne peux plus supporter le civet de lapin ni le chou, sous quelque forme que ce soit. Ah ! Vous avez trouvé mon ensemble bleu ! Je ne me souvenais pas de l'avoir acheté.

Le thé arriva sur un plateau d'argent, avec une brioche que Phryne s'empressa de trancher et de beurrer.

— Mais peu importe ma vie, venez donc m'aider à manger cette brioche, ajouta-t-elle – elle qui détestait cela. Avec du lait, n'est-ce pas ? Et deux sucres ?

Dorothy renifla et était à deux doigts de s'essuyer le nez d'un revers de manche quand elle se reprit à temps et se retira dans la salle de bains pour trouver un mouchoir. Cette pauvre petite devait être épuisée, songea Phryne en versant le thé. La revanche et le sentiment de libération qui la suit sont tout aussi éprouvantes que la haine et le meurtre. Elle glissa une petite pilule blanche dans la tasse de thé de la jeune fille. Elle avait besoin d'une bonne nuit de sommeil.

De retour de la salle de bains, Dorothy fit un raid dans l'assiette de brioche puis vida sa tasse de thé.

— Demain matin, j'appellerai une agence de placement pour savoir combien vous rémunérer, annonça Phryne. Il nous faudra également vous acheter quelques vêtements. Je vais payer votre uniforme, et vous avancerai de quoi acheter vos effets personnels. Il nous faudra aussi récupérer votre ballot à la gare.

— Je crois que je ferais bien d'aller au lit, remarqua Dorothy d'une voix pâteuse.

Phryne la conduisit dans la petite chambre, la borda et remarqua qu'avant même d'avoir refermé la porte la jeune fille s'était endormie.

— Deux shillings et six pence par semaine ! s'indigna Phryne en se servant une autre tasse de thé et en allumant une cigarette. Pauvre petite !

Alice Greenham s'éveilla dans un lit blanc, étrangement docile, et avec la sensation de flotter au-dessus de son corps torturé sur un coussin de morphine. Régulièrement, des femmes sanglées dans de grands tabliers blancs passaient s'occuper de ce corps qui lui semblait appartenir à une autre. Elles l'épongeaient à l'eau fraîche et le recouvraient d'un drap mouillé. Comme Alice trouvait cela amusant, elle gloussait. Le bébé, au moins, n'était plus là. Elle allait pouvoir retourner à l'église et dans son foyer respectable, sans être accablée par la preuve de sa honte.

Jamais elle n'aurait cru que cinq minutes pouvaient suffire à changer irrémédiablement une vie. Au bal de la paroisse, elle s'était laissé entraîner dans l'abri à bicyclettes par un garçon, fils de diacre, qu'elle avait toujours jugé gentil. Il l'avait poussée contre la paroi de planches grinçantes et, tout en se débattant avec ses jupons, il lui avait chuchoté qu'il l'aimait et l'épouserait sitôt que son père lui aurait cédé la moitié des parts du magasin. C'était de cet accouplement fruste et sans plaisir qu'étaient nés tous ces soucis. Quand ils s'étaient revus, le garçon avait fait mine de ne pas la reconnaître, il avait évité son regard ; et lorsqu'elle lui avait parlé du bébé, il s'était récrié :

— Non ! C'est pas moi ! T'as dû aller avec plein de types !

Et comme elle insistait, il l'avait giflée.

Les infirmières – elle les avait identifiées à leur calot – étaient à présent rassemblées autour du corps. Une femme en pantalon remplissait une seringue. Alice devina que le moment était critique. Elle se sentait engourdie de sommeil, insouciante, légère, et ces femmes essayaient de lui faire réintégrer de force ce corps qui se convulsait de souffrance, sur le lit au-dessous. Eh bien, elle ne se laisserait pas faire ! Elle avait eu son lot de blessures, c'était assez. Cet homme, ce George, avec ses mains immondes qui couraient sur elle… Non, elle ne reviendrait pas ! Personne ne pouvait l'y obliger.

On maintenait le corps en place. Il regimbait. La femme en pantalon était en train d'injecter quelque chose dans la poitrine. Le corps s'affaissa brutalement et les infirmières se regroupèrent autour de lui.

Alice, le ventre convulsé de douleur, ne put retenir un cri perçant tandis qu'elle réintégrait le corps. Elle ouvrit les yeux et regarda le Dr MacMillan.

— Ce n'est pas juste… Je n'étais que lumière… murmura-t-elle.

Ses mots s'éteignirent en un long cri rauque.

La fièvre était tombée.

5

Vous tous qui sur la terre habitez,
Chantez haut vers Dieu, chantez...

Cantique

Phryne était plongée dans la lecture du carnet mondain en prenant son petit déjeuner lorsqu'elle entendit Dorothy s'agiter dans la salle de bains. La jeune fille en sortit toute guillerette et Phryne lui tendit un ensemble beige en jersey, ainsi que des sous-vêtements et une paire de souliers. Dorothy s'habilla sans protester, mais les chaussures étaient trop grandes pour elle.

— Remettez vos chaussons pour l'instant, et demain, nous irons vous acheter des souliers – aujourd'hui, c'est dimanche. Vous entendez ces cloches ! Elles pourraient réveiller les morts !

— Je suppose que c'est le but, observa Dorothy.

Phryne détacha les yeux de son journal. Selon toute apparence, Dorothy avait plus de jugeote qu'on ne pouvait le discerner à première vue. Sur ses instructions, la jeune fille s'était commandé un copieux petit déjeuner, et à la voir dévorer placidement des saucisses à huit heures du matin, jamais on n'aurait imaginé que quelques heures plus tôt elle se morfondait avec des envies de meurtre dans le cœur.

— Qu'ai-je à faire en déposant les cartes, miss ? demanda-t-elle en avalant laborieusement une ambitieuse bouchée d'œufs au bacon.

— Vous dites au taxi de vous attendre, vous sonnez et donnez la carte à la personne qui vous ouvrira. Inutile d'ajouter quoi que ce soit. J'ai écrit mon adresse au dos. Vous allez vous débrouiller ?

— Oui, miss, acquiesça Dorothy, la bouche pleine.

— Parfait. Je dois déjeuner avec le Dr MacMillan, au Queen Victoria Hospital, et en attendant, j'irai à l'église. À votre retour, commandez ce qu'il vous plaira pour déjeuner et voyez si vous pouvez mettre un peu d'ordre dans mes vêtements, d'accord ? Je reviendrai dans l'après-midi. Peut-être vaudrait-il mieux que vous ne quittiez pas l'hôtel avant mon retour. Nous ne tenons pas à avoir des histoires avec votre précédent employeur, n'est-ce pas ? Voici l'argent pour le taxi ; vous payerez la somme indiquée au compteur, plus deux shillings de pourboire, pas un sou de plus. Et n'oubliez pas d'aller chercher vos effets à la gare. Dites-moi, Dorothy, cet ensemble vous avantage ! Vous avez du style.

Rougissante, Dorothy prit l'argent, soit plus qu'elle n'en avait jamais vu de sa vie. Elle termina d'un trait sa tasse de thé, puis se leva et lissa sa jupe.

— Je vous suis tellement reconnaissante, miss… commença-t-elle d'une voix hésitante.

— Le penserez-vous toujours lorsque vous vous serez attaquée à cette pagaille ? la coupa Phryne. À voir… Vous avez tout ? Bien, allez-y.

Reverrait-elle un jour la jeune fille, une fois celle-ci lâchée dans la nature en possession de cinq livres et d'une nouvelle robe ? se demanda Phryne. C'était comme jouer à pile ou face, songea-t-elle avec un sourire ; aussitôt, elle se gifla en esprit de cette pensée si cynique. Il était décidément grand temps de faire un tour à l'église.

Une heure et demie plus tard, les promeneurs de Melbourne auraient pu remarquer une jeune femme mince, assurée et superbement soignée qui descendait Swanston Street d'un pas alerte, en direction de la cathédrale. Pour affronter cette matinée rafraîchie d'une brise mordante, elle avait revêtu un tailleur de soie bleu foncé, à la coupe stricte mais rehaussé d'un col précieux en dentelle, des bas et des escarpins noirs, et un chapeau cloche mou. Seuls ses pendants en saphir, dont le scintillement rivalisait d'éclat avec celui des vitraux, apportaient une touche d'excentricité à l'ensemble. Elle gravit les marches de la cathédrale comme si elle était légèrement surprise qu'on eût négligé d'ouvrir en son honneur la porte monumentale, et prit place avec une gracieuse économie de mouvements sur un banc des derniers rangs. Elle accepta une feuille d'office et un livre de cantiques des mains d'un gentleman à la mine joviale, et se détendit suffisamment pour le remercier d'un sourire. Ce visage lui semblait familier.

L'homme était corpulent, rougeaud et tiré à quatre épingles dans sa chemise plus blanche que la neige. Tandis que l'orgue attaquait les premières mesures de *Que la Terre chante le Père*, Phryne reconnut le gentleman qui lui avait souri dans la salle à manger du *Windsor*, la veille au dîner.

Elle se leva pour chanter et entendit, à côté de son timbre aérien de soprano, une basse tonnante qui se détachait sans peine des bêlements qui, dans la plupart des congrégations de l'Église anglicane, tiennent lieu de chant.

Vous tous qui sur la terre habitez,
Chantez haut vers Dieu, chantez...

La voix de son voisin se joignait avec force et allégresse à l'antienne. Phryne approuva. À quoi bon chanter à l'église si c'était du bout des lèvres ? Quand retentirent les dernières mesures du cantique, leur duo avait attiré l'attention des citoyens policés des premiers rangs. Phryne décocha un sourire à son voisin.

— J'adore chanter, chuchota-t-il. Tous ces marmonnements m'insupportent !

Phryne lâcha un petit rire silencieux et opina du chef. Le gentleman glissa une carte entre les pages ouvertes de son psautier ; elle lui rendit la politesse en lui donnant la sienne – une carte gravée (et non imprimée) sur laquelle on pouvait lire « Dame Phryne Fisher, Colling Hall, Kent ». Phryne savait que ses cartes étaient d'une irréprochable élégance. Celle de son voisin était également gravée et indiquait que le gentleman au teint vif qui écoutait à présent avec dévotion le sermon d'un ecclésiastique au nez bouché était Mr. Robert Sanderson, député de Toorak. Phryne se souvint que ce monsieur figurait sur sa liste de notables à voir et glissa la carte dans son réticule, avant de donner toute son attention au sermon.

Celui-ci, grâce au ciel, fut assez bref et tournait principalement autour du devoir chrétien. Phryne avait entendu assez de sermons sur le même thème pour pouvoir presque en prévoir chaque mot ; afin de se distraire, elle joua donc un petit moment à deviner les paroles du prêche, tout en admirant le vitrail qui capturait le soleil du matin et flamboyait tel un joyau. Le sermon laissa place à la confession générale et Phryne admit, avec une totale franchise, avoir commis un certain nombre de choses qu'elle n'aurait pas dû commettre, et s'être abstenue d'en faire bien d'autres qu'elle aurait pourtant dû faire. Et tandis que le service continuait sur sa lancée, elle se remémora son séjour à Paris, sur la Rive gauche – théâtre de bien des épisodes répréhensibles au vu de la morale, mais qui lui avaient néanmoins procuré beaucoup de plaisir. N'avait-elle pas vu Marcel Duchamp se faire battre aux échecs par un gamin dans un café parisien ? Cela justifiait assurément quelques menus péchés. Elle se leva précipitamment pour entonner l'hymne final, puis la cathédrale commença à se vider. Mr. Sanderson lui offrit son bras, qu'elle accepta avec un sourire.

— Je crois que j'ai fait déposer ma carte chez votre épouse, monsieur. Je suis certaine que nous nous reverrons.

— Je l'espère, Miss Fisher, répondit le député d'une voix grave et profonde. Je suis toujours disposé à apprécier une jeune femme qui sait chanter. Par ailleurs, il me semble que j'ai connu votre père.

— Vraiment ?

Phryne ne laissa transparaître aucun signe de mortification à l'idée de voir exhumer son passé de membre de la classe laborieuse. Le député admira son cran.

— Oui, nous avons été présentés alors qu'il s'apprêtait à partir pour l'Angleterre… un petit embarras avec le montant du voyage. J'ai été enchanté de lui prêter main-forte.

— J'ose espérer, monsieur, qu'il s'est souvenu de sa dette ? s'enquit Phryne avec une politesse glaciale.

— Naturellement. Je regrette d'avoir évoqué cela. Me permettez-vous de vous escorter ?

— Non, monsieur, je me rends au Queen Victoria Hospital. Mais peut-être pourriez-vous me rappeler le chemin ?

— Continuez tout droit, puis tournez dans Lonsdale Street, et traversez Mint Place. L'hôpital se trouve juste après l'hôtel de ville. À quelque huit cents mètres d'ici.

— Je vous remercie.

Elle se libéra avec un sourire et s'éloigna, légèrement froissée et attristée. Si son père avait essaimé des dettes d'honneur dans tout Melbourne, se faire une place dans la bonne société allait s'avérer difficile. Néanmoins, elle inclinait à apprécier le député Sanderson. Sa voix cordiale, ses façons franches et dépourvues d'affectation devaient être un atout pour un homme politique. Et peut-être pourrait-il l'inviter à déjeuner au Melbourne Club, un des bastions que Phryne avait dans l'idée d'investir ?

Elle gravit la colline jusqu'au musée, localisa Mint Place non sans difficulté, et s'annonça à l'accueil du bâtiment délabré où flottait une odeur de phénol et de lait qui n'avait rien de déplaisant.

L'hôpital, moitié de bois, moitié de brique, semblait avoir été construit suivant l'inspiration du moment plutôt que d'après un plan d'ensemble. À l'intérieur, les murs étaient peints en jaune bouton-d'or et blanc.

Elizabeth MacMillan apparut, revêtue – par dessus un pantalon d'homme – d'une blouse blanche qui lui allait plutôt bien ; un col amidonné et une cravate dépassaient d'un gilet en tweed.

— Par ici, ma chère, je vais vous montrer une salle de consultation, une salle commune et la nursery, et ensuite nous irons déjeuner, lança-t-elle par-dessus son épaule en s'engageant, tel un jockey de steeple-chase, sur un escalier recouvert de linoléum.

En dépit de son âge et de sa corpulence, le Dr MacMillan était aussi tonique qu'un taureau. Les deux femmes atteignirent l'étage en bon ordre et le docteur ouvrit une porte qui révéla une petite pièce aveugle aux murs blancs, meublée d'un sofa, d'un bureau, d'une chaise et d'une armoire à médicaments.

— Petit, mais fonctionnel, commenta-t-elle. Bien, la nursery, à présent.

— Dites-moi, comment a été fondé cet hôpital pour femmes ? Était-ce une dotation charitable de la vieille reine ?

— C'est une histoire surprenante, Phryne, de celles qui ne peuvent arriver que dans un pays neuf. Deux femmes médecins ont ouvert un cabinet, ici à Melbourne, et l'establishment médical – étant ce qu'il est encore de nos jours, composé de bonshommes confits dans le conservatisme – a refusé que leur féminité vienne souiller l'air pur de leurs hôpitaux. Des infirmières, oui. Des docteurs en jupon, non. Elles se sont alors installées dans le hall de l'Église de Galles – la seule qui ait accepté de les accueillir, les Gallois ont remonté dans mon estime, depuis. Elles disposaient en tout et pour tout d'un robinet d'eau courante et d'un stérilisateur, et assez vite, elles ont eu plus de patients qu'elles ne pouvaient en caser. Elles dormaient à même le sol et elles accouchaient à tour de bras. Mais elles ne voulaient pas d'un hôpital qu'avec des alités, aussi ont-elles réclamé un hôpital général. Le Parlement leur a refusé des fonds, naturellement, donc elles ont porté leur requête devant la reine. Toutes les femmes de Victoria leur ont donné un shilling et la vieille reine – que Dieu la bénisse – leur a conféré un statut et donné le droit de baptiser leur établissement le Queen Victoria Hospital. Malheureusement, la structure de ce bâtiment n'est pas très bonne. Nous déménagerons dans quelques années dans de nouveaux locaux, après quoi on pourra raser cette vieille bâtisse. C'était autrefois une école pour gouvernantes. Tenez, voici la nursery. Vous aimez les bébés, Phryne ?

Phryne égrena un rire.

— Non, pas du tout. Je les trouve moins esthétiques qu'un chiot ou un chaton. En fait, ils me font l'impression d'être ivres. Regardez celui-là : on jurerait qu'il a forcé sur le gin.

Elle désigna un enfant en bas âge au visage fendu d'un immense sourire vide, qui s'acharnait à vouloir capturer, mais en vain, une grosse balle en laine. Phryne prit la balle et la tendit au gamin, qui agita la main en gazouillant. Elizabeth le souleva et le chatouilla tandis qu'il roucoulait.

— Pas la moindre fibre maternelle ? insista-t-elle d'un ton matois.

— Pas la moindre, l'assura Phryne avec un sourire.

Elle serra la menotte potelée du bébé.

— Au revoir, bébé, j'espère que ta mère t'aime davantage.

— C'est peut-être le cas, mais ça ne l'a pas empêchée de l'abandonner, répliqua sèchement le docteur. Au moins nous l'a-t-elle donné à nous, et non pas à quelque éleveur de bébés qui l'aurait laissé crever de faim.

Un nouveau-né se mit à pleurer et, rapidement, toute la salle résonna de petits grondements de fureur.

— Combien y en a-t-il ? demanda Phryne en se bouchant les oreilles.

— Une trentaine. Et c'est une journée tranquille.

Le docteur replaça l'enfant dans son berceau et indiqua à une Phryne assourdie une volée de marches qui menaient à une salle commune.

Des rangées de lits drapés de blanc s'étendaient à perte de vue. Des paravents jaunes entouraient certains d'entre eux et, sur la plupart des chevets blancs, il y avait de discrètes traces personnelles – des photos, des livres, des fleurs. Le sol ciré était immaculé, et tout au fond, on apercevait une longue table sur tréteaux où attendaient du linge, des plateaux, des instruments.

— Voici un jeune homme remarquable, vous savez, reprit le docteur en s'arrêtant devant le septième lit de la rangée. Il nous a amené cette pauvre fille qui s'était évanouie dans son taxi.

Cec reposa délicatement la main d'Alice sur le drap, se leva et baissa la tête. Alice se réveilla. La vue de cette élégante dame debout à son chevet lui arracha un sourire.

— Bonjour, comment allez-vous ? demanda Phryne dans un élan d'affection envers cette inconnue.

— Mieux, chuchota la malade. Je commence à aller mieux.

— Et comment ! confirma lentement Cec.

— J'ai sommeil, murmura Alice.

Elle replongea dans les brumes. Cec se rassit et lui reprit la main.

— De quoi souffrait-elle ? s'enquit Phryne tandis qu'elles s'éloignaient.

— Elle a subi un avortement criminel – le monstre a manqué de la tuer avec ses pratiques de boucher ; ce type n'avait aucune connaissance médicale. Et d'après ce qu'elle dit, il l'a également violée.

— Que dit la police ? demanda Phryne en cillant.

— Qu'ils ne peuvent rien faire tant qu'on n'a pas localisé le salaud. Je crois que ce chauffeur de taxi et son camarade le recherchent. Ils étaient très inquiets. Vous le reconnaissez, Phryne ?

— Naturellement, c'est le copain de Bert, Cec. Vous ne pensez pas que c'est lui le responsable ?

— L'idée m'a effleurée, bien sûr. Mais non, je ne crois pas. Son camarade affirme qu'ils n'avaient jamais vu cette fille avant que l'homme ne la mette dans leur taxi, sur Lonsdale Street.

— Va-t-elle s'en sortir ?

— Je crois, oui. Bien, j'ai découvert un endroit charmant pour déjeuner, alors allons-y, sinon, je vais encore me laisser distraire et je ne déjeunerai pas avant la semaine prochaine.

D'un pas alerte, elle conduisit Phryne dans une petite boutique, modeste mais propre, avec des murs en pierre et des tables en pin récurées.

— Ah, quel endroit ! soupira le Dr MacMillan en tirant une chaise. La dame fait des tourtes excellentes et le café comble vos désirs. Mrs. Jones ! appela-t-elle par l'orifice du passe-plat. À manger ! Du café ! Et que ça saute !

— Oui, docteur, ne vous emballez pas ! cria aussitôt une voix – ce qui indiquait que le Dr MacMillan était déjà une habituée des lieux.

Phryne posa son sac et alluma une cigarette.

— Vous avez fait accepter vos pantalons, à ce que je vois, Elizabeth.

— Que oui ! Et sans un murmure, précisa le Dr MacMillan en passant sa large main dans ses cheveux poivre et sel. Ils ont une fascinante collection de patientes, ici. Ah, voilà le café.

On leur apporta un pot fumant, avec du lait chaud et du sucre en poudre. Phryne se servit une tasse et goûta le café. Il était effectivement excellent. Très noir, et pur.

— Et vous, qu'avez-vous fait, ma chère ? s'enquit le docteur.

— Je me suis installée. J'ai embauché une femme de chambre.

Elle raconta à son amie l'histoire de Dorothy.

— Je crois que je vais acheter un avion. Le nouvel Avro, peut-être, enchaîna-t-elle.

— J'ai toujours voulu vous demander, Phryne… Comment se fait-il que ce soit vous qui ayez répondu à mon appel à l'aide, pendant l'épidémie de grippe ? Quand je vous ai vue descendre de cet avion… une plume aurait suffi à m'assommer.

— C'est très simple, répondit Phryne en buvant une gorgée de café. Je me trouvais à la base aérienne lorsque votre appel est arrivé, et j'y étais seule avec le mécanicien. Il y avait un bal au village, tous les hommes avaient filé. Et nous n'avions que deux appareils sous la main, l'un et l'autre des rescapés de la guerre. Alors j'ai persuadé Irish Michael de lancer l'hélice du vieux Bristol, et je suis partie. Il me semblait que je n'avais pas le choix. Et je vous ai amenée à bon port, non ?

— Ah ça, vous nous avez amenées à bon port. Jamais de ma vie je n'ai eu aussi peur ; entre le vent, la tempête et ces vagues qui bondissaient pour nous attirer dans la mer… Quel voyage ! Je vous jure que mes cheveux en sont devenus blancs. Et vous, qui conserviez un calme olympien, même quand la boussole a commencé à perdre la tête.

— On n'a pas intérêt à perdre son sang-froid, quand on est en l'air. C'est un élément qui ne pardonne pas.

— Certes. Mais qu'on ait réussi à trouver l'île – et à se poser ! –, voilà ce que j'ai encore du mal à comprendre.

— Oui, l'atterrissage était un peu délicat ; à cause de l'écume et du vent, la visibilité était mauvaise, et il n'y avait qu'une seule plage assez longue pour atterrir. Je craignais que notre approche ne soit trop rapide, mais j'avais peur de ne pas retrouver la plage, et le vent soufflait si fort que j'ai préféré me poser sans attendre. Voilà pourquoi nous avons roulé aussi longtemps le long du rivage. Mais c'était un bel atterrissage ; nous avions encore au moins trois mètres devant nous lorsque nous nous sommes immobilisées.

— Trois mètres… souffla le Dr MacMillan. Soyez gentille, versez-moi donc un peu de café.

— Le vrai courage, dans cette expédition, c'était le vôtre, observa Phryne. Sans vous, jamais je n'aurais pu me résoudre à entrer dans ces masures crasseuses, puantes et remplies de cadavres. Pour rien au monde.

Vous m'avez entraînée dans votre sillage. J'en fais encore des cauchemars.

— Les masures en question étaient des fermettes, corrigea le Dr MacMillan. Et ne vous chagrinez donc pas pour ces cadavres. Comme disait ma grand-mère des Highlands – et elle avait la Clairvoyance : « Ce n'est pas des morts qu'il faut se soucier ! Prends donc garde aux vivants ! » C'était une femme pleine de sagesse. Les morts sont au-delà de votre aide ou de la mienne, les malheureux. Mais les vivants ont besoin de nous. Trente âmes au moins, Phryne, vivent toujours sur cette île pour rendre grâce à Dieu. Et à propos de courage, ma petite, qui a escaladé la colline et massacré cette bête pour préparer du bouillon ?

Au souvenir du frisson d'excitation qu'elle avait ressenti à traquer le bétail des montagnes à travers les tourbières embrumées en compagnie d'un jeune et beau berger, Phryne refusa en riant tout mérite pour cette prouesse.

Elles déjeunèrent agréablement d'une quiche au bacon, puis Phryne regagna le *Windsor* à pied, d'excellente humeur.

Elle inspecta le salon de l'hôtel et y trouva un exemplaire d'Hérodote qu'elle monta dans sa suite.

Celle-ci avait subi une métamorphose. Dorothy était revenue, et avait dû passer deux bonnes heures à trier, plier et ranger les vêtements, apparier les paires de chaussures et réparer les ourlets déchirés. Dans le salon, une petite pile nette de bas reprisés était posée sur l'un des accoudoirs du fauteuil ; un jupon brodé attendait sur l'autre ; la longue déchirure dans l'ourlet, conséquence d'un faux pas de la part de quelque partenaire pataud, était réparée comme une suture, de sorte que l'accroc était presque invisible. Phryne se laissa choir dans le seul fauteuil libre, un peu étourdie. Dorothy émergea de sa chambre, où elle était occupée à se brosser les cheveux.

— Votre déjeuner s'est bien passé, miss ?

— Oui, merci. Vous, à l'évidence, vous n'avez pas chômé ! Comment vous êtes-vous débrouillée avec les cartes ?

— Très bien, miss. Et j'ai aussi récupéré mon ballot. Voilà la monnaie du taxi.

— Gardez-la, Dorothy. Une femme devrait toujours avoir un peu d'argent en poche. Avez-vous pensé à déjeuner ?

— Oh oui, miss ! Et il y a un message pour vous, arrivé il y a environ une heure, précisa-t-elle en tendant à Phryne une lettre pliée.

— Merci, Dorothy. Je n'ai besoin de rien pour l'instant, alors pourquoi ne finiriez-vous pas de vous coiffer ? Vous reprisez divinement. Pourquoi êtes-vous devenue femme de chambre ?

— Maman pensait que c'était le mieux. Ce n'est pas bien de travailler à l'usine ou dans un magasin.

— Je vois.

Le travail d'atelier jouissait encore d'une réputation de basse tâche.

Phryne déplia la lettre. « Cryer », proclamait l'en-tête dans un lettrage doré, flamboyant et de mauvais goût ; au-dessous était indiquée l'adresse : Toorak, évidemment. Quant à l'écriture qui se déployait sur la page à l'encre violette, elle manquait elle aussi de style.

« Faites-nous le plaisir d'honorer un petit dîner demain soir. Melanie Cryer. » De l'encre violette, aucune indication concernant l'heure ou le code vestimentaire de rigueur… cela ne présageait rien de bon. Un numéro de téléphone figurait sous l'en-tête doré. Phryne souleva le combiné.

— Toorak 325, indiqua-t-elle à l'opératrice.

Il y eut un bourdonnement, puis une curieuse succession de bruits sourds, et enfin, une voix féminine annonça, avec un accent du Donegal à couper au couteau :

— Maison Cryer. Qui demandez-vous ?

— Phryne Fisher à l'appareil. Mrs. Cryer est-elle là ?

Il y eut un petit cri étouffé pendant que la domestique passait le message à une personne qui se tenait à l'évidence à côté d'elle. Le combiné changea de main et une voix haut perchée s'exclama :

— Miss Fisher ! Que c'est aimable à vous d'appeler !

Phryne détesta immédiatement cette voix, mais demeura cordiale, accepta l'invitation et demanda à quelle heure, et dans quelle tenue, elle devait se présenter chez les Cryer. Le dîner était à huit heures – en robe longue.

— Encore que vous allez nous trouver bien rustiques, Miss Fisher !

Phryne répliqua poliment, mais au prix d'un certain effort, qu'il n'en serait rien puis raccrocha. Si c'était là le summum de la vie mondaine de Melbourne, songea-t-elle, l'enquête allait être sinistre. Elle se recula dans son fauteuil et demanda :

— Dot, j'ai une question à vous poser et je voudrais que vous la considériez avec soin.

Elle marqua une pause.

— Connaissez-vous une *adresse* ?

Dorothy lâcha le coffret à bijoux qu'elle tenait ; une poignée de boucles d'oreilles s'éparpilla sur le tapis.

— Oh, miss ! souffla-t-elle. Vous ne vous êtes pas… fait prendre ?

— Non, je ne suis pas enceinte. Mais je recherche un avorteur. Vous connaissez une adresse ?

— Non, miss, répondit Dorothy avec raideur. Je désapprouve ce genre de choses. Elle devrait l'épouser et aller jusqu'au bout. Ces opérations… c'est dangereux.

— Je le sais. L'homme a quasiment assassiné une amie de mes chauffeurs de taxi, et je veux l'obliger à cesser ses activités. Il est quelque part près de Lonsdale Street. N'y a-t-il personne auprès de qui vous pourriez vous renseigner ?

— Dans ce cas, miss, je suis de votre côté. Mon amie Muriel Miller, qui travaille à l'usine de condiments, à Fitzroy, connaîtra peut-être quelqu'un. Elles ne filent pas toutes dans le droit chemin, les filles des usines. C'est pour ça que maman ne voulait pas que j'y travaille…

— Bien. Votre amie Muriel est mariée ? A-t-elle le téléphone ?

— Non, miss, elle vit chez ses parents. Son papa a une confiserie. Il y a sans doute un téléphone, là-bas, mais je ne connais pas le numéro, ajouta Dorothy d'un ton dubitatif, en se mettant à quatre pattes pour traquer les boucles d'oreilles.

Pendant que Dorothy capturait la dernière boucle, Phryne consulta l'annuaire et trouva le numéro de téléphone de la confiserie.

— Muriel sera-t-elle chez elle, à cette heure-ci ?

— Sans doute. L'après-midi, elle aide son père à la boutique.

Phryne composa le numéro et tendit le combiné à Dorothy.

— Mr. Miller ? C'est moi, Dot Williams. Puis-je parler à Muriel ? Merci.

Il y eut un silence, puis Dorothy reprit, le souffle court :

— Allô, Muriel ? C'est Dot… J'ai un nouveau travail et j'habite au *Windsor* !… Oui, un vrai coup de veine ! Je te raconterai tout demain, je vais à la maison voir maman. Tu pourras passer ?… Parfait. M-mmuriel, tu connaîtrais une *adresse* ?… Non ! Ce n'est pas pour moi, je te le promets… Non. Je peux le prouver. Bon, tu peux trouver ça ? Très bien. À demain. Merci, Muriel. Au revoir.

« Elle dit qu'elle va trouver ça, miss. Je la vois demain. Mais comment savoir si c'est le type en question ?

— Il ne doit pas y avoir trente-six mille avorteurs à Melbourne, souligna Phryne d'une voix sinistre. Mais s'il le faut, je les appellerai tous. Bien, je vais dîner.

6

Par la Mort réunis
Par la Nuit emplis

Algernon Charles SWINBURNE, *Le Triomphe du temps*

Le lendemain matin, Phryne emmena Dorothy effectuer quelques emplettes en ville. Elle découvrit que la jeune femme avait très bon goût, quoique porté vers l'ostentatoire. Dorothy se montrait également soucieuse d'économiser l'argent de Phryne, ce qui changeait agréablement cette dernière de sa bande de connaissances, qui ne pensaient, au contraire, qu'à le dilapider.

Quand sonna l'heure du déjeuner, elles avaient fait l'acquisition de deux robes bleu foncé qui pouvaient passer pour des uniformes, de bas, de chaussures et de sous-vêtements dans une séduisante teinte champagne. Ainsi que d'un pardessus bleu azur qui promettait d'égayer les journées d'hiver, et d'une robe d'après-midi richement brodée – un cadeau de Phryne qui, en dépit des protestations de Dorothy, s'était montrée catégorique : posséder de belles toilettes était le second meilleur soutien du moral d'une jeune femme sur cette terre.

Phryne avait présenté ses lettres de créances à la banque et ouvert un compte chez Mme Olga, dans

Collins Street, au cas – improbable, compte tenu de ce qu'elle avait aperçu de la mode à Melbourne – où elle serait tentée par quelque fanfreluche. Cependant, elle révisa son opinion. Elle essayait des robes du soir dans le somptueux salon de Madame, quand Mme Olga, une femme émaciée et spirituelle, aux yeux de laquelle la mode était une déesse sévère et distante qui requérait de grands sacrifices, remarqua le peu d'intérêt que sa nouvelle cliente manifestait à l'égard de ses robes. Elle commanda à une vendeuse :

— Allez chercher la *cinq à sept**.

L'acolyte détala et revint en portant avec une tendresse nerveuse un vêtement enveloppé de fine soie blanche. On déballa la chose dans un silence révérencieux. Phryne, en combinaison et bas, était convaincue que du givre était en train de se former sur ses déclivités supérieures ; elle attendit avec impatience que le rituel fût accompli.

Madame secoua la robe et l'étendit d'un seul mouvement sur un étal, puis recula pour observer la réaction de sa cliente avec une satisfaction contenue. Dorothy lâcha un hoquet, et même Phryne écarquilla les yeux.

C'était une robe couleur rubis, ourlée de vison brun ; un modèle d'Erté, à l'évidence, économe en coutures et dont tout le bâti reposait sur les épaules. Le décolleté était profond et astucieusement dissimulé sous des rangs de perles de jais, qui avaient pour fonction de retenir la robe sur les épaules de celle qui la portait tout en laissant l'agréable impression qu'elle pouvait glisser à tout moment.

— Mademoiselle aimerait-elle l'essayer ? s'enquit Madame.

Phryne se laissa enfiler la robe par-dessus la tête. Elle avait une traîne, mais d'une longueur nullement embarrassante, et d'immenses manches inspirées des kimonos de la Chine impériale qui se réunissaient gracieusement sur le devant pour se transformer en manchon. Le rouge profond de l'étoffe, qui contrastait avec le teint pâle de Phryne, mettait en valeur la carnation et les cheveux noirs de la jeune femme, et lorsqu'elle marchait, un flot de satin semblait se liquéfier sur ses membres et les gainer comme dans de la gélatine. C'était une robe parfaitement décente mais furieusement érotique. Phryne sut dans l'instant qu'il la lui fallait.

— Je ne l'ai montrée à personne à Melbourne, souligna Madame avec une satisfaction placide. Aucune dame ici ne pourrait la porter avec le panache nécessaire. Mademoiselle a le style, donc la robe est faite pour Mademoiselle.

— Exactement, acquiesça Phryne en acceptant, sans un battement de cils, un prix qui arracha un hoquet à Dorothy.

C'était la robe de l'année, songea Phryne, celle qui ferait l'impression recherchée sur les Cryer, et par conséquent sur le reste de Melbourne. Lorsqu'elle mentionna les Cryer, Mme Olga cilla.

— Mrs. Cryer a beaucoup d'argent, et il faut bien vivre, *que voulez-vous* * ! Mais son goût est des plus exécrables, *des parvenus* *, conclut-elle avec un haussement d'épaules. Dois-je faire livrer la robe à l'hôtel de Mademoiselle ?

— S'il vous plaît. Je réside au *Windsor*. Et je dois à présent me sauver, madame ; mais je reviendrai, je puis vous l'assurer.

Elle hésita à questionner Madame, qui était à l'évidence bien informée, au sujet de Lydia – le motif de son enquête – puis décida de s'abstenir. En Europe, les maisons de couture étaient la principale source où s'alimentaient les commérages ; tout inclinait à penser que Melbourne, étant plus petit et plus incestueux, serait aussi cancanier, sinon plus.

Dorothy et Phryne déjeunèrent d'une collation légère à Block Arcade et se rendirent dans une agence de placement pour se renseigner sur le montant des gages habituels d'une femme de chambre. Dorothy fut étonnée d'apprendre qu'elle allait gagner au moins une livre par semaine, nourrie, logée et blanchie, uniformes compris, et fut encore plus stupéfaite lorsque Phryne s'empressa de doubler ses émoluments et de prendre à sa charge tous les frais de sa garde-robe. Quand Dorothy fila voir sa mère afin de lui raconter les changements survenus dans sa vie, Phryne se rendit dans un institut Elizabeth Arden, sur Collins Street, pour un programme de massage, bain de vapeur et pommades. Elle passa là deux heures voluptueuses, tout en restant attentive aux bavardages. Elle ne glana aucune indiscrétion utile – excepté toutefois une remarque qui ne manquait pas d'intérêt : la cocaïne était devenue la drogue de prédilection de la haute société dissolue de Melbourne.

Elle émergea de l'institut rayonnante, après avoir tenu tête aux employées qui lui soutenaient qu'elle avait besoin de diverses lotions et poudres. Elle regagna son hôtel d'un bon pas et s'octroya trois heures de sieste. À son réveil, Dorothy était de retour et déballait la robe Erté avec toute la délicatesse requise.

— Alors, qu'a dit votre mère ? s'enquit Phryne en s'asseyant pour siroter son thé. Et auriez-vous localisé mes boucles en jais, Dorothy ?

— Oui, miss, elles étaient au fond de cette malle. Maman a dit que vous paraissiez assez matérialiste, mais quand je lui ai appris que vous alliez à l'église le dimanche, à la cathédrale, elle a admis que vous deviez être une dame respectable – ce qui est aussi mon avis. Voici vos boucles.

— Merci. Il me faut des bas noirs, la combinaison noire, mes escarpins en chevreau noir glacé, et une touche de *Fruit défendu.* Appelez la réception et commandez un taxi pour me conduire chez les Cryer, voulez-vous, Dot ? Ça ne vous ennuie pas que je vous appelle Dot ?

— Non, miss, c'est comme ça que m'appellent mes sœurs.

— Parfait.

Phryne se leva, s'étira et se défit de sa robe d'intérieur masculine en se dirigeant vers la salle de bains.

— J'ai la ferme intention d'impressionner Melbourne, dans cette robe.

— Oui, miss, acquiesça Dorothy en décrochant le téléphone.

Tout en n'étant pas encore entièrement rompue à l'utilisation de cet appareil, elle ne le regardait plus comme un vecteur d'électrocution. Elle passa son ordre d'un ton relativement directif, et entreprit de mettre la main sur les sous-vêtements qui serviraient de fondation à l'étourdissante robe du soir.

Une heure plus tard, Phryne s'admira dans le miroir avec une grande satisfaction. Le satin ondoyait tel du miel, et au-dessus des flamboyantes volutes de la robe émergeait sa délicate tête de femme émancipée – le casque de cheveux noirs et raides sur lequel elle avait passé un filet argenté, le visage adroitement fardé à la chinoise, la bouche rouge, les yeux charbonneux et les sourcils si fins qu'ils semblaient dessinés d'un trait de crayon. Les longs pendants en jais effleuraient la fourrure du décolleté. Elle jeta sur l'ensemble une cape du soir aussi noire que les ténèbres et opta pour un sac en velours tout simple en forme de bourse, dans lequel elle glissa, après réflexion, son petit revolver, un mouchoir, des cigarettes et une liasse de billets. Phryne n'était pas assez accoutumée à la richesse pour se sentir entièrement à l'aise sans un bouclier de liquidité à utiliser en cas de catastrophe.

Elle s'élança dans l'escalier avec une grâce aérienne, talonnée par une Dorothy anxieuse. Le portier s'inclina profondément sur son passage et se redressa suffisamment pour aider cette charmante aristocrate à grimper dans le taxi qui l'attendait et accepter avec impassibilité un pourboire exorbitant ; Dorothy et lui observèrent la jeune femme s'éloigner dans toute sa magnificence.

— Qu'elle est belle ! s'extasia Dorothy avec un soupir.

Le portier acquiesça, en songeant que, finalement, les goûts de l'aristocratie n'étaient pas si singuliers. De fait, dans son nouvel uniforme et convenablement chaussée, la petite servante n'était pas désagréable à l'œil. Dorothy se reprit, rougit et battit en retraite dans la chambre de sa maîtresse pour écouter de la musique de bal à la radio en reprisant quelques bas supplémentaires. Phryne avait coutume d'en acheter de nouveaux sitôt que les anciens étaient filés, et cette extravagance choquait terriblement Dorothy. Par ailleurs, elle aimait bien repriser les bas.

À l'arrière du taxi, Phryne s'adossa confortablement et alluma une Sobranie à filtre doré ; moins agréable au goût que ses cigarettes habituelles, mais quand on se doit d'être élégante, on ne regarde pas au sacrifice.

— Vous allez souvent chez les Cryer ? demanda-t-elle au chauffeur.

— Oui, miss, répondit celui-ci, ravi de découvrir qu'un être humain qui ressemblait à ce point à une gravure de mode possédait une voix. Ils reçoivent beaucoup, et la plupart du temps, c'est moi qui y emmène les gens parce que Ted est un vieil ami à moi.

— Ted ?

— Le portier du *Windsor.* On a fait la Somme ensemble. Eh oui… Un brave gars.

— Oh…

À l'inverse de toutes ses camarades de pensionnat qui avaient succombé à la fièvre belliciste, Phryne évitait de penser à la Grande Guerre. Ses dernières larmes en date, elle les avait versées en lisant les poèmes de Wilfred Owen[1]. Elle s'empressa de changer de sujet.

— À quoi ressemblent les Cryer ? Je suis de passage, voyez-vous, j'arrive d'Angleterre.

Elle remarqua que les yeux du chauffeur s'étrécissaient tandis qu'il cherchait à déterminer jusqu'où il était raisonnable de confier ses sentiments à cette dame qui emplissait l'habitacle de son taxi d'une fumée aux effluves exotiques. Phryne éclata de rire.

— Je ne dirai rien, promit-elle.

Le chauffeur parut choisir de la croire et inspira profondément.

— Aussi mauvais que des rats de latrines, lâcha-t-il.

— Je vois. Intéressant.

— Ouais, et si jamais il leur revient aux oreilles que j'ai dit ça, jamais plus je ne conduirai de taxi dans Melbourne, alors je compte sur vous, miss.

— Vous pouvez, l'assura Phryne en écrasant sa Sobranie. C'est ici ?

— Ouais, fit le chauffeur, l'air abattu.

1. Poète britannique né en 1893, dont toute l'œuvre porte sur les horreurs de la guerre. Owen fut tué en novembre 1918, une semaine avant l'armistice. *(N.d.T.)*

Phryne observa l'immense demeure : sa façade aussi ornée qu'un gâteau de mariage ; le tapis rouge, les fleurs, l'armée de valets qui attendaient les invités. Intérieurement, ce spectacle la hérissa. Un tel déploiement de faste, alors que les classes ouvrières étaient fauchées au-delà du supportable ! C'était aussi insensé que vulgaire et ça empestait la richesse ostentatoire. Le Vieux Continent que Phryne venait de quitter était appauvri ; même l'aristocratie avait pâti de la guerre et, encore sous le choc de la révolution russe, elle gardait profil bas. L'ostentation était passée de mode et la litote avait gagné ses lettres de noblesse.

Phryne régla sa course, réussit à s'extraire, elle et sa divine robe, sans dommage et laissa deux valets l'escorter jusqu'à la porte d'entrée du palais Cryer. Elle inspira, entra d'un pas résolu et confia sa cape à une femme de chambre qui officiait dans le boudoir des dames. Celui-ci était entièrement tendu de soie imprimée d'un motif douloureux à l'œil, mais Phryne n'en laissa rien paraître. Elle gratifia la femme de chambre d'un pourboire, remit en place chaque luxueux pli de sa robe, secoua dubitativement la tête à l'image que lui renvoya le miroir en pied et se prépara à saluer son hôtesse.

Le vestibule était peint dans un ton vert pastel qui, malencontreusement, voilait tous les visages d'un chatoiement morbide. Phryne indiqua son nom et rassembla son courage. Mrs. Cryer, elle en était convaincue, était du genre à vous étreindre.

Comme on pouvait s'y attendre, il y eut des pas précipités, et une femme squelettique toute vêtue de noir et de diamants fondit sur elle. Phryne se soumit avec philosophie à l'épreuve – tant pis pour les désordres occasionnés dans sa coiffure et la douloureuse empreinte de facettes sur sa joue. Mrs. Cryer embaumait puissamment Chanel, et était si maigre que Phryne se demanda par quel miracle ces hanches et ces omoplates – très certainement les plus acérées de Melbourne – ne déchiraient pas les coutures. Cette femme donnait à Phryne la très curieuse sensation d'être elle-même exagérément robuste et enrobée.

Elle se laissa entraîner par une main osseuse et étincelante d'un fardeau de pierres précieuses dans une salle de bal illuminée de mille feux. La salle, gigantesque et dotée d'un plafond à coupole, grouillait d'invités ; un buffet était disposé le long d'un mur, et un orchestre de jazz conduisait son habituelle offensive à cinq temps dans la galerie de musique. La pièce était envahie de tubéreuses et d'orchidées hideusement coûteuses et trop épanouies, qui répandaient leur lourd parfum exotique dans la touffeur de l'air. L'effet produit était tout à la fois tropical, précieux et vulgaire. Mrs. Cryer déclara que, puisqu'elle avait ouï dire qu'ils s'étaient déjà rencontrés, elle avait placé Phryne à côté de Mr. Sanderson, le député – information qui permit à Phryne de caresser l'idée voluptueuse qu'en dépit des apparences il se trouverait au moins un être humain dans cet aréopage. Puis, son hôtesse lâcha un nom qui amena sur les lèvres fardées de son invitée un sourire discret.

— Peut-être connaissez-vous l'Honorable Robert Matthews ? piailla Mrs. Cryer. Ce cher Bobby ! Tout le monde l'adore, ici ! Il joue dans l'équipe des messieurs, au cricket. Je suis certaine que vous allez terriblement bien vous entendre !

Phryne, qui était à l'origine du bannissement de Bobby sur ces lointains rivages, était certaine que leur entente ne serait pas si cordiale – et que, pardessus le marché, la dernière fois qu'elle avait rencontré le jeune homme, il n'était pas un Honorable. À ce moment-là, elle croisa justement les yeux du gentleman en question, à l'autre bout de la pièce. Il lui décocha un regard où la supplique le disputait si bien à la fureur que Phryne s'étonna que ses cheveux ne s'embrasent pas. Elle répondit d'un sourire aimable et Bobby se détourna. Mrs. Cryer, qui n'avait rien intercepté de cet échange, entraîna Phryne dans son sillage afin de la présenter à ses artistiques invités ; le plancher de la salle, ciré à outrance, aurait pu rivaliser avec une patinoire.

— Nous avons la chance d'avoir capturé la princesse de Grasse, annonça Mrs. Cryer dans un aparté tonitruant. C'est elle qui parraine le *premier danseur** et la *danseuse** de la *Compagnie des Ballets masqués** – ils font fureur, cette saison. Peut-être les avez-vous déjà vus ?

Phryne se concentra sur son hôtesse et manœuvra pour libérer sa main.

— Oui, je les ai vus à Paris l'an passé.

Elle se rappela le charme étrange et macabre de ces danseurs exécutant leur *ballet masqué** sous les ors patinés du vieil Opéra. En dépit d'une chorégraphie aux accents naïfs, le spectacle – une interprétation de la mystérieuse pièce de Schubert intitulée *La Jeune Fille et la Mort* – lui avait donné des frissons. La *Compagnie des Ballets masqués** avait intrigué le public parisien et, au moment où elle en devenait la coqueluche, s'était évanouie dans la nature. Ainsi donc, ils étaient partis pour l'Australie ! Et pourquoi ça ? se demanda Phryne. En passant devant le député Sanderson, elle ralentit le pas, lui sourit et reçut en retour un sourire de conspirateur. Les artistes, comme cela arrive souvent, avaient pris racine devant le buffet et ne cessèrent de se sustenter que lorsqu'ils furent interpellés par Mrs. Cryer.

— Princesse, puis-je vous présenter l'Honorable Phryne Fisher ? Miss Fisher, voici la princesse de Grasse, et Mlle… euh…

— De Lisse, et voici mon frère, Sasha, ajouta la jeune femme.

Le frère et la sœur étaient grands, élancés et gracieux, et, à en juger par la similitude de leurs traits, jumeaux. Ils avaient le teint pâle, le visage racé, avec des pommettes hautes et des yeux bruns profonds et expressifs. Tous deux portaient leurs boucles châtaines coupées à l'identique, et étaient pareillement vêtus de justaucorps et collants d'un noir uniforme. Sasha s'inclina au-dessus de la main que lui tendait Phryne, gesticula avec grandiloquence et déclara :

— Mais Mademoiselle est *magnifique** !

À part elle, Phryne ne put qu'acquiescer. Personne, dans cette assemblée, ne la surpassait en style et élégance, à l'exception de ces deux danseurs, dont la mise sommaire soulignait l'essentiel de leur beauté. La princesse de Grasse – un titre sur lequel Phryne nourrissait de sérieux doutes – était une petite Russe flétrie, fagotée dans une robe d'un rouge flamboyant sur laquelle elle avait jeté une cape en zibeline scandaleusement longue. Elle posa sur le poignet de Phryne une serre glacée et esquissa un sourire sardonique merveilleusement expressif, qui paraissait englober dans une même appréciation muette leur hôtesse, la salle, le buffet, l'improbabilité de son titre et un généreux élan d'admiration à l'égard de la nouvelle venue. Celle-ci répondit avec un sourire encore plus appuyé et serra la main de la princesse.

— Je ne peux pas retirer ma cape, lui chuchota celle-ci à l'oreille. Ma robe n'a plus de dos. Il faudra que vous veniez me voir. Vous êtes la seule personne dans ce trou qui ait un visage intéressant.

— Je n'y manquerai pas.

Phryne n'eut guère le loisir d'en dire davantage car son hôtesse attendait, avec une impatience manifeste, de faire étalage de sa britannique personne devant quelque autre parvenu. Elle s'éloigna donc paisiblement, avec un port de tête irréprochable. Cette Mrs. Cryer s'avérait assez divertissante. Elle s'était lancée dans un exposé des théories sociales – sujet sur lequel elle manquait de qualifications.

— Tous ces épouvantables communistes ! se lamentait-elle. Non pas que je vive dans la crainte, naturellement. Tous mes domestiques m'adorent !

Phryne s'abstint de commentaire.

Le début de soirée fut prolixe en simagrées et poignées de main. Phryne hocha la tête devant tant de visages, distribua tant de sourires et serra tant de mains que tous ces inconnus se confondirent bientôt dans une brume. Elle commençait vraiment à fatiguer et rêvait de s'asseoir pour boire un cocktail roboratif et fumer une cigarette, quand son attention fut de nouveau sollicitée.

— Voici Lydia Andrews et son mari John, lui signala Mrs. Cryer.

Phryne se concentra et examina le sujet de sa mission.

Lydia Andrews était vêtue avec élégance et avait été maquillée par une main experte, mais il y avait chez elle tant de mollesse et d'apathie qu'elle donnait l'impression d'être une poupée. Elle avait une chevelure blonde vaporeuse, agrémentée de plumes d'autruche roses qui rebiquaient avec espièglerie au-dessus du front. Sa robe vieux rose rebrodée de perles était superbe ; son cou s'ornait d'un sautoir de perles roses qui descendait jusqu'aux genoux.

Seul le regard bref et pénétrant qu'elle décocha à Phryne à l'instant des présentations rappela à celle-ci l'auteur des lettres qu'elle avait lues. Une jeune femme capable de collecter des informations sur un comptable trop cupide ne pouvant pas être aussi languide que le suggéraient les apparences, Phryne se tint sur ses gardes. Et si c'était là la pose que Mrs. Andrews décidait d'affecter, qui était-elle, elle, Phryne Fisher, pour s'en mêler ?

En plus d'exsuder une profonde apathie, Lydia semblait s'ennuyer à périr. Phryne jugea cela curieux. Cette soirée était prétendument le clou de la saison mondaine. Le mari planait, telle une ombre menaçante, derrière elle. John Andrews était un homme corpulent, engoncé dans un habit de soirée de bonne facture. Ses cheveux bruns se raréfiaient sur le haut du front, et sa poignée de main était désagréablement tiède et moite. Il avait des yeux clairs, d'une nuance particulière qui avait toujours inspiré quelque méfiance à Phryne. Il pressa sa femme d'avancer d'un coup sec et discret, mais douloureux, sur l'avant-bras. Même ce geste échoua à provoquer une réaction de la part de la jeune femme ; seule une lueur de surprise blessée traversa son regard de porcelaine bleue. Phryne les jugea l'un et l'autre bien peu sympathiques au premier abord – particulièrement ce John Andrews, en qui elle devinait un tyran domestique. Mais cela ne faisait pas de lui un empoisonneur.

Une fois la cérémonie des présentations terminée, Phryne, enfin libérée des griffes de son hôtesse, alla trouver Lydia Andrews. Renonçant à suivre son inclination – elle aurait volontiers rejoint Sanderson ou les danseurs –, elle commença, conformément à sa mission, à cultiver avec assiduité sa jeune compatriote.

Il s'avéra difficile de séparer Lydia de son mari. Elle s'y accrochait avec autant de perversité qu'une bernique se cramponne à la coque d'un paquebot, où elle se sait pourtant inopportune et en danger. John Andrews finit par libérer son bras des doigts de son épouse, en lui ordonnant abruptement, et sans une once de douceur :

— Soyez gentille, bavardez donc avec Miss Fisher. Je veux voir Matthews, et je sais que vous ne l'aimez pas.

Il s'éclipsa aussitôt, sans tenir compte du petit cri de douleur que lâcha son épouse. Il y avait quelque chose de décidément très étrange dans leur relation, songea Phryne en s'emparant de la main de Lydia et de son attention vacillante.

— John a raison. Je n'aime pas ce Matthews, déclara-t-elle brusquement d'une voix sans timbre et entêtée. Je sais qu'il appartient à une illustre famille anglaise, mais je ne l'aime pas. Quelque convaincant et charmant qu'il soit, peu m'importe, je ne l'aime pas.

Phryne ne put s'empêcher d'approuver, tout en comprenant que cette manie de marteler sans cesse les mêmes mots pouvait, à la longue, faire perdre sa douceur naturelle au plus aimable des hommes. Elle doutait cependant que John Andrews soit naturellement doté de bonnes manières, dans la mesure où il semblait proclamer : « Je suis un homme ordinaire, moi », alors qu'il était né dans une aisance héritée de plusieurs générations de voleurs de terres.

Phryne trouva deux chaises et invita Lydia à s'asseoir, en raflant au passage deux cocktails sur le plateau d'un serveur prévenant. Ses pieds grillaient d'envie de danser – la danse était l'un de ses domaines d'excellence – et elle avait déjà choisi son partenaire : Sasha, le danseur. Pour l'heure, il dansait avec leur hôtesse, qui évoluait avec la souplesse d'un spécimen de Muséum d'histoire naturelle, mais autour de laquelle il inventait néanmoins de surprenantes figures. De plus, elle était là pour cultiver l'amitié de Lydia.

Phryne alluma une cigarette, soupira et demanda :

— Qu'est-ce qui vous a décidée à venir à cette réception, Mrs. Andrews ? À l'évidence, ça ne vous amuse guère.

Lydia eut un regard paniqué et agrippa le poignet de Phryne, qui réprima une envie de se libérer aussi pressante que celle qu'avait manifestée John Andrews ; trop de mains l'avaient agrippée jusque-là.

— Non, non, je suis certaine que c'est une soirée délicieuse ; je ne me sens pas très bien, mais je m'amuse, je vous assure.

— Oh ! fit Phryne poliment. Eh bien, pas moi. Trop de monde, vous ne trouvez pas ? Et tant de gens que je ne connais pas !

— Mais tout le monde est là – cette soirée est le clou de la saison mondaine, se récria machinalement Lydia. Même la princesse de Grasse. Elle est fascinante, vous ne trouvez pas ? Mais elle fait peur. Elle a des yeux si vifs… On m'a rapporté qu'elle est très pauvre. Elle a fui la révolution russe avec en tout et pour tout ce qu'elle avait sur le dos. Elle est ici avec la *Compagnie des Ballets masqués* * – tout le monde les réclame, mais ils n'acceptent jamais aucune invitation. C'est la princesse qui les a convaincus de venir, alors maintenant Mrs. Cryer a une dette envers elle. Ils vont danser pour nous tout à l'heure.

Phryne était choquée. La manœuvre était d'une grossièreté sans nom. Lorsqu'on conviait des artistes à une soirée mondaine, c'était uniquement pour jouir du plaisir de leur compagnie. Inviter des danseurs ou des chanteurs pour qu'ils se produisent durant le souper était d'une vulgarité éhontée et méritait une cuisante réprimande. La princesse s'en chargerait-elle ?

se demanda Phryne. Et si tel était le cas, aurait-elle le plaisir de l'entendre ?

— Oui, c'est vraiment déplacé, observa Lydia, comme si elle lisait dans les pensées de sa voisine. En Angleterre, personne ne ferait ça, mais ici, il en va différemment.

— Les bonnes manières sont universelles, rétorqua Phryne en sirotant son cocktail, qui était délicieusement fort. Jamais Mrs. Cryer n'aurait dû commettre un tel impair. Cela dit, je serai enchantée de voir leur spectacle. Je les ai admirés à Paris, et ils étaient étrangement fascinants. Ils ont donné *La Jeune Fille et la Mort*. L'ont-ils également donné ici ?

Le visage de Lydia s'anima imperceptiblement.

— Oui, c'était très bizarre, plein de symboles que je n'ai pas saisis, et la musique également était bizarre – on aurait presque dit qu'elle était désaccordée, mais pas vraiment.

— Je vois ce que vous voulez dire, renchérit Phryne en se souvenant que Lydia n'était pas d'une stupidité aussi crasse qu'elle choisissait de le paraître.

Elle lui offrit une cigarette et en alluma une elle-même. Sur la piste, un fox-trot venait de s'achever et, en voyant Sasha s'avancer vers Phryne, Lydia se rapprocha de celle-ci.

— Je vous aime bien, dit-elle du ton de la confidence en adoptant une voix de petite fille. Et voilà que ce Russe vient me priver de votre compagnie. Accepteriez-vous de venir déjeuner demain ? ajouta-t-elle en affichant une moue sur son minois poudré.

Phryne sentit brusquement son estomac chavirer. Elle avait déjà rencontré des femmes de cette tournure d'esprit – des femmes fragiles et totalement impitoyables, qui se cramponnaient, en perpétuelle demande affective, et épuisaient une amie après l'autre ; des femmes qui étaient toujours malades, exténuées et maltraitées, mais qui conservaient assez d'énergie pour agonir de reproches l'amie qui déclarait forfait et battait en retraite, accablée de culpabilité. Et la semaine suivante, une autre âme bienveillante – une femme, invariablement – remplaçait celle qui faisait défaut. Phryne reconnut en Mrs. Andrews toutes les apparences d'un piège affectif, mais elle n'avait d'autre choix que de s'y précipiter.

— J'en serai ravie, répondit-elle aussitôt. Quelle heure ?

— Une heure, soupira Lydia tandis que le Russe, le corps aussi lustré qu'un phoque, émergeait de la marée d'invités un sourire enchanteur aux lèvres.

Il prit la main de Phryne, baisa ses phalanges plus langoureusement que nécessaire et tendit le bras vers la piste de danse. L'orchestre s'essayait à un air de tango, en insérant des couinements atonaux et discordants pour ajouter une touche de modernité. Phryne sourit à son cavalier. Elle avait appris à danser le tango à Paris, dans les bras du danseur mondain le plus cher de la place, *rue du Chat-qui-pêche**, et n'avait jamais eu l'occasion de mettre ses leçons en pratique dans la bonne société. Lorsque Sasha conduisit sa cavalière au centre de la piste, tous les regards convergèrent vers ce couple aux corps magnifiques. Celui du jeune homme était à ce point exempt de parure qu'il semblait nu.

La salle entière s'était arrêtée pour les contempler, tant leurs mouvements étaient fluides, tant leurs caresses semblaient chargées de sacré. Sasha glissait, se mouvait et pivotait avec la grâce naturelle attendue d'un danseur, mais il y avait dans son tango plus que le fruit d'un simple entraînement. Aux dames les plus impressionnables de l'assemblée, il évoqua une panthère ; et l'une des servantes, postée derrière le buffet, chuchota à son compagnon tout en serrant une cuillère en argent contre sa poitrine :

— Ooh, c'est un cheik !

Le serviteur, lui, n'était nullement impressionné par Sasha, mais profondément ému par Phryne, autour de laquelle satin et fourrure ondoyaient. Jamais de sa vie il n'avait vu pareille femme, capable de combiner la grâce d'une reine et le style d'une demi-mondaine.

— Ah, si je pouvais l'avoir ! chuchota-t-il, ce qui lui valut un coup de cuillère de la part de sa compagne.

Danser avec Sasha, estima Phryne, était presque aussi excitant que d'exécuter des loopings dans un nouvel aéroplane par vent puissant. Le jeune homme était la grâce incarnée. Le justaucorps qui le moulait comme une seconde peau laissait sentir la mobilité de ses muscles toniques. Et tout en étant attentif au plus ténu des mouvements de sa partenaire, il la conduisait avec une telle assurance que Phryne ne craignait nullement qu'il la lâche. Il dégageait une odeur suave de mâle et de savon au *Cuir de Russie* qui chavirait ses sens, mais elle ne pouvait pas se permettre de succomber à son charme. D'ailleurs, elle n'était point du tout en train d'y succomber, s'expliqua-t-elle in petto. Elle était simplement sensible à l'attraction qu'exerçait sur elle un jeune homme très bien de sa personne, plein de grâce et excellent danseur. Après une dernière glissade, le couple s'immobilisa, parfaitement synchrone, et s'inclina pour recueillir un tonnerre d'applaudissements.

Sasha, qui lui tenait la main, l'obligea à s'incliner une seconde fois. Phryne redescendit de son nuage, résista et dégagea sa main, non sans un pincement au cœur. Le jeune homme la fit doucement pivoter par les épaules tandis que l'orchestre attaquait un fox-trot et, lui qui n'avait jusque-là pas prononcé un seul mot, déclara :

— Vous dansez remarquablement bien. Je vous ai déjà vue danser.

— Ah bon ? s'étonna Phryne en résistant à l'envie de se lover dans ses bras.

Sa musculature avait la nervosité d'un pur-sang de haut lignage ; il était intensément vivant, et réagissait au moindre effleurement.

— Oui, *rue du Chat-qui-pêche**, poursuivit Sasha. Avec Georges Santin.

— C'est exact, acquiesça Phryne en se demandant si c'était là les prémisses d'une tentative de chantage. C'est Georges qui m'a appris à danser le tango, et cela m'a coûté pas mal d'argent, je dois dire. Moi aussi, je vous ai vu à Paris, avec la *Compagnie des Ballets masqués**, au vieil Opéra. Pourquoi êtes-vous parti si soudainement ? demanda-t-elle ingénument.

Si le jeune perfide avait l'intention de poser des questions embarrassantes, il allait apprendre que Phryne en avait également plus d'une en réserve.

— C'était… opportun, répondit Sasha en ratant un pas, mais en se rattrapant aussitôt.

Il se mit dès lors à s'exprimer en français, une langue qu'il parlait couramment, mais avec un accent russe prononcé. Phryne, elle, parlait comme il se doit un français de Parisienne, mâtiné d'un certain nombre d'expressions et grossièretés apaches glanées lors de séjours sur la Rive gauche – et dont elle faisait usage avec une candeur alarmante.

— Je vous trouve très séduisant, joli garçon, mais je ne suis pas de celles qu'on fait chanter.

— La princesse m'avait prévenu que ça ne marcherait pas, concéda-t-il d'un air contrit. Je n'aurais pas dû m'obstiner, mais voilà, j'ai fait fi de sa sagesse et maintenant je suis comme un idiot. Belle et adorable dame, pardonnez à votre humble suppliant !

— Avant de vous accorder mon pardon, dites-moi ce que vous vouliez.

Sasha marqua une pause, le corps nerveux, puis conduisit Phryne jusqu'à la princesse qui, installée sur une chaise en métal doré, grignotait du caviar russe tout en contemplant les danseurs d'un œil sardonique, telle une vieille perruche sur son perchoir.

— *Et voilà, mon petit**, caqueta-t-elle en voyant Sasha et Phryne avancer vers elle. La prochaine fois, tu m'écouteras. J'ai toujours raison – infailliblement. C'est de famille ; mon père avait bien dit au tsar de se méfier de Raspoutine et de ne pas déclarer la guerre, mais le tsar n'en a pas tenu compte, et il a mal fini. Tout comme cette pauvre Russie. Et comme moi, maintenant que j'y pense. Et toi. Idiot ! Mademoiselle accepte-t-elle encore de te parler, petit bon à rien ? Je t'avais dit qu'elle n'était pas de celles qui cèdent à l'intimidation ! Quand on songe qu'elle aurait pu reposer entre tes bras et accéder à chacun de tes souhaits, si seulement tu t'étais servi du charme dont Dieu – va savoir pourquoi ! – a jugé bon de te doter !

Pendant que son cavalier se faisait vertement réprimander, et ne sachant comment réagir, Phryne réclama un cocktail, demanda à goûter au caviar et se résigna à attendre le moment où elle pourrait enfin détourner l'attention de la princesse de l'infortuné Sasha pour obtenir des explications.

— Rien n'est perdu… ce sont des bras bien plaisants entre lesquels reposer, concéda-t-elle tranquillement. Mais j'ai besoin d'en savoir davantage. Que voulez-vous ? De l'argent ?

— Pas exactement, répondit la vieille dame. Nous avons quelque chose à faire, et nous pensons que vous pouvez nous aider. Vous enquêtez sur l'étrange maladie de cette femme en rose, n'est-ce pas ? Le colonel Harper est un de mes vieux amis…

— Je ne peux pas vous donner d'information si vous ne me donnez rien en retour, temporisa Phryne, la bouche pleine d'un excellent caviar.

La vieille dame lâcha un gloussement.

— Bon. Vous soupçonnez la neige, n'est-ce pas ?

— La cocaïne ? s'étonna Phryne, qui trouvait la question surprenante – jamais il ne lui était venu à l'esprit que Lydia était toxicomane.

— Nous sommes venus de Paris pour remonter la filière, déclara posément la vieille dame. Nous, la *Compagnie des Ballets masqués**, poursuivons le chef de ce trafic. Nous pensons qu'il se trouve ici… et vous allez nous aider à le trouver. Vous ne pouvez pas approuver cela ?

Phryne, qui se souvenait des visages hagards des cocaïnomanes, des convulsions, des vomissements et de tous les tourments surpassant les supplices inventés par l'Inquisition qui préludaient à un trépas prématuré, secoua la tête. Elle se méfiait de son interlocutrice et avait du mal à en croire ses oreilles, mais les deux Russes avaient l'air sérieux.

— Est-ce une vengeance personnelle ?

— Mais oui, évidemment, déclara la princesse. Ma fille, la mère de ces enfants, en est morte.

— Qu'attendez-vous de moi ?

— Que vous nous teniez au courant si vous découvrez un indice. Et que vous m'accompagniez, demain matin, aux bains turcs de Mme Breda.

— Mais je n'ai jamais soupçonné la cocaïne ! protesta Phryne.

— Peut-être le devriez-vous, lui rétorqua la princesse.

Oui, peut-être, concéda Phryne à part elle. Le regard aiguisé de la vieille femme semblait la transpercer et la déshabiller. La princesse hocha la tête et gratifia Sasha d'une pichenette affectueuse sur l'oreille.

— Allez, idiot, va danser avec *Mademoiselle**, puisqu'il vaut mieux que tu te serves de tes pieds que de ta bouche, le gronda-t-elle.

Sasha tendit les bras et Phryne s'y lova confortablement. Ils dansèrent jusqu'à l'heure du dîner. Sasha s'éclipsa, non sans jeter un regard en arrière, afin de rejoindre sa sœur et la princesse, placée du côté gauche de la table. Phryne était assise entre Lydia et l'affable Robert Sanderson, député, à deux sièges de leur hôtesse.

Il lui fallut attendre des heures avant qu'on l'autorise à s'asseoir, et même alors, le mouvement l'épuisa à tel point qu'elle s'affaissa au-dessus de son plateau. Cec était venu lui rendre visite et lui avait apporté un bouquet de chrysanthèmes ; il lui avait parlé gentiment, à la différence de certaines infirmières qui étaient brusques, froides et réprobatrices. Elle l'aimait bien, Cec. Sa mère était venue se lamenter de ce que sa fille avait frôlé la mort, tout étonnée qu'une écorchure au genou ait pu causer tant de ravages.

Alice se demandait à quoi elle pouvait bien ressembler. Elle avait tellement maigri qu'elle pouvait presque voir à travers ses poignets. Et on lui avait coupé les cheveux – son meilleur atout, selon elle ; désormais, ils étaient courts et bouclés.

Elle avait parlé avec le policier, qui avait noté chacune de ses paroles trébuchantes dans un carnet noir.

Malheureusement, elle ne savait pas grand-chose. On était venu la chercher à la gare de chemin de fer dans un véhicule aux vitres opaques – une sorte de camionnette – et on l'avait poussée ensuite avec tant de précipitation dans une maison qu'elle n'avait pas pu identifier la rue. C'était une voie étroite, pavée, chichement éclairée et bruyante. Elle avait senti des odeurs de saucisse frite et de bière, mêlées à celle d'un produit chimique. Elle avait donné une description de la pièce, mais celle-ci était si banale avec son piano, sa cheminée, ses têtières, que rien ne la distinguait d'un millier de salons qui n'avaient rien à se reprocher. Alice était incapable de se souvenir comment elle s'était retrouvée dans Lonsdale Street, après deux jours passés sur un lit de camp dans un coin de cette pièce, en compagnie d'une autre fille qui ne lui avait pas adressé la parole et n'avait fait que gémir, dans une langue étrangère.

Elle ignorait pourquoi ils l'avaient gardée aussi longtemps, mais il lui avait semblé que l'ignoble George voulait qu'elle reste là. Il n'avait paniqué qu'en sentant à quel point elle était brûlante de fièvre.

À un moment donné, une dame élégante, au teint pâle, avait jeté un coup d'œil dans la pièce, puis s'était empressée de refermer la porte. Alice se souvenait qu'elle était entièrement vêtue de bleu foncé, et très belle.

Le policier avait semblé déçu, et il était reparti en lui demandant avec insistance de l'appeler si jamais quelque autre détail lui revenait.

En attendant, elle n'avait rien à faire, sinon boire son lait de poule et dormir. Pour elle qui avait toujours travaillé, le désœuvrement lui procurait une étrange sensation.

Maintenant qu'on l'avait ramenée à la vie, et même si elle était fatiguée, maigre, privée d'énergie, elle était bien décidée à s'accrocher. Par ailleurs, Cec venait la voir tous les jours. Il s'asseyait à son chevet ; la plupart du temps, il restait silencieux, mais son silence était réconfortant, et il lui tenait la main comme si cela était un honneur. Alice n'était pas habituée à un tel traitement.

7

Oh, quel mal t'oppresse, chevalier
Attardé, pâle et solitaire ?

John KEATS, *La Belle Dame sans merci*

Le premier plat – un consommé aux asperges au goût raffiné – passa sans encombre, ponctué par les commentaires timides de Lydia sur le climat de Melbourne, auxquels Robert Sanderson répondit avec enthousiasme.

— On dit ici : si le temps ne vous plaît pas, patientez une petite demi-heure, et il changera. Ce qui, je vous assure, transforme en casse-tête les choix vestimentaires.

— Cela ne concerne guère les messieurs, observa Phryne. Vous êtes condamnés à porter le même uniforme qu'il pleuve ou qu'il vente. Je crois qu'on a décrit ça comme la « panoplie assyrienne du gentleman ». N'en êtes-vous pas lassé ?

— Si, peut-être, Miss Fisher. Mais que voulez-vous que je fasse ? Je ne peux tout de même pas me promener en vieux pantalon de flanelle et cravate rouge, comme ces artistes d'Heidelberg. Ceux qui m'honorent de leur confiance en me confiant l'exercice d'un pouvoir souverain attendent de moi que j'observe certains critères, et je suis ravi d'accéder à leurs vœux. Pour cela, au moins, je peux les satisfaire. Pas pour grand-chose d'autre, hélas.

Phryne digéra ce petit discours en même temps que le consommé aux asperges. Toute personne capable d'accoutrer une déclaration aussi triviale d'un style à ce point pompeux était assurément un politicien-né. On servit l'entrée : une friture de petits poissons accompagnée de citron et de pain beurré. Le repas était délicieux, mais Phryne commençait à trouver la conversation ennuyeuse. Soucieuse d'honorer sa mission, elle ne pouvait distraire la compagnie d'aucune remarque scandaleuse – sa tactique habituelle pour ressusciter l'intérêt de la conversation ou, au contraire, se garantir assez de silence pour pouvoir manger en paix. Mrs. Cryer dissertait sur l'insolence des pauvres.

— Un homme crasseux – franchement, c'était une infection – a ouvert la portière de mon taxi et a eu le culot de me demander de l'argent ! Et quand je lui ai donné un penny, c'est tout juste s'il ne me l'a pas jeté à la figure, en me traitant du nom le plus insultant qui soit.

Phryne passa quelques savoureux instants à se demander de quel nom il pouvait bien s'agir. Sale garce, peut-être, qui lui aurait convenu comme un gant.

— Il m'est arrivé une aventure similaire, se souvint Sanderson.

Phryne coula un regard vers son voisin en espérant qu'il n'allait pas anéantir la bonne opinion qu'elle avait de lui.

— Un bonhomme malpropre a nettoyé les vitres de mon auto, avec un chiffon si crasseux que c'est à peine si je pouvais voir à travers le verre, puis il m'a demandé une pièce de six pence… avant de me proposer de les nettoyer à nouveau, avec un chiffon propre cette fois, pour un shilling.

Sanderson lâcha un petit rire, mais Mrs. Cryer se rebiffa.

— J'espère que vous ne lui avez rien donné du tout !

— Bien sûr que si, chère madame !

— Pour qu'il aille le boire ! Vous savez comment sont les prolétaires !

— Tout à fait, madame, mais pourquoi donc lui serait-il interdit de le dépenser dans la boisson ? Vous voudriez priver les pauvres, qui ont une vie misérable et triste, de l'unique et maigre réconfort qu'ils peuvent trouver dans leur dénuement ? S'abrutir d'alcool est peut-être une consolation sordide, mais seriez-vous sans cœur au point de refuser à ces malheureux le plaisir auquel nous tous ici goûtons grâce à votre générosité ?

Il regarda d'un air entendu le verre de leur hôtesse – qui n'avait fait que picorer dans son assiette mais en était à son troisième verre de vin. Une rougeur peu seyante monta au front de Mrs. Cryer, et Phryne, confirmée dans son opinion du parlementaire, s'engouffra dans la brèche de la conversation. Elle avait l'impression d'avoir déjà entendu ce discours – dans la bouche du Dr Johnson[1], non ? – mais cela ne retirait rien au mérite de son voisin. Toutefois, Phryne voulait gagner quelques points auprès de Mrs. Cryer, et le moment semblait tout indiqué.

— Dites-moi, Mr. Sanderson, à quel parti appartenez-vous ? Je suis si ignorante en ce qui concerne la politique, ici à Melbourne.

1. Samuel Johnson (1709-1784) : poète, essayiste et lexicographe anglais. *(N.d.T.)*

— Je suis, et depuis toujours, tory[1], et j'ai le plaisir de pouvoir dire qu'en ce moment nous sommes en excellente position. J'ai l'honneur de représenter les électeurs de cette circonscription ; je suis né ici, à Toorak. Mon père venait du Yorkshire, mais je ne suis jamais allé dans la mère patrie. Je n'en ai jamais trouvé le temps, pour ainsi dire. Tant d'affaires me retiennent ici ! En ce moment, par exemple, nous créons des soupes populaires et des emplois minimums pour les chômeurs, pour lesquels ils recevront un salaire de subsistance.

— Cela ne va-t-il pas coûter très cher ?

— Si, probablement. Mais nous ne pouvons pas laisser les travailleurs mourir de faim.

— Et les travailleuses ? demanda ingénument Phryne.

Un silence choqué accueillit la question.

— Allons, Miss Fisher, ne me dites pas que vous êtes une suffragette ! gloussa Mrs. Cryer. C'est tellement déplacé !

— Avez-vous voté aux dernières élections, Mrs. Cryer ? s'enquit Robert Sanderson.

Leur hôtesse lui décocha un regard vipérin. Phryne, songeant qu'elle aurait mieux fait de ne pas mettre la politique sur le tapis, s'empressa de changer de sujet.

— Y aurait-il parmi ces messieurs des amateurs d'aéroplane ?

À son grand soulagement, de l'autre côté de la table, un certain Alan Carroll se lança dans un commentaire enthousiaste sur le dernier Avro, et la conversation dévia vers les miracles de la technique – le téléphone, la radio, l'automobile, le train électrique, les machines volantes, le chauffe-eau.

1. Le parti conservateur. *(N.d.T.)*

On apporta les volailles rôties et la conversation s'éteignit. Lydia, cependant, continua à discuter avec son mari à mi-voix, sur un ton virulent. Phryne, mine de rien, tendit l'oreille et surprit des propos qui la confirmèrent dans son idée qu'en dépit de ses airs mièvres Lydia avait un caractère de fer.

— Je vous dis que ce Matthews vous escroque. Il se gausse de votre naïveté. Vous ne devez pas le croire, cette mine d'or n'existe pas. Il y avait un article dans la *Business Review* à ce sujet – vous ne l'avez pas lu ? J'avais marqué la page pour vous. Vous allez perdre jusqu'à notre dernier penny et ensuite vous viendrez pleurer dans mon giron. Je vous l'ai dit, vous n'avez aucun sens des affaires. Laissez-moi m'occuper des investissements ! Je sais ce que je fais.

John Andrews se laissa sonner les cloches sans piper mot.

Le dîner se conclut avec des glaces, des crèmes et des fruits, puis les dames se retirèrent pour prendre le café et échanger des commérages. Lydia, quoique muette, ne lâcha pas Phryne d'une semelle ; celle-ci, du coup, ne put s'entretenir à nouveau avec la princesse, qui tenait sa cour dans un coin, autour d'un flacon de liqueur d'orange et d'un samovar. Phryne sirota son café puis se débarrassa de Lydia pendant dix minutes. Quand elle refit surface et trouva la salle de bal plongée dans l'obscurité, elle comprit que le ballet allait commencer. Immédiatement, la princesse la rejoignit et lui prit le bras.

— Avez-vous arrêté une décision ? chuchota-t-elle.

— Je suis d'accord, à condition que vous me fassiez part de vos découvertes, répondit Phryne sans tourner la tête.

De manière assez déconcertante, la vieille dame gloussa.

— Chut… Le spectacle va commencer.

Les invités furent réduits au silence par un mélange douloureux de Schoenberg et de chants folkloriques composés par des paysans russes privés d'oreille mais aussi rompus à l'atonalité que s'ils en avaient tété les lois au sein maternel. Les sons écorchaient l'ouïe mais il n'y avait pas moyen d'y échapper. À trop forte dose – Phryne en était convaincue – ils pourraient faire tourner la crème.

Sur une note aiguë et soudaine, la jeune danseuse – dont Phryne venait de découvrir qu'elle se prénommait Elli – se faufila au milieu du cercle du public. Elle avait passé un tablier sur son justaucorps et portait une perruque blonde, avec de longues nattes. Elle sautillait et s'arrêtait de temps en temps pour cueillir une fleur qu'elle déposait au creux de son tablier. Elle était à la fois cocasse et émouvante. Sa danse enfantine, presque maladroite, indiquait qu'il s'agissait d'une belle journée de printemps. Elle s'agenouilla au bord d'une mare, puisa de l'eau, surprit son reflet, s'amusa à quelques grimaces, puis défit ses tresses et jugea de l'effet en souriant derrière ses longues mèches.

À pas de velours, tel un félin, apparut Sasha, tout de noir vêtu et presque invisible, portant un masque blanc à la main. La jeune fille l'aperçut et releva la tête ; deux fossettes creusèrent timidement ses joues. Sasha lui sourit à son tour, avec candeur, et tandis que la musique meuglait et bouillonnait à la mode paysanne, ils entamèrent un *pas de deux** malhabile, en se marchant sur les pieds. Cela provoqua des rires dans le public. Puis, la jeune fille s'échappa en exécutant une série de pirouettes, tandis que le vent gonflait son tablier et éparpillait les fleurs invisibles dans son sillage.

Sasha, immobile, revêtit son masque ; immédiatement, il sembla plus grand, plus maigre, et infiniment plus menaçant. Une fois accoutrée d'une tête de mort, sa gaucherie devint sinistre. Même le masque avait des traits naïfs ; il ne représentait pas un crâne entier, mais seulement les arêtes du front et les cavités des orbites, et il était craquelé, ébréché et gris, comme un crâne resté longtemps inhumé. L'effet était d'autant plus saisissant que ce demi-masque laissait voir les mâchoires de Sasha et les courbes de ses lèvres rouges. La jeune fille exécuta encore quelques pas rustiques, et la Mort s'élança à ses trousses, sans plus de maladresse. Sans voir qu'elle était poursuivie, la jeune fille se mouvait, s'esquivait, échappait à son étreinte ; puis elle pivota, vit son poursuivant et s'enfuit avec un cri perçant.

La Mort se lança après sa proie, sans hâte d'abord, puis en la talonnant pour entraver sa course et la précipiter dans ses bras. Phryne vit alors un sourire féroce éclore sous la lisière du masque – un sourire qui la glaça jusqu'aux os lorsqu'elle se souvint de son désir, plus tôt dans la soirée, d'embrasser cette bouche. La jeune fille frissonna entre les bras de la Mort ; ses genoux se dérobèrent, et son assaillant l'entraîna dans le même *pas de deux** paysan. La jeune fille, aussi désarticulée qu'un épouvantail, traînait les pieds, laissait sa tête dodeliner. Puis, plus tard dans cette ronde, elle retrouva de la vigueur ; elle lissa sa chevelure vers l'arrière et entra dans la danse avec un déchaînement qui ne cessa de croître jusqu'au moment où elle s'affaissa entre les bras de la Mort. Tandis que les lumières baissaient, les danseurs s'éclipsèrent, enlacés tels des amants dans une étreinte qui vibrait d'une intensité aux connotations franchement sexuelles. Le dernier détail que Phryne aperçut fut le sourire que la Mort lança par-dessus l'épaule de la jeune fille tandis que celle-ci semblait se diluer dans le corps de son ravisseur.

La pièce avait la cocasserie, la sauvagerie et le côté effrayant des chorégraphies de Balanchine ou de n'importe quel ballet russe ; elle semblait riche en significations et symboles forcément tacites. La compagnie se sentit plutôt soulagée en voyant une cantatrice plantureuse se poster à côté du piano à queue et se lancer dans une ambitieuse pièce de Wagner.

Phryne sentit la main froide, qui semblait une main de singe, de la princesse se poser sur son bras.

— Ils ont quelque chose, non ? demanda-t-elle avec fierté. *Un petit air de rien, hein* ?*

Phryne acquiesça tandis que l'opulente cantatrice s'obstinait à massacrer Wagner.

« Deux heures du matin, il est plus que temps de partir », songea Phryne, énervée autant par les convives que par Sasha. Qui plus est, elle allait devoir se lever de bonne heure pour accompagner la princesse chez Mme Breda – proposition qui semblait, au mieux, douteuse. Elle chercha des yeux Lydia, mais celle-ci était partie. Puis elle se mit en quête de Sasha, Elli et la princesse, mais eux aussi demeurèrent introuvables. Elle prit alors congé de son hôtesse, récupéra sa cape et refusa le taxi qu'on lui proposait. Elle n'était qu'à deux pas du centre-ville et avait envie de marcher un peu, même si la nuit était froide et les rues glissantes d'une humidité qui ne tarderait pas à se transformer en verglas. De plus, elle avait son revolver, au cas où quelque chômeur affamé viendrait l'importuner.

Mais il n'y avait pas âme qui vive dans les rues. Phryne adorait entendre le martèlement de ses talons sur le trottoir lui revenir en écho. Elle remonta d'un bon pas Toorak Road, où elle se rappelait avoir vu une station de taxis. C'était une agréable nuit étoilée et l'air, juste assez frais pour picoter, offrait un heureux contraste avec l'atmosphère de serre à orchidées du palais Cryer.

Phryne bifurqua dans la rue qui conduisait au centre. Il n'y avait aucun taxi en vue. Peu importait, elle ne réfléchissait jamais mieux qu'en marchant, la nuit. Et tandis que les plaques des rues défilaient, elle mit de l'ordre dans ses impressions de la soirée. Elle avait parcouru un bon kilomètre dans un silence total et contemplatif lorsqu'elle entendit un bruit. Des pieds, en train de courir… plusieurs paires de pieds. Phryne distingua ensuite un cri puis, de la façon la plus inattendue qui soit, une détonation, qui blessa la nuit paisible de Melbourne.

Allons, songea Phryne en poursuivant son chemin à une allure égale, elle s'était déjà promenée sans encombre dans des quartiers mal famés – Lambeth, Soho, ou Pigalle ; pourquoi se laisser impressionner par une petite rixe nocturne ?

Elle entendit d'autres bruits de pas précipités qui arrivaient d'une rue transversale, et un corps manqua de la percuter. Phryne s'écarta d'un bond pour accueillir l'assaillant, qui qu'il soit, avec son petit revolver. Il était chargé, et armé.

— C'est moi… Sasha, haleta le corps. *Pour l'amour de Dieu ! Aidez-moi, mademoiselle**.

Il était encore vêtu de son justaucorps et n'avait pas retiré son masque. Phryne abaissa son arme, la lui tendit, retira sa cape et en enveloppa le jeune homme. Elle arracha ensuite le filet qui plaquait ses cheveux et le glissa sur ceux de Sasha, puis elle lui retira son masque, qu'elle cacha dans son manchon. Elle récupéra son arme, prit le jeune homme par le bras et chuchota :

— Vous êtes ivre. Appuyez-vous sur mon bras et gloussez.

— Glousser ? répéta Sasha d'une voix blanche, en vacillant.

Puis il comprit. Quand les pieds, derrière eux, arrivèrent à leur hauteur, ralentirent et les abordèrent, Phryne rejeta la tête en arrière et émit un rire joyeux tout en poussant du coude son compagnon. Celui-ci tituba avec plus de théâtralité que nécessaire et lâcha un gloussement haut perché parfaitement crédible. Les pieds passèrent, de chaque côté du couple, et s'immobilisèrent devant eux.

— Vous n'auriez pas vu un homme en train de courir ? demanda agressivement le plus courtaud des deux qui s'exprimait avec un fort accent du cru. Il vous a forcément dépassées.

— Ooh, petit effronté, arrêter deux dames qui rentrent chez elles ! répliqua Phryne en adoptant elle aussi l'accent australien – après quelques premières intonations qui devaient davantage au cockney. Nous sommes de respectables jeunes filles et nous n'avons pas vu d'homme en train de courir. Mais on en a vu quelques-uns qui se traînaient par terre, pas vrai, mon chou ?

Elle égrena un nouveau rire et tout en soutenant Sasha au prix d'un effort considérable, elle dévisagea attentivement les deux hommes afin de pouvoir les reconnaître. Celui qui avait parlé était petit et râblé ; il avait une tête ronde, une voix aussi râpeuse qu'une lime et une moustache cirée, aux pointes agressives, et ornée de bien plus de miettes que ne l'exigeait l'usage. L'autre, plus grand et plus maigre, avait du cuir en guise de cheveux, une expression arrogante et une moustache qui ressemblait à une trace de chocolat. Tous deux abritaient dans leur poche de pantalon des renflements suggestifs, qui indiquaient soit une généreuse dotation de la part de dame Nature, soit la présence de pistolets. Phryne inclina pour la seconde hypothèse.

— *Qui sont ces grossiers personnages, mon chou* ? demanda Sasha en français.

À sa grande surprise, Phryne entendit le plus grand des deux répondre :

— *Pardon, mademoiselle, avez-vous vu un homme en courant d'ici* ?*

Ce n'était pas là à proprement parler le français tel que Phryne et sans doute Sasha le connaissaient, mais cela montrait que Voyou Numéro Deux avait reçu – en pure perte – une certaine éducation.

— *Non, non,* protesta Sasha en gloussant. *Les hommes me courent après ; je n'en ai encore jamais rencontré aucun qui m'ait trouvée laide**.

— Viens, Bill, ces cavettes n'ont rien vu ! s'exclama Voyou Numéro Un.

Les deux acolytes traversèrent la rue et disparurent dans une ruelle, non sans abandonner dans leur sillage un dernier commentaire méprisant :

— En plus, elles sont grabasses.

Phryne sentit son compagnon s'affaisser. Elle glissa son épaule sous l'aisselle du jeune homme.

— Sasha, qu'est-ce qui ne va pas ? Vous êtes vraiment éméché ?

Elle le traîna jusque sur les marches d'un perron, où elle le fit asseoir.

— L'un d'eux avait un couteau, expliqua Sasha avec une élocution parfaitement claire.

Sur ce, il s'effondra gracieusement entre les bras de Phryne, tête renversée sur son épaule.

— Seigneur, dit la jeune femme d'un air contrit. Et que vais-je faire ?

À ce moment-là, elle entendit une automobile qui approchait. Indécise, elle attendit, le revolver à la main. Par chance, c'était un taxi, et en dépit de son indicateur en berne, elle se planta au milieu de la chaussée pour l'intercepter.

— Hé, maudite grue ! À quoi tu joues ? pesta une voix familière.

Phryne dut se faire violence pour ne pas serrer le chauffeur dans ses bras. C'était Bert, accompagné de Cec.

— Ah, Bert ! Vous voilà enfin ! Cela fait des heures que j'attends. Mon amie s'est évanouie. Aidez-moi à l'asseoir dans le taxi et conduisez-nous au *Windsor*. Je vous donnerai dix livres.

— Douze, marchanda Bert en ouvrant la portière.

— Dix, c'est tout ce que j'ai sur moi.

— Onze, proposa Bert tout en soulevant Sasha pour le charger sur la banquette arrière.

Phryne s'installa à son tour, Cec le taciturne fit de même puis Bert redémarra – non sans difficultés – et ajouta :

— Et si on disait vingt, pour que je n'aille pas raconter à votre papa ce que vous trafiquez ?

Phryne sortit le petit revolver et appuya la bouche froide du canon sur la nuque du chauffeur.

— Et que diriez-vous de rien du tout ? suggéra-t-elle d'une voix soyeuse. Je croyais qu'on était copains, vous et moi.

Sa patience à l'égard de cette paire d'opportunistes commençait à s'émousser sérieusement. Avec dix livres, elle aurait pu acheter ce taxi, et avoir assez de monnaie de reste pour s'offrir un paquet de clopes et un bock.

— Bon, on va s'en tenir à dix, d'accord ? concéda Bert, sans ciller. Une chance pour vous qu'on soit passés par là.

Phryne, inquiète de l'état de Sasha et par-dessus le marché inconfortablement installée sur un tas d'objets probablement volés, ne desserra pas les lèvres. Ils gagnèrent le *Windsor* en roulant dans des rues désertes, et une fois rendus devant l'hôtel, Bert actionna la sonnette de nuit pendant que Phryne et

Cec soutenaient Sasha, qui avait recouvré assez de forces pour tenir debout.

Phryne tendit les dix livres.

— Comment va la fille que vous avez amenée à l'hôpital ? Est-ce que vous cherchez ce George ?

Bert cracha sa cigarette en signe de dégoût.

— Ouais, on le cherche, mais jusque-là on n'a rien trouvé. Je crois l'avoir déjà vu, seulement, je ne me souvient pas où. La dame écossaise – le docteur – nous a amenés chez les flics. Ils ont dit qu'ils allaient faire quelque chose, mais ils ne savent pas où il est, eux non plus. Alors j'ai rassemblé des numéros – et un camarade doit me rencarder demain sur un autre.

— Des numéros ? demanda Phryne en soutenant difficilement Sasha.

— Ouais, de téléphone. Tout ce qu'il faut, c'est une souris pour appeler.

Phryne sourit et Bert recula d'un pas.

— La voici, votre souris, l'assura-t-elle, avec l'accent australien. Appelez ici, et on tiendra un conseil de guerre ou non, mieux : je vais me trouver une voiture, et nous appellerons d'une cabine publique où il n'y a pas besoin de passer par une opératrice. Retrouvez-moi à l'angle de Flinders et de Spencer, après-demain à midi. Bonne nuit, ajouta-t-elle tandis que le portier de nuit leur ouvrait la porte.

Elle entraîna Sasha dans le hall et dans l'escalier. Les deux hommes contemplèrent un instant la porte fermée puis repartirent s'occuper de leurs affaires.

— Tu crois qu'elle peut le faire ? demanda Cec après un long silence.

— Oui, je pense, répondit Bert.

Phryne réussit à faire monter Sasha sans trop de bruit jusque dans sa chambre. Dot, constata-t-elle, était couchée. Elle aida le jeune homme à s'installer sur le canapé, lui retira le filet, la cape et examina les dégâts. L'épuisement du danseur s'expliquait par la longue estafilade qu'une lame aussi affûtée qu'un rasoir avait laissée le long de son biceps ; le justaucorps avait été transpercé, et même si cette blessure était sans commune mesure avec le carnage qu'aurait pu causer, par exemple, une rixe d'apaches, elle saignait abondamment.

Sachant que le sang tacherait irrémédiablement le satin, Phryne retira sa superbe robe et trouva dans la salle de bains une serviette de toilette, ainsi qu'une paire de bas récemment lavée. Elle commanda du café fort et une bouteille de Bénédictine au service d'étage. Quand Sasha reprit pleinement possession de ses esprits, une jeune femme en combinaison-culotte et bas noirs, perchée sur des talons hauts, une serviette à la main, était en train de lui offrir un verre d'alcool. Et la traînée rouge vif qui s'étirait au-dessus de sa poitrine était, selon Sasha, le détail qui parachevait à merveille la tenue.

Il avait mal au bras. Il baissa les yeux et s'affola autant de la quantité de sang perdu qu'à l'idée que le muscle puisse être touché ; un bas noué lui enserrait fermement le biceps.

— La blessure n'a rien de sévère, mais à en juger par l'état de votre justaucorps, vous avez perdu beaucoup de sang. Votre bras n'est pas hors d'usage ; pliez vos doigts, l'un après l'autre. Bien. Serrez le poing, maintenant. Bien. Pliez le coude. Posez le poing sur l'épaule et laissez-l'y, vous allez sans doute arrêter de saigner. Maintenant, buvez du café, s'il vous plaît, ne bougez pas le bras et évitez de remuer. Un jeune homme dans ma chambre d'hôtel, cela peut toujours s'expliquer ; un cadavre, en revanche, est toujours source d'ennuis.

Phryne, surprenant le regard que le jeune homme posait sur elle, prit conscience que son accoutrement pouvait être jugé sommaire. Elle essuya la traînée de sang qui maculait sa poitrine et se drapa dans son peignoir d'homme. Puis elle se versa une tasse de café, alluma une cigarette et attendit une explication.

Sasha, qui sentait son corps épuisé reprendre quelque vigueur, but du café et quelques gorgées de Bénédictine. Puis il commença à parler, en français. Cette langue lui venait plus naturellement que l'anglais.

— Tout ça, c'est à cause de la neige. J'ai entendu parler d'une livraison, quelque part, alors j'y suis allé, sans rien dire à ma sœur ni à la princesse. Elles vont m'écharper ! Enfin, ce ne sera pas nécessaire, je me suis puni moi-même. Vous êtes certaine que le muscle n'est pas endommagé ? C'est fragile, un muscle.

Phryne le rassura. Elle se souvint qu'elle avait de la poudre antiseptique, qu'elle alla chercher dans la salle de bains. Tandis qu'elle en appliquait sur la blessure, elle ne put s'empêcher de remarquer combien le jeune homme était musclé ; sa peau avait la douceur du marbre. Elle déchira la couture latérale du justaucorps, aida Sasha à le retirer, puis enveloppa le blessé dans un déshabillé qu'elle utilisait comme *peignoir**, en coton vert foncé qui lui seyait parfaitement. Il avait beau ressembler énormément à sa sœur et être habillé dans des vêtements de femme, Phryne n'avait aucun mal à se souvenir que Sasha était un homme. Son charme n'avait rien d'androgyne. Comme l'avait souligné la princesse, aurait-il usé de tout le charme dont Dieu l'avait doté, elle se serait allongée entre ses bras et aurait exaucé le moindre de ses désirs.

Elle se percha derrière lui sur l'accoudoir du canapé. Sasha appuya la tête sur sa cuisse et elle passa la main dans ses cheveux bouclés.

— Continuez, ordonna-t-elle. Qu'avez-vous fait ?

— Je me suis caché, à l'extérieur des grilles, soupira Sasha. La voiture est arrivée, comme ils l'avaient convenu, et un paquet a changé de main. Et puis ils m'ont vu, et je me suis mis à courir, comme un idiot ! Deux d'entre eux se sont lancés à ma poursuite, à pied, heureusement. Je ne sais pas ce qu'est devenue la voiture. Puis je me suis aperçu que celui qui m'avait repéré et attaqué m'avait blessé avec son couteau… j'ai senti que j'allais m'évanouir… et là, je vous ai vue. Je me suis précipité à vos pieds et, avec une présence d'esprit remarquable, vous m'avez caché et vous vous êtes débrouillée pour m'amener ici. Où sommes-nous ?

— À l'hôtel *Windsor*. Je crois que vous feriez mieux de rester ici cette nuit. La princesse vient me prendre dans quelques heures pour m'emmener aux bains turcs de Mme Breda. Je pourrais vous faire sortir discrètement avec nous. Quelle est votre adresse ?

— Nous sommes descendus au *Scott*. C'est un bon hôtel, mais il n'est pas luxueux comme celui-ci. J'aimerais bien vivre ici, ajouta-t-il avec candeur en tendant son bras valide vers la tasse de café.

Phryne éclata de rire.

— J'imagine volontiers que ça vous plairait ! Mais vous choqueriez ma femme de chambre, souligna-t-elle en se demandant ce que Dot allait penser de ce visiteur.

Elle retira la courtepointe de son lit et installa confortablement Sasha sur le canapé, en ignorant son vœu de dormir avec elle « comme frère et sœur ». Phryne savait combien sa volonté était faible face à la tentation. Elle éteignit les lumières et épingla ses instructions sur la porte de Dot : « Tout va bien, c'est un simple visiteur, et, de toute façon, il est blessé. Réveillez-moi à huit heures avec du thé et de l'aspirine. P. » Puis elle se mit au lit, non sans avoir résolument donné un tour de clé à sa porte, plus à titre de mise en garde pour elle-même que par suspicion envers les intentions de Sasha.

En tout cas, sitôt qu'elle eut éteint la lumière, elle dormit comme un bébé.

8

Viens et délivre-nous de la vertu
Notre Dame de Peine

Algernon Charles SWINBURNE,
Notre-Dame des sept douleurs

Phryne s'éveilla en entendant Dot frapper à sa porte, avec la sensation d'avoir à peine forme humaine. Elle sortit du lit d'un pas titubant, réceptionna le plateau, et avala thé et aspirine en un temps record.

— Dot, faites-moi couler un bain, s'il vous plaît. Avec des sels à la lavande.

Dot ne bougea pas d'un pouce.

— Et lui, là-bas ? demanda-t-elle, pouce tendu par-dessus son épaule.

Phryne avait complètement oublié Sasha. Il était encore très tôt.

— Sasha ? Il s'est fait attaquer dans la rue, et je l'ai ramené ici car il était trop tard pour qu'il regagne son hôtel. Il est blessé, Dot, et je voudrais que vous soyez gentille avec lui.

Elle rejoignit sa bonne sur le seuil du salon. Sasha, en dormant, avait repoussé les couvertures. Étendu sur le sofa tel un jeune faune épuisé par une orgie de trop, nu jusqu'à la taille, il était d'une beauté à couper le souffle. Phryne soupira.

— Mais pas trop gentille. Laissez-le dormir, et s'il n'est pas réveillé à l'heure du déjeuner, laissez-le là. Il ne fera aucun dégât, ajouta-t-elle.

Phryne conservait sur elle ses papiers personnels et la plupart de ses bijoux se trouvaient dans le coffre de l'hôtel. En ce qui concernait ses autres possessions... Eh bien, ce pourrait être l'occasion d'établir si Sasha était un voleur. Phryne avait un penchant avoué pour les jeunes et beaux garçons, mais inclinait à ne leur faire confiance qu'avec son corps.

— Faites couler mon bain, Dot, s'il vous plaît, et n'oubliez pas que vous avez votre après-midi. Avez-vous prévu quelque chose d'intéressant ?

— Je vais aller à la maison, répondit-elle en disparaissant dans la salle de bains. Et puis au cinéma. Il y a un nouveau Douglas Fairbanks.

Phryne s'assit pour boire un autre thé, dans lequel elle ajouta judicieusement un trait de Bénédictine. Un sévère pantalon noir, un chemisier blanc et une ample veste blousante, décida-t-elle, seraient la tenue idéale pour se rendre aux bains turcs. Elle remplit les grandes poches de la veste des accessoires habituels. En tombant sur la bourse en velours de la veille, elle en retira le revolver. Elle le contempla, songeuse, et l'ajouta à son attirail. Le mal de tête commençait à se dissiper. Sasha, qui dormait à poings fermés, roula sur lui-même et lâcha un gémissement. Phryne lui toucha le front : il était froid. Le jeune homme ne semblait garder aucune séquelle de sa mésaventure.

Dorothy réapparut en annonçant que le bain était prêt et Phryne se glissa dans l'eau fumante avec un grognement de plaisir. Tous ses muscles étaient douloureux. Elle résolut de faire plus d'exercice avant de danser à nouveau avec Sasha, et appliqua de la crème sur son visage.

« Trop de nuits comme celle-là, ma petite, et tu vas finir avec la mine défaite », s'admonesta-t-elle en savonnant ses bras pâles et minces et ses seins avec un savon parisien. En dépit des protestations de ses tendons, elle demeurait aussi svelte que la nymphe de bronze, et sa carnation était sans le moindre défaut. Elle se rinça, se sécha, s'habilla et accepta le petit déjeuner léger que Dot lui avait commandé. Le café acheva de la remettre sur pied. Après plus ample réflexion, elle confia le revolver à Dot en lui demandant de le cacher. On ne peut pas emporter grand-chose avec soi dans un bain turc, à l'exception de son intelligence et de ses convictions religieuses, et les vêtements y sont à la merci d'une fouille indiscrète.

La princesse se présenta à huit heures et demie, vêtue d'un costume défraîchi qui, à l'évidence, avait été taillé pour une femme plus grande et plus costaude. Sans se perdre en bavardage, elle se mit en route avec détermination vers Russell Street et Phryne lui emboîta le pas.

Les rues étaient ventées et glaciales. Seule Lonsdale Street, où des fêtards couche-tard se restauraient d'œufs au bacon en compagnie de filles bien trop court vêtues pour le climat, semblait offrir des signes de vie. Les bains de Mme Breda se trouvaient à un jet de pierre à peine de ces scènes de bacchanales, et Phryne, grelottante et maussade, eut le sentiment que le quartier frôlait l'insalubrité.

L'établissement de bains était un grand bâtiment qui occupait toute la largeur du bloc entre Russell et Little Lonsdale Street. La pierre offrait toutes les apparences de respectabilité et le porche en imposait par son austérité. Phryne songeait avec regret à son lit, qu'elle aurait éventuellement pu partager avec Sasha, lorsqu'une bonne en uniforme noir et coiffe blanche leur ouvrit la porte. Elle les introduisit, sans un sourire, dans un vestibule qui embaumait les plus délicieux effluves orientaux. Phryne, après réflexion et plusieurs reniflements, estima qu'il s'agissait d'une divine composition de bergamote, d'orange, de santal et de quelque autre essence rare et précieuse – de la frangipane, peut-être, ou de l'orchidée. C'était un parfum séduisant, légèrement sucré, surprenant et enchanteur. Phryne sentit le coude de la princesse s'enfoncer dans ses côtes – à croire qu'il avait été spécialement affûté pour attirer l'attention.

— Ces parfums... On se croirait dans un bordel, *n'est-ce pas** ? Un bordel turc.

Phryne n'avait guère l'expérience des bordels, et en matière de bordels turcs, ses connaissances se résumaient à néant. Mais c'était à n'en pas douter ainsi qu'aurait dû sentir un bordel turc. Elle acquiesça en silence.

En voyant Mme Breda s'avancer vers elles, main tendue, Phryne recula d'un pas : Madame était colossale. Elle dépassait le mètre quatre-vingts et devait avoisiner les quatre-vingt-dix kilos ; blonde et musclée, elle aurait pu tenir le rôle d'une Walkyrie et récolter des salves d'applaudissements. Elle avait les yeux bleus, les joues rouges, un teint exempt de défauts et une luxuriante chevelure ; elle était aussi puissante qu'une déesse et très intimidante. L'envisager dans le rôle du Roi de la Neige, c'était faire entièrement fausse route : Mme Breda était la dernière personne au monde que Phryne aurait imaginée vendre de la drogue, de quelque sorte que ce soit. Cette femme affichait une santé si éclatante que c'en était oppressant.

On introduisit les visiteuses dans une pièce carrelée de faïences roses et baignée de cette vapeur au parfum entêtant, où on les dévêtit. Le bassin – d'environ cinq mètres de long et profond d'un mètre – était à moitié rempli d'une eau vert Nil.

— Ces *demoiselles** commenceront dans la salle de vapeur, suggéra la servante, impassible.

Phryne, qui sentait la chaleur lui empourprer les joues et lui coller les cheveux sur le crâne, remarqua que l'employée, pour sa part, n'avait pas un seul cheveu qui ne soit pas à sa place. Elles la suivirent jusqu'au bain scandinave, où la température était suffocante. Elles s'y défirent de leur peignoir en éponge et s'assirent, nues, sur des fauteuils de rotin dotés d'échardes agressives. Phryne observa que la princesse, quoique flétrie, était aussi svelte qu'une femme de vingt ans, et aussi solide qu'un arbre.

— Ça me rappelle l'Inde, remarqua celle-ci. J'y suis allée avec la cour du tsar, vous savez.

Phryne, qui n'avait jamais entendu parler d'une visite du tsar en Inde – une colonie de l'Empire britannique qui avait toutes les raisons de se méfier des intentions de la Russie –, douta fort de l'authenticité de l'histoire, mais hocha poliment la tête.

— C'est ici le centre de distribution, expliqua la vieille dame. La servante va me donner la neige quand nous serons allongées sur la table de massage. Ouvrez l'œil.

Cela dit, elle se lança jovialement dans les récits de ses nombreux voyages et de ses amours improbables.

— J'ai dansé la danse des sept voiles pour le prince et Raspoutine – cet homme avait des yeux incroyables, comme notre Sasha, il pouvait tout obtenir d'une femme – et j'en étais au quatrième voile lorsque le prince, incapable d'en supporter davantage…

Juste au moment où la princesse avait réussi à capturer l'attention de Phryne, la servante vint les interrompre pour les conduire dans une pièce plus fraîche, où on leur apporta une infusion de plantes, amère mais censée « purger le système ». Phryne examina la servante, qui se prénommait Gerda et était la cousine de Madame. C'était un vrai sac d'os, aux traits fades, et avec un filet de voix monocorde qui s'épiça d'un peu de venin lorsqu'elle évoqua sa parente et patronne.

— Elle ! Elle me tue à la tâche ! Gerda, nettoie le bassin ! Gerda, sers le thé ! Et dire que j'avais un jeune beau, en Autriche – un bon *parti** ! Elle m'a proposé du travail ici, et j'ai accepté dans l'espoir de me constituer une dot, mais aujourd'hui, mon jeune homme en a épousé une autre, et moi je suis coincée ici, avec mon cœur brisé.

Quel âge pouvait bien avoir ce « jeune beau » ? se demanda Phryne. Et depuis combien d'années Gerda, qui avait au bas mot quarante ans – une quarantaine frigide et amère –, se trouvait-elle en Australie ? Ses cheveux gris acier étaient tirés en un chignon vengeur et sa silhouette, qui n'avait rien de celle d'une belle baigneuse[1], n'offrait rien qui pût attirer l'attention d'un jury. Elle était bâtie comme une caisse ; à tel point que Phryne se demanda si par hasard elle n'aurait pas encore l'estampille « Cox's Orange Pippin » tatouée sur son derrière. Mais rien, décida-t-elle, ne pourrait l'inciter à culbuter Gerda pour le vérifier.

Une assistante se présenta avec des onguents, et les dames s'allongèrent pour la séance de massage. La masseuse n'était autre que Mme Breda. Passé les premiers instants où elle eut l'impression qu'on lui déboîtait tous les os, Phryne se détendit et commença à prendre plaisir au pétrissage de ces doigts

1. Référence aux clichés « coquins » représentant des demoiselles photographiées en costume de bain, très prisés par les collectionneurs aux alentours des années 1900. *(N.d.T.)*

puissants et adroits, qui amollissait et amadouait les muscles noués de ses mollets ; le parfum âcre de l'huile de massage au santal était agréable. Sur le banc voisin, la princesse poussait des petits grognements de contentement. Phryne se laissa envelopper dans son peignoir et s'assit pour observer, avec le plaisir de celle qui vient de passer par là, sa compagne subir à son tour le traitement.

Mme Breda lui tapota l'épaule et annonça d'une voix enjouée :

— Maintenant, vous allez prendre un bain tiède aux flocons d'avoine pour absorber l'huile, et ensuite, vous vous plongerez dans l'eau froide. Avez-vous beaucoup marché, dernièrement ? Ou dansé ? Oui, si jeune et si belle – ce doit être la danse. La prochaine fois, allez-y donc plus doucement. Vous pourriez vous froisser un muscle. Je ne vous avais jamais vue. Êtes-vous une amie de la princesse ?

Était-elle une amie de la princesse ? se demanda-t-elle. Rien n'était moins sûr.

— Je m'appelle Phryne Fisher, répondit-elle prudemment. J'arrive d'Angleterre et je suis ici en visite.

— Il vous faudra revenir nous voir, décréta Mme Breda, les joues empourprées et luisantes, en entrouvrant ses lèvres rouges de la manière la plus intimidante. Vous verrez, vous vous sentirez dans une forme splendide.

Le ton avait tout d'un ordre, mais Phryne sourit et hocha la tête. On l'escorta jusqu'à un bain voluptueux, à la consistance laiteuse. La petite assistante, une fille jolie, mais que gâtait une cicatrice de brûlure sur la joue, l'invita à s'allonger afin qu'elle puisse la laver. Phryne, qui avait l'impression d'être une princesse égyptienne se prélassant dans un bain de lait d'ânesse, se laissa frictionner délicatement le corps avec un tampon de mousseline rempli de flocons d'avoine. Lorsque la fille commença à se concentrer avec un peu trop d'insistance sur ses seins, puis son pubis, Phryne, sans ouvrir les yeux, murmura :

— Non merci.

La fille n'insista pas. Ainsi donc c'était là un des services qu'offrait l'établissement de Mme Breda ! C'était plaisant, mais nullement dans les goûts de Phryne. Cependant, ce pouvait être du goût de Lydia, songea-t-elle en se souvenant comment Lydia l'avait regardée. Quelle merveilleuse opportunité pour exercer un petit chantage poli !

On l'aida à s'extraire du bain de lait, on la rinça à l'eau claire et tiède, puis on la conduisit dans le bassin aux eaux vertes, où Mme Breda l'attendait.

— Sautez ! ordonna-t-elle.

Phryne sauta.

Et crut sentir son cœur s'arrêter net. L'eau était glaciale.

Le souffle court, elle toussa, lâcha un petit cri aigu puis enfonça la tête sous l'eau, nagea sur la longueur du bassin et fit demi-tour. Mme Breda avait disparu ; la princesse et Gerda arrivaient. Phryne eut beau tendre l'oreille, elle échoua à intercepter les paroles qu'échangeaient les deux femmes, mais elle vit qu'un petit sachet changeait de main et que Gerda enfouissait une grosse liasse de billets dans les profondeurs de son vêtement.

La princesse sauta dans le bassin, en ressortit aussitôt et s'ébroua énergiquement. Puis les deux baigneuses réclamèrent leurs peignoirs et regagnèrent le vestiaire. Le sachet était un carré de papier blanc, scellé à la cire, comme ceux que délivrent les pharmaciens.

— C'est la came ? s'enquit Phryne tandis qu'elles se rhabillaient.

— Évidemment, répondit la princesse.

En glissant la main dans la poche de sa veste, Phryne sentit sous ses doigts un morceau de papier plié, qui ne s'y trouvait pas auparavant, et un petit tapon, rempli d'une substance cristalline. Elle se garda de les sortir de sa poche, et la princesse, lui sembla-t-il, n'avait rien remarqué.

Une fois rhabillées, elles passèrent dans le salon de Madame, où les attendaient une autre tasse d'infusion amère, et Gerda, avec un grand plateau encombré de produits.

— J'enverrai la note à votre hôtel, *mademoiselle*, indiqua-t-elle avec respect. Je suis chargée de vous proposer nos traitements : sachet de boue, bain effervescent, thé pour le teint et la vitalité, et poudres de beauté. Les poudres de Mme Breda sont renommées.

Phryne était familière du procédé. La plupart des instituts de beauté fabriquaient des lotions et des panacées contre les maux de tête, et profitaient du moment où leurs clientes étaient le plus détendues pour les vendre. Compte tenu de la transaction à laquelle elle venait d'assister, Phryne n'avait aucune envie de courir de risque.

— Non merci… mais je reviendrai. Vous êtes prête, princesse ?

— Tout à fait. Transmettez mes salutations à Mme Breda, dit la princesse avec une grâce exceptionnelle.

— Dites-moi, princesse, demanda Phryne tandis qu'elles quittaient l'établissement de bains, quel est votre vrai titre ? Et pourquoi avoir choisi ce nom, de Grasse ?

— C'est très simple. Je suis née princesse Barazynovska. Lorsque je suis arrivée en Europe, personne ne parvenait à prononcer mon nom. Alors j'en ai changé. J'ai toujours aimé Grasse. C'est le centre de l'industrie du parfum, vous savez, et il y a ces champs de lavande… Et vous, *mademoiselle** ? Vous n'êtes pas de sang bleu, hein ?

— Non, je ne suis pas née dans la pourpre[1], corrigea Phryne, mais dans la gêne. Ma famille était affreusement pauvre. Et puis, plusieurs personnes sont mortes et j'ai été propulsée dans le beau monde et l'opulence. J'y prends un immense plaisir, admit-elle avec franchise. Rien de tel que connaître la misère noire pour savourer d'être vraiment riche.

— Et l'êtes-vous ?

— Quoi donc ?

— Vraiment riche, dit la princesse, l'air très intéressée.

— Oui. Pourquoi cette question ? Vous m'avez dit hier soir ne pas vouloir d'argent.

— Un peu d'argent ne serait pas déplaisant, mais je disais la vérité.

— Bien. Maintenant, donnez-moi le sachet.

La princesse posa une main protectrice sur son sac.

— Pourquoi ?

— Je le veux, répondit Phryne sans se donner la peine d'entrer dans de longues explications. Dois-je vous proposer de le racheter ? Ou bien êtes-vous dépendante de cette drogue ?

— Non ! protesta la vieille femme. Non ! Faites-moi une offre.

C'était heureux que Melbourne ne soit pas une ville francophone, songea Phryne, sinon, cette conversation n'aurait pas manqué d'intéresser le policier qu'elles venaient de croiser.

1. À la différence du français qui désigne une hérédité aristocratique par « sang bleu », l'anglais dit « né dans la pourpre » – par référence à la tradition antique qui réservait cette couleur, la plus précieuse de toutes, à la teinture des vêtements des souverains. Noter également que « *blue* », en anglais, désigne les conservateurs. *(N.d.T.)*

— Vingt livres, lâcha-t-elle abruptement.

— D'accord.

La princesse lui tendit le paquet. Phryne l'empocha et fourra des billets dans le vieux sac de la princesse.

— Bon, je vous ai montré ce qu'il vous fallait voir, déclara la vieille femme. Et je vous quitte ici. Pour l'heure, je vous fais mes adieux, chère enfant. Je vous enverrai mon adresse. Vous m'intéressez.

Sur ce, elle s'éloigna à petits pas dans la foule. Phryne se fit immédiatement indiquer un bureau de poste ; sur le chemin, elle acheta du papier brun et de la ficelle, puis elle fit halte dans des toilettes publiques, où elle espérait ne pas être observée, et vida sa poche.

Le sachet était rempli d'une poudre blanche, et sur la feuille qui l'accompagnait, on avait écrit au crayon gras – un crayon à sourcils, peut-être – un message laconique : « Méfiez-vous de la Rose. »

L'avertissement n'était pas signé et Phryne n'avait guère le temps de se perdre en conjectures. Elle enveloppa ce sachet avec celui qu'elle venait de racheter à la princesse, et adressa le colis au Dr MacMillan, en même temps qu'un petit mot pour lui demander d'analyser les substances. Elle ne respira vraiment à son aise qu'une fois le colis, dûment timbré, confié aux soins de la poste. Et en se demandant si la princesse n'essayait pas de lui tendre un piège, elle entra chez un pharmacien et acheta du bicarbonate de soude, dans un sachet de papier blanc scellé à la cire rouge.

Il n'était que dix heures du matin. Que faire ? se demanda Phryne. Pour finir, elle décida qu'une séance d'actualités filmées serait un moyen indolore de tuer le temps et elle passa une heure irréprochable à se cultiver en matière de produits laitiers stériles. On ne savait jamais quand ce genre de connaissances pouvait se révéler utile.

À midi, elle regagna son hôtel afin de s'habiller pour le déjeuner chez Lydia. Compte tenu de la fraîcheur de l'air, elle choisit un tailleur de drap, puis elle s'enveloppa dans un ample manteau brun foncé et appela un taxi, tout cela sans réveiller Sasha, qui dormait très profondément. Étonnée par ce sommeil proche du coma, elle fut tentée de le piquer avec son épingle à chapeau pour voir s'il réagirait – mais renonça. On ne pique pas les faunes avec des épingles à chapeau, et l'après-midi s'annonçait éprouvant ; le commencer avec une mauvaise action sur la conscience n'avait rien d'une bonne idée.

Elle eut le plaisir, en arrivant au domicile des Andrews à une heure dix, de découvrir deux automobiles avec chauffeur garées devant chez eux. Un tête-à-tête avec Lydia ne l'aurait pas ravie. Trois dames étaient attablées lorsqu'elle pénétra dans la maison parfaitement ordonnée et peinte de couleurs pastel. Elle tendit son manteau à une bonne minuscule vêtue de bleu pâle. Phryne ne reconnut que Lydia, assise à table, de dos. Les deux *inconnues** dévisagèrent posément la nouvelle venue. L'une était petite et replète ; l'autre petite et mince. Leurs tailles additionnées n'auraient pas atteint le plafond. Elles arboraient toutes deux des vêtements de style et couleur identiques, et même après les présentations, Phryne dut sans cesse se rappeler « Ariadne est la maigre, Beatrice la grosse ».

Lydia, bien trop élégante pour un simple déjeuner en robe Fuji rose et bas assortis, arborait une broche en forme d'oiseau aux ailes déployées – un bijou de mauvais goût, en émaux verts et serti de diamants bien trop gros pour être authentiques. Elle tapotait d'un crayon à mine rose une rangée de chiffres sur un petit carnet.

— Dites à votre mari que je ne suis pas d'accord avec lui, déclara-t-elle d'un ton ferme. Il n'y a aucun profit à tirer de ces actions d'or hasardeuses. Il peut obtenir trois pour cent des sociétés sur cette liste et je vous donnerai de plus amples conseils si vous vous décidez à investir. J'ai placé sept mille dans Greater Foodstuffs et les dividendes sont excellents. Je vous le recommande. Et ne touchez à aucune action recommandée par Bobby Matthews. C'est un escroc, croyez-moi.

— Vous m'avez toujours donné de bons conseils, murmura Beatrice. J'ai placé mes petites économies dans le projet Riverina et j'ai été ravie du résultat. Si vous m'assurez que Greater Foodstuffs est bien, je dirai à Henry d'investir.

— Vous ne le regretterez pas, renchérit Lydia. Regardez ces comptes.

Beatrice parcourut des yeux la liste de chiffres.

— Les profits sont maigres, observa-t-elle.

Lydia regarda avec commisération son amie si peu douée en arithmétique.

— Beatrice, c'est le numéro de téléphone.

Phryne toussa et vit Lydia se métamorphoser sous ses yeux en pauvre petite fille fragile.

— Oh, Miss Fisher ! minauda-t-elle. Venez, que je vous présente mes amies.

On lui apporta un cocktail ; les trois autres femmes buvaient du sherry, un alcool que Phryne abhorrait. Elle attribuait ce dégoût à ce que, à l'âge de quinze ans lors d'une petite fête dans le dortoir du pensionnat, elle s'était enivrée pour la première fois de sa vie avec du sherry doux de mauvaise qualité ; le souvenir de la gueule de bois qui s'était ensuivie aurait à jamais dissuadé toute fille moins courageuse de reboire un jour une goutte d'alcool. La seule odeur du sherry continuait à lui donner une légère nausée.

— Parlez-moi donc de votre famille, Miss Fisher, dit Lydia avec effusion.

Phryne goûta le cocktail – qui contenait de l'absinthe, un alcool auquel elle ne touchait pas – et se lança obligeamment dans un recensement exhaustif de l'héritage de son père, de ses biens fonciers, son titre, sa maison. Cela n'impressionna nullement Ariadne et Beatrice, mais Lydia, elle, était transportée d'extase.

— Oh, mais alors, sans doute avez-vous rencontré mon père, le colonel. Il est invité partout.

— Oui, il me semble, acquiesça Phryne – jurer n'avoir jamais rencontré quelqu'un quand le contraire pouvait aisément être vérifié n'était jamais bien sage.

— Mais vous ne buvez pas… le cocktail n'est pas à votre goût ? s'inquiéta Lydia.

Phryne, qui commençait à se sentir un peu étourdie, murmura qu'il était excellent. Il fallait décidément être dans une forme olympique pour s'adonner aux joies des bains turcs, décida-t-elle. Elle se ressaisit au prix d'un effort ; les dames avaient changé de sujet de conversation, et commentaient à présent les mondanités de la veille, chez les Cryer.

— Il paraît que ces danseurs russes étaient là, souffla Ariadne.

— Et qu'une des dames a dansé un tango des plus osés avec le garçon, ajouta Beatrice sur le ton de la confidence, indifférente aux efforts de Lydia, qui tentait d'intercepter son regard. D'une effrayante indécence, mais fort habile, à ce que je me suis laissé dire, insista-t-elle. J'ai toujours pensé que trop de virtuosité dans les danses de salon montre combien une femme est facile. Qui était-ce, Lydia ? Quelque garçonne, sans doute.

Lydia, qui avait fini par capter l'attention de son amie, désigna Phryne avec circonspection.

— J'imagine que vous avez appris à danser sur le continent, Miss Fisher, se borna à ajouter Beatrice sans ciller le moins du monde.

Phryne lui répondit que c'était effectivement le cas. Au grand soulagement de la maîtresse de maison, on annonça que le déjeuner était servi. Elle conduisit ses invitées dans une charmante salle à manger, décorée de plantes vertes et de rideaux bouillonnés. Phryne emporta son cocktail, et le vida discrètement au pied d'un palmier en pot contre lequel elle n'avait aucun grief personnel, en espérant qu'il n'allait pas la trahir en dépérissant trop vite.

Le déjeuner, léger et froid – des salades, du jambon, et des meringues –, était délicieux et fut suivi par un excellent café. Les dames allumèrent une cigarette et la conversation prit un tour personnel.

Toutes trois, apparemment, étaient affublées de maris qui ne leur donnaient pas satisfaction. John Andrews était cruel, cinglant, et souvent absent ; le mari d'Ariadne était un coureur de jupons invétéré, et celui de Beatrice un joueur impénitent.

Lydia fit allusion, en tamponnant ses yeux nullement rougis d'un mouchoir blanc immaculé et parfaitement sec, à des perversions sexuelles bien trop brutales pour pouvoir les nommer. Phryne insista un peu, dans l'espoir qu'elle préciserait sa pensée, mais Lydia se contenta de secouer la tête et de soupirer, en prenant une expression de martyre.

Phryne tentait de cerner la personnalité de John Andrews, mais les bribes qu'elle en glanait à travers les soupirs de son épouse étaient curieusement peu convaincantes. Phryne savait que l'homme était rustre, cruel, et qu'il avait le goût du pouvoir ; mais elle échouait à lui imaginer assez d'intelligence pour inventer ces tortures alambiquées auxquelles son épouse faisait allusion. Mr. Ariadne était banquier ; Mr. Beatrice, importateur et agent de change. La litanie de misères conjugales se poursuivit, jusqu'à ce que Phryne ne puisse plus le supporter. Les bains turcs lui avaient donné sommeil, et il était quatre heures de l'après-midi. Elle se leva.

— À mon tour de vous inviter, Lydia.

Elle tapota l'épaule de l'épouse dévastée et éprouva ce déplaisant frisson qu'on ressent au contact d'un poisson.

— Venez donc déjeuner demain avec moi au *Windsor*.

— Oh, non, pas demain, je ne suis pas libre. Par ailleurs, je me doute que vous êtes très occupée. Je vous appellerai, si cela ne vous ennuie pas.

— Non, faites donc, répondit Phryne, désarçonnée par cette réaction de la part d'une femme qu'elle avait diagnostiquée comme un crampon invétéré. C'était un plaisir de vous rencontrer, mesdames. Bonne journée !

Elle résista à l'envie de partir en courant. Il lui semblait que les trois femmes l'observaient avec beaucoup d'attention. À quoi tout cela rimait-il ?

— Auriez-vous quelque bon conseil sur des actions que je pourrais acheter ? ajouta-t-elle en se rendant compte qu'elle était fatiguée et n'articulait plus très clairement.

Lydia la considérait d'un regard scrutateur.

— Oh, Lydia est la personne idéale pour vous conseiller, répondit Beatrice avec effusion. Mon mari dit qu'en matière d'argent elle a l'esprit tourné comme un homme. Naturellement, elle a bâti sa fortune en toute indépendance – tout cet argent lui appartient en propre, elle peut donc le dépenser ou l'investir comme bon lui semble.

Voilà qui ne concordait pas du tout avec les informations que Phryne possédait. Où Lydia s'était-elle procuré son argent ? Venait-il de son mari ? Cela paraissait peu vraisemblable. Comme elle se sentait de plus en plus mal, Phryne prit congé.

9

Poursuivre le doux amour et le perdre
Entre une poitrine et des bras blancs
Entre le bourgeon et la fleur
Entre ta gorge et ton menton.

Algernon Charles SWINBURNE, *Avant l'aube*

Phryne regagna son hôtel, accablée d'une torpeur hors de proportion avec l'effort physique qu'elle avait fourni. Qu'y avait-il dans cette infusion amère qu'on lui avait servie chez Mme Breda, et dont elle avait bu trois tasses ? Elle expédia un valet lui chercher de la moutarde en cuisine et se concocta un redoutable émétique. La certitude d'avoir été empoisonnée commençait à grandir dans son esprit. Calmement et sans ciller, elle avala une longue rasade de la dégoûtante mixture, s'assit et attendit tranquillement que l'antidote fasse effet, puis s'en administra une nouvelle dose.

Elle commença à frissonner et but à petites gorgées un verre de lait. Sa digestion, après le rude choc qu'elle venait d'endurer, se pacifia ; Phryne se sentit tout à coup parfaitement réveillée, purgée et gelée.

Elle décréta qu'elle avait fini de vomir. Elle nettoya soigneusement la salle de bains et ouvrit la fenêtre pour aérer. Avant de la refermer, elle inhala plusieurs bouffées de normalité enfumée et jugea que le mieux était de se coucher jusqu'à avoir recouvré une température humaine.

Elle se dévêtit, abandonna ses vêtements par terre et, pieds nus, elle gagna l'immense lit, plongea sous l'empilement de couvertures et se pelotonna. Elle voulait réfléchir, mais s'endormit aussitôt, épuisée.

Ce furent des bruits de voix dans le salon qui la réveillèrent deux heures plus tard. Elle entendit distinctement quelqu'un lancer :

— Ça lui réglera son compte !

Puis, la porte de la suite se referma avec un petit bruit sec. Phryne gagna le seuil du salon sur la pointe des pieds et risqua un œil dans la pièce. Rien n'avait été déplacé, à l'exception de son manteau. Elle le souleva, le secoua et quelque chose dégringola des profondeurs de la poche : le troisième petit sachet de la journée. Cette fois, Phryne ne laissa rien au hasard. Elle ouvrit le sachet et fit tomber, au creux de sa main, un peu de poudre qu'elle goûta du bout de la langue. L'effet était puissamment anesthésiant. Elle alla jeter le sachet dans les toilettes et tira la chasse.

Elle fouilla la pièce du regard. Selon toute apparence, on n'avait touché à rien d'autre. Phryne était certaine que les voix n'étaient pas là depuis longtemps lorsqu'elle les avait entendues ; elle avait le sommeil léger. Peut-être avaient-ils manqué de temps pour cacher d'autres sachets ? Elle remarqua que la porte ouvrant sur le couloir était munie d'un entrebâilleur de sécurité. Elle le mit en place puis repartit se coucher, perturbée.

Le lit était encombré de traversins et assez large pour accueillir un régiment. Phryne roula jusqu'en son centre, et buta contre un corps tiède. Alors seulement réalisa-t-elle que Sasha était toujours là.

Il s'éveilla à son contact et l'enlaça étroitement. Sentant qu'elle se raidissait aussitôt, il la relâcha et tâtonna jusqu'à trouver sa main. Qu'il embrassa, délicatement, avant de déposer des baisers le long de son bras.

— Sasha, que faites-vous là ?

— Je vous attendais.

— Pourquoi ?

— Je vous veux, répondit-il, surpris. Vous êtes sublime, je suis moi aussi sublime. Ensemble, nous devrions être sublimes, conclut-il tranquillement en enfouissant son visage dans le cou de la jeune femme.

Tout cela concordait avec l'idée que Phryne se faisait de la situation et, si elle ne s'abusait, Sasha ne constituait nullement un danger pour sa vie. Quant à sa vertu… Eh bien, elle était assez grande pour se passer de chaperon. Phryne se détendit, s'abandonna à l'étreinte et glissa avec délectation ses mains le long du corps musclé.

— Dormiez-vous, lorsque je suis sortie pour déjeuner ?

— Sans aucun doute. Je peux dormir n'importe où, et je n'avais pas dormi de trois nuits ; j'ai donc dormi comme une bûche.

— Comme une souche, corrigea distraitement Phryne, tandis que les lèvres habiles du jeune homme glissaient vers ses seins. Embrassez-moi encore, commanda-t-elle, en sentant que son corps ne demeurait pas insensible.

Sasha lui embrassa la bouche. Et lorsque Phryne s'écarta, trois minutes plus tard, pour reprendre son souffle, ses sens étaient si émus par ce splendide jeune homme amoral, aux mains si savantes et aux lèvres si caressantes, qu'eussent-ils été allongés au beau milieu de Swanston Street elle s'en serait moquée.

Tout en la caressant, il frottait son visage contre ses seins et jouait à capturer ses mamelons entre les lèvres. Phryne l'attira plus étroitement contre elle, sur elle, et referma ses cuisses musclées autour de sa taille.

Tandis que le jeune homme plongeait en elle, Phryne se souvint du rôle qu'elle l'avait vu incarner – la Mort – et elle s'unit à lui dans un curieux mélange d'extase et d'épouvante. Durant leurs fougueux ébats, Phryne surprit à plusieurs reprises dans la psyché l'image de leurs corps enlacés, qui lui évoqua des scènes de gravures érotiques françaises : les lèvres de Sasha cueillant délicatement un mamelon tendu et offert ; leurs cuisses comme soudées l'une à l'autre ; le galbe d'un sein contre le biceps orné d'une estafilade rouge.

Pour finir, ils s'effondrèrent, épuisés, dans les bras l'un de l'autre.

— Tu vois, remarqua Sasha avec contentement. Je te l'avais dit. Sublime.

— Oui, tout à fait.

— Tu porteras peut-être mon bébé, ajouta le jeune homme.

Phryne sourit. Elle s'était certes abandonnée à la passion, mais son diaphragme était en place depuis la veille au soir. Elle avait toujours été réaliste quant à son seuil de résistance à la tentation. Elle ne répondit rien. Sasha, qui avait dormi tout son soûl, était à présent frais comme un gardon. Elle lui lança un peignoir.

— Tu veux prendre un bain ? Dot va bientôt revenir.

— Tu as peur de choquer ta bonne ? s'étonna Sasha. Mais non, je ne veux pas prendre de bain. Je veux garder ton odeur sur ma peau. Ma sœur va être jalouse ! Elle te voulait, elle aussi.

— Je préfère t'avoir toi, répliqua Phryne en se penchant pour l'embrasser – il était vraiment adorable.

Sasha renfila les collants et le justaucorps, que Dot avait raccommodé et lavé. Phryne revêtit un déshabillé et commanda du thé. Le plateau arriva, escorté par un directeur en proie à de vifs tourments.

— Je vous prie de m'excuser, Miss Fisher, mais voilà : un policier attend en bas, avec un mandat de perquisition pour votre chambre. Il cherche… de la drogue ! J'ignore dans quelle mesure nous pouvons l'empêcher de monter. Alors, je vais l'amener d'ici à dix minutes. Si vous vouliez bien avoir la gentillesse de prendre vos dispositions… conclut-il avec un geste économe qui englobait tout à la fois Sasha et le désordre de vêtements.

Le directeur se retira. Phryne servit le thé.

— Que veux-tu que je fasse ? demanda Sasha.

Confortablement installé dans son fauteuil, il ne semblait nullement perturbé par cette menace d'invasion imminente.

— Crains-tu encore que ma présence puisse choquer ta bonne ?

— Non. Et d'ailleurs, la voici.

Dot ouvrit la porte, la referma et s'y adossa, comme si elle se préparait à faire barrage de son corps.

— Les flics ! lâcha-t-elle, le souffle court. Ce snobinard de directeur m'a dit que les flics attendaient en bas ! Il les a conduits dans son bureau, et ils sont en train de se prendre sacrément le bec. Oh, miss, que va-t-on faire ?

— Se calmer, pour commencer. Ensuite, on va fouiller chaque pièce, au cas où quelque chose y aurait été caché.

— Quel genre de chose ? bégaya Dot en mitraillant la pièce de regards affolés.

— Des petits sachets de poudre blanche. Dot, où cacheriez-vous ce genre de choses dans cette pièce ?

Pour toute réponse, Dot grimpa sur une chaise à dos droit et examina le dessus de l'armoire. Elle se pencha, au péril de son équilibre, tendit le bras et ramena dans sa main quelque chose qu'elle montra à Phryne. Un autre petit paquet, en mousseline celui-là, rempli de poudre craquante.

Sans perdre une seconde, Phryne le fit disparaître d'un coup de chasse d'eau dans la tuyauterie. Si jamais il y avait le moindre contact entre les eaux usées et le réseau d'eau potable, songea-t-elle, toute la population de Melbourne allait se retrouver envapée dans des proportions carrément monumentales.

— Dot, vous êtes géniale ! Vite, remettons un peu d'ordre, histoire de ne pas choquer ce policier.

— Et lui ? demanda Dot.

— Il reste où il est. Pas question d'offrir un spectacle de vaudeville.

Cette dernière remarque passa complètement pardessus la tête de Dot. Elle se lança dans l'action ; elle fit disparaître de pleines brassées de vêtements, retapa le lit à l'économie, suspendit robes et manteaux, et, cinq minutes plus tard, la suite offrait une façade de parfaite respectabilité, qui ne laissait rien soupçonner de la frénésie déployée. Sasha, lui, sirotait son thé, le sourire aux lèvres.

Lorsque retentit contre la porte le coup attendu, Dot alla ouvrir le lourd battant et accueillit le directeur et les policiers qui l'accompagnaient avec une morgue glaciale qui impressionna Phryne.

— Voici l'Honorable Phryne Fisher. Miss Fisher, ces messieurs ont un mandat de perquisition, annonça le directeur en inspectant la pièce, l'air manifestement ravi de constater que toute trace de bohème avait disparu. J'ai vérifié : leur mandat est en règle et leur état de policiers ne fait aucun doute – ils viennent du commissariat de Russell Street.

Phryne, enveloppée d'un peignoir en brocart raide qui bruissait à chacun de ses mouvements, se leva du sofa et gratifia le directeur d'un hochement de tête approbateur. En prétextant de vérifier l'authenticité du mandat et la légitimité des policiers, il lui avait laissé le temps de se retourner. Il lui adressa un sourire glacial.

— Eh bien, messieurs, demanda-t-elle d'un ton affable, puis-je savoir à qui j'ai l'honneur et ce que vous recherchez ?

— Je suis l'inspecteur principal Robinson, lui répondit avec raideur le plus grand des deux. Et voici le sergent Ellis. Nous avons un mandat de perquisition pour fouiller cet endroit. Miss Jones, un de nos agents, est ici pour fouiller les dames, et nous fouillerons ce monsieur. Votre nom, monsieur ?

— Sasha de Lisse, répondit poliment l'intéressé. Enchanté.

Cette courtoisie sembla déconcerter l'inspecteur Robinson. Il serra la main que lui tendait Sasha, sans trop savoir ensuite quoi en faire.

— Que cherchez-vous, au juste ? redemanda Phryne.

— De la drogue, répondit le sergent Ellis d'un ton gonflé d'importance. D'après nos informations…

Il s'interrompit en sentant le coude de son supérieur s'enfoncer dans ses côtes. Robinson parut hésiter, mais Phryne agita la main.

— Je vous en prie, fouillez partout, dit-elle avec un sourire. Voudriez-vous que je commande du thé ?

— Ce ne sera pas nécessaire, répondit Robinson.

D'après Phryne, celui-ci devait avoir dans les trente ans. Quant à Ellis, plus âgé que son supérieur, court sur pattes et dodu, il avait dû satisfaire de justesse à la taille minimum exigée dans la police. Il avait des cheveux bruns, lissés en arrière, un front bas, et quelque chose, dans son regard, rendait Phryne nerveuse. Il paraissait par trop content et arrogant pour quelqu'un qui ignorait s'il trouverait ce qu'il cherchait. Elle fit signe à Dot d'approcher et lui demanda de garder attentivement à l'œil le sergent Ellis. Dot acquiesça, en se mordillant la lèvre inférieure.

— Allons, ma petite, du calme, je ne prends pas de drogue, lui chuchota Phryne en lui tapotant la main.

Dot cessa de se molester la lèvre assez longtemps pour esquisser un sourire tendu.

Les policiers avaient inspecté tous les vêtements, fouillé la salle de bains et la chambre, et n'avaient rien trouvé. Sasha, détendu, riait d'une blague qu'il était le seul à connaître. Le directeur attendait avec raideur près de la porte. Dot et Phryne avaient accompagné les policiers dans la chambre et en étaient ressorties tandis qu'ils commençaient à fourrager dans la chambre de Dot et dans le salon.

En dernier lieu, le sergent Ellis prit le manteau de Phryne et le secoua. Un petit sachet de papier blanc, scellé à la cire, en dégringola. En percutant le sol, il se défit et la poudre blanche qu'il contenait s'éparpilla sur le parquet. Le directeur la fixa d'un regard exorbité. Sasha se leva d'un bond, bouche bée – une réaction qui permit à Phryne de l'innocenter de toute participation au guet-apens. Dot lâcha un hoquet. Seule Phryne semblait ne pas être affectée.

— Comme elle a dit ! s'exclama Ellis, en se baissant pour ramasser un peu de poudre blanche dans le creux de sa main.

L'inspecteur regarda Phryne.

— Eh bien, miss, quelle explication avez-vous à offrir ?

— Goûtez et vous jugerez par vous-même, répondit paisiblement Phryne. J'ai assisté à bien trop de dîners, ces derniers temps. C'est du bicarbonate. Goûtez !

L'inspecteur humecta son doigt, le trempa dans la poudre, le porta à ses lèvres. Un ange passa. L'inspecteur sourit.

— C'est effectivement du bicarbonate, confirma-t-il à l'intention d'Ellis. Bien, miss, il ne reste qu'à procéder à la fouille au corps, et nous vous laisserons tranquilles.

— À une condition, dit Phryne en se levant. J'accepte d'être fouillée, tout comme l'accepteront Mr. de Lisse et Miss Williams, mais j'exige que l'on vous fouille également.

— Que l'on nous fouille ? répéta l'inspecteur, dérouté. Pourquoi ?

— Un simple caprice, répondit Phryne d'un ton léger. Allons ! Me refuserez-vous cette petite liberté ? En dépit de vos informations qui affirmaient le contraire, vous n'avez pas trouvé de drogue. Votre visite a causé bien de l'embarras au méritant Mr. Smythe, directeur de cet excellent hôtel. Il n'attend que votre départ pour me prier de plier bagage à mon tour, et j'en serai réduite à me rabattre sur un hôtel de moindre confort.

« Et je me dois d'ajouter que je n'ai jamais pris de drogue. Une enquête préliminaire en bonne et due forme vous l'aurait appris. Je déteste la came, et vos accusations blessent mes sentiments. À moins que vous n'accédiez à ma requête, je vais porter plainte et je m'acharnerai jusqu'à obtenir que vous soyez l'un et l'autre rétrogradés, et affectés à la circulation dans Swanston Street. Alors ?

— Je n'ai rien à cacher, répondit Robinson.

Ellis tira son supérieur par la manche.

— Mais enfin, monsieur, nous sommes des policiers, bafouilla-t-il en aparté.

— Je sais bien. Et alors ?

— Nous pourrions les arrêter, les emmener au poste et les fouiller là-bas, suggéra Ellis. Ce n'est pas juste, qu'on nous fouille.

Phryne ouvrit les pans de son peignoir.

— Si vous tentez de m'emmener au commissariat, déclara-t-elle d'une voix glaciale et distante, il vous faudra m'y emmener dans cette tenue.

Elle laissa glisser le peignoir à terre, offrant la vision d'un superbe corps nacré. Le directeur détourna les yeux et s'autorisa un petit sourire. Les clients du *Windsor* n'étaient pas gens aisés à manœuvrer. Les policiers – et c'était compréhensible – étaient médusés.

— Très bien, miss, acquiesça Robinson.

Surprenant Ellis à contempler Phryne bouche bée, il lui décocha un coup de coude dans les côtes.

— Faites entrer Miss Jones. Les dames peuvent disposer de la chambre, et nous resterons ici. Mr. Smythe pourra nous fouiller. Acceptez-vous, monsieur ?

L'agent Jones, une jeune femme aux lèvres pincées, avec des cheveux bruns tirés en chignon, escorta Phryne et Dot dans la chambre. Dot se laissa fouiller la première ; elle retira chaque vêtement avec une rage maussade, avant de se rhabiller dans un silence glacé.

Phryne retira son peignoir une seconde fois. Les trois femmes entendirent Mr. Smythe, dans le salon, s'enquérir poliment :

— Qu'est-ce donc que ceci, sergent ?

La question fut suivie d'un bruit de déchirure. Les trois femmes se précipitèrent sur le seuil de la chambre.

— Que s'est-il passé, à votre avis ? demanda Dot.

— Ils ont trouvé un sachet en mousseline blanche et en papier sur le sergent Ellis, annonça Jones. Je ne l'ai jamais aimé, c'est une canaille et un lèche-bottes. Mais qu'est-ce qui lui a pris ? Pourquoi faire un truc aussi crétin ?

— Pour l'argent, répondit posément Phryne. Je m'en doutais.

L'agent Jones regarda Phryne dans les yeux.

— Nous n'avons pas beaucoup de brebis galeuses dans nos rangs. Dans l'ensemble, nos forces de police sont honnêtes. Si vous en avez extirpé une, nous vous devons des remerciements.

Surprise, Phryne serra la main de Jones – un geste qu'elle n'aurait jamais cru possible dix minutes auparavant, elle aurait sans hésiter parié gros là-dessus.

— Pouvons-nous venir ? demanda Jones depuis le seuil.

L'inspecteur donna son assentiment d'un ton bourru. Les trois femmes émergèrent de la chambre pour découvrir une scène peu commune. Le directeur et l'inspecteur tenaient par les bras un sergent à moitié dévêtu, et brandissaient un sachet semblable à ceux avec lesquels Phryne, de manière quelque peu lassante, était devenue familière. Deux longues bandes de sparadrap pendaient encore du sachet.

— Vous voyez ? Il l'avait fixé sur sa poitrine avec ce sparadrap. La prochaine fois que vous demanderez à exécuter une perquisition dans mon établissement, inspecteur, je ferai fouiller chaque policier avant de vous laisser entrer. C'est invraisemblable ! Persécuter des clients innocents ! Sans compter que la réputation de la police a été irrémédiablement compromise ! s'indigna le directeur.

— Oui, et j'ai du mal à imaginer ce qu'en dira Mr. Robert Sanderson, le député, lorsque je lui raconterai cette aventure, renchérit Phryne. C'est vraiment choquant. Mon invité et ma femme de chambre, dévêtus, fouillés, traités comme des criminels – sans parler de moi ! Que comptez-vous faire ?

L'inspecteur secoua son subordonné avec férocité.

— Parlez, imbécile ! Qui vous paye ? Pourquoi avez-vous fait ça, Ellis ? Vous avez violé votre serment, vous serez renvoyé de la police, vous avez une femme et quatre enfants, de quoi allez-vous vivre ? Allez, à table, bonhomme !

Ellis s'efforça de parler, s'étrangla, et secoua la tête. Robinson le gifla violemment. Dot regardait, indifférente. Jones s'assit, calmement. Sasha observait la scène d'un air amusé, comme s'il s'agissait de quelque spectacle donné pour le distraire. Mr. Smythe lâcha le bras du sergent et prit ses distances. Il n'avait jamais aimé ni approuvé la violence physique.

Ellis cracha du sang et dit :

— C'était une femme.

— Vieille ? Jeune ? Avait-elle un accent ?

— Je peux pas dire, ça s'est passé au téléphone. Si elle avait un accent, j'ai rien remarqué. Elle m'a dit : Cinquante livres pour planquer la came.

— Où vous l'êtes-vous procurée ? demanda Phryne d'un ton incisif.

— Elle m'a envoyé ce sachet, avec les cinquante livres. Je suis allé les chercher à la poste.

— Quel bureau ?

— À la Poste centrale, monsieur, elle a dit…

— Elle a dit quoi ?

— Que si je ne le faisais pas, elle tuerait ma femme et mes enfants.

— Et vous l'avez crue ? cracha Robinson.

Ellis sembla surpris.

— Au début, non, monsieur, mais elle a dit qu'elle allait me donner la preuve qu'elle ne plaisantait pas.

Vous sous souvenez de ces enfants qu'on a retrouvés la gorge tranchée dans leur lit, avec leur mère morte à leur côté ? Elle a dit que c'était son travail, et vous savez qu'on n'a ni mobile ni suspect pour ce crime.

— Imbécile ! rugit Robinson. C'est le mari, le coupable ! En ce moment même, il est au commissariat, en train de tout déballer.

— Vous en êtes certain, monsieur ?

— Évidemment ! Et je vous l'ai dit à ce moment-là, abruti.

— Je… je l'ai crue… bafouilla Ellis avant de fondre en larmes.

L'inspecteur lui lâcha le bras et se détourna, l'air révolté.

— Quelle pitié ! s'exclama-t-il.

— Servez donc du thé au sergent, Dot, intervint Phryne en tendant son mouchoir à Ellis. Mouchez-vous… Bien, et maintenant buvez ça, ajouta-t-elle en lui administrant du thé et un petit verre de Bénédictine.

L'homme se moucha, but et eut bientôt recouvré suffisamment ses esprits pour s'expliquer :

— Donc, j'ai récupéré le paquet et j'allais le planquer ici. Je l'ai vraiment crue, monsieur. J'avais besoin de cet argent, ma femme doit se faire opérer… s'il vous plaît, monsieur, ne me saquez pas. On tombera dans la misère !

Il pleurait à présent à chaudes larmes. Phryne attira à l'écart l'inspecteur, qui fulminait toujours.

— Ceci doit-il aller plus loin ?

— Naturellement ! Il a reçu un pot-de-vin.

— Oui, mais sous la contrainte. Ne pourriez-vous pas vous contenter d'un rapport confidentiel, sans le saquer ? Si vous le jetez à la rue, voyez-vous, la personne – qui qu'elle soit – qui a manigancé ça aura la preuve que son complot a échoué, et je ne veux pas de ça. Pigé ?

— Oui. Mais qu'avez-vous fait pour vous attirer ce genre d'ennuis ?

— Bonne question. Je n'en sais rien. Mais je vais le découvrir. Pouvons-nous coopérer ? Attendez avant de saquer Ellis et en échange, une fois que je suis sûre de mon coup, je vous mets sur la piste des personnes à arrêter.

— C'est dangereux, miss.

— Oui, mais moi seule peux le faire, et mieux vaut ça que périr d'ennui. Allons, soyez chic. Imaginez ! Vous allez capturer un caïd de la drogue.

— D'accord… mais je ne vous laisse que quelques jours, temporisa-t-il. Une semaine, disons.

— Deux, marchanda Phryne.

— Coupons la poire en deux. Dix jours.

— D'accord. Vous ne tentez rien pendant dix jours et je vous appelle pour la curée. Affaire conclue ?

— Affaire conclue. Je dois en toucher deux mots à l'agent Jones, également. Ellis est un imbécile, mais je serais enclin à dire que jusqu'à présent il était blanc comme neige. Voici mon numéro de téléphone, Miss Fisher. N'allez pas nager en eaux trop troubles, voulez-vous ?

— C'est déjà le cas, répondit Phryne. Mr. Smythe, j'ai accepté les excuses de l'inspecteur principal, et je crois que nous pouvons déclarer le chapitre clos. Bonne soirée, messieurs, susurra-t-elle tandis que les trois hommes se retiraient.

Elle referma la porte derrière eux et se laissa choir dans le canapé. Sasha l'enlaça aussitôt.

— Dot, commandez-nous du thé et venez donc en prendre une tasse. J'espère que ce sera la fin des festivités pour ce soir.

Phryne n'ajouta rien d'autre avant que Dot, à contrecœur, vînt s'asseoir à côté d'elle, en brossant la veste de son uniforme comme si les mains de la pauvre Jones l'avaient souillée.

Sasha lui servit une tasse de thé, puis se recula dans le canapé et entoura Phryne d'un bras réconfortant. La jeune femme tremblait, constata-t-il. La princesse aurait-elle surestimé sa force ? Dot but une gorgée avec méfiance.

— Bien, dit Phryne d'une voix vibrante d'excitation. Je suis désormais dans leur collimateur, tout autant que Sasha. C'est excellent, non ?

— Oh, excellent, murmura Sasha, sardonique. Excellent !

— Que voulez-vous dire, miss ? s'enquit Dot en reposant bruyamment sa tasse. Vous êtes dans le collimateur de qui ? De celui qui a caché le sachet sur l'armoire ? J'aimerais bien lui mettre la main dessus, je vous assure, poursuivit-elle en mordant dans un biscuit avec une énergie vengeresse. Il comprendrait sa douleur.

— C'est lui, en effet. Sasha, il est temps que vous nous disiez tout ce que vous savez de ce *Roi de la Neige**. Allez-y, s'il vous plaît, ordonna Phryne.

Elle avait recouvré son calme – ses tremblements avaient été provoqués par l'excitation de la chasse, non par la peur – et elle se régalait.

Docilement, Sasha se lova contre elle et commença :

— Nous séjournions à Paris, avant la fin de la Grande Guerre. Je n'étais qu'un enfant et je ne me souviens pas de grand-chose. Juste du bruit des canons, qui se rapprochait de plus en plus, et de maman qui était terrorisée ; nous n'arrivions pas à dormir. Je n'ai pas gardé de souvenirs de la Russie, que nous avions quittée en hiver – sinon peut-être du froid qui m'a marqué toute mon enfance, de la neige, et de la bise. À Paris aussi, il faisait froid. Maman et bonne-maman sont arrivées à Paris en 1918, juste avant la signature de l'armistice. Elles avaient accompli un très long voyage, en s'enfuyant à Arkhangelsk, où étaient les Anglais ; elles avaient fait la plupart de la route à pied.

— Tout cela est très émouvant et ferait un bon film, mais *revenons à nos moutons**, si vous voulez bien, intervint sèchement Phryne qui s'efforçait de résister à l'attraction hypnotique qu'exerçaient sur elle ces yeux bruns et cette voix mélodieuse.

— Patience, rétorqua Sasha, nullement froissé. Si vous m'interrompez, je risque de perdre le fil. Donc, nous étions tous à Paris, mon père avait été tué par les révolutionnaires, et, pour nous nourrir, maman vendait des bijoux de famille. Cet hiver-là, elle a vendu les émeraudes Tscarnov, et bien d'autres pierres magnifiques.

« Nous avons cherché un protecteur, et ce n'est pas maman, mais bonne-maman qui en a trouvé un, un lord anglais ; il nous a installés dans un appartement et s'est occupé de nous comme il l'aurait fait de ses propres enfants, par amour pour bonne-maman… Qu'est-ce que nous en avons ri, maman et moi !

— Oui, et donc ? s'impatienta Phryne.

Dot dévisageait Sasha comme s'il était tombé d'une autre planète.

— Donc, nous avons vécu avec le lord anglais jusqu'à l'âge de seize ans, puis on nous a envoyés en pension, en Suisse. Nous y sommes restés un an, Elli et moi ; bonne-maman nous écrivait que tout allait bien à Paris, aussi ne posions-nous pas de questions. À notre retour, il y a deux ans, nous avons appris que le vieux lord était mort – une triste nouvelle, c'était un homme très généreux – et nous avons découvert que maman était mourante. Elle avait pris le pli de consommer de la cocaïne, et comme le vieux lord avait laissé beaucoup d'argent à bonne-maman, elle a pu en acheter autant qu'elle voulait pendant un temps. Elle la prenait par poignées. Après sa dose, elle était radieuse et heureuse, comme notre maman d'avant, puis elle devenait morose et amère, et ensuite, elle pleurait et piquait des crises. C'était le cycle habituel. Elle ne dormait plus. Elle nous suppliait de la tuer.

« Cela n'a pas été nécessaire, heureusement pour le salut de mon âme immortelle, car au bout de quelques semaines, j'aurais été capable de le faire, reconnut Sasha, le visage strié de larmes. Elle est morte. Et avant, nous l'avons implorée de nous dire qui lui avait fait ça, qui lui avait donné le goût de cette drogue mortelle. Tout ce qu'elle nous a révélé, c'est que le Roi de la Neige lui en avait donné, gratuitement. Elle avait trouvé ça gentil de sa part, puis le prix n'avait cessé de grimper et elle avait vendu tous ses bijoux, après avoir dépensé l'argent du lord. Mais bonne-maman savait que tous n'avaient pas fini chez des prêteurs sur gages. D'après nos renseignements, le Roi aimait les pierres précieuses, et le grand collier de la tsarine, au moins, était tombé entre ses mains. Ainsi que les perles de la princesse…

À ce stade du récit, Phryne eut une intuition – quelque chose, dans les propos du jeune homme, la frappa avec autant de violence que si une lance lui avait transpercé le plexus solaire. Tout son corps se contracta. Sasha le sentit et marqua une pause. Mais elle échouait à mettre le doigt sur le détail qui l'avait alertée. Elle lui fit signe de poursuivre.

— … et une rivière de diamants qui avait appartenu, à ce qu'on dit, à Catherine la Grande. Bonne-maman nous a dit que si nous pouvions enquêter dans la bonne société parisienne, nous pourrions un jour apercevoir le collier, et là, nous tiendrions notre homme. Voilà comment est née la *Compagnie des Ballets masqués**. Ma sœur et moi dansions depuis notre plus tendre enfance ; de plus, nous n'avions pas de profession. On a donc dansé cette vieille histoire de *La Jeune Fille et la Mort*, et Paris a été intrigué. Soir après soir, nous avons dansé dans un Opéra plein à craquer, et soir après soir, nous avons scruté les bijoux des dames, à l'affût du collier de Catherine. Nous avons même commencé à gagner de l'argent, ajouta Sasha avec un étonnement sincère. Et toujours nous cherchions ce collier. Un jour, enfin, nous l'avons vu. Au cou d'une demi-mondaine, d'une moins que rien. Je lui ai téléphoné et elle m'a dit que ce n'était qu'un prêt ; le collier appartenait à un riche Américain, un parvenu. J'ai parlé à cet homme et il a fini par me révéler à qui il l'avait acheté ; alors, je suis venu ici pour retrouver cet homme et le tuer… Puis-je avoir du thé ?

— Son nom, Sasha ? Son nom ?

— Mais si je vous dis son nom, vous pourriez le prévenir et, du coup, ma vengeance tomberait à l'eau, objecta Sasha. Qui plus est, la princesse m'écorcherait vif.

— Si vous refusez de me dire son nom, c'est moi qui vais vous écorcher vif, et je suis en bien meilleure position que la princesse, observa Phryne en découvrant les dents et s'emparant du couteau à fruits comme si elle était déterminée à mettre sa menace à exécution sur-le-champ.

Sasha haussa les épaules d'un mouvement fluide.

— Il s'appelle Andrews, lâcha-t-il avec dédain. Nous l'avons vu à la soirée où j'ai eu l'immense plaisir de vous rencontrer. Il ne semble pas assez intelligent pour être notre Roi, mais c'est le nom que l'Américain m'a donné. Et j'ai vu la facture. Il l'a payé une fortune… mais qu'est-ce qu'une fortune pour un collier sans prix ?

— D'autres bijoux de votre mère ont-ils subi le même sort ? demanda Phryne.

Sasha hocha la tête.

— Quelques-uns. Un pavé de diamants ; une broche de Fabergé, en forme d'oiseau, émaillée et incrustée de diamants ; un sautoir de perles roses. Nous ne les avons jamais revus.

— Je ne peux pas croire que ce soit Andrews. Il n'a pas le cerveau pour ça ! s'exclama Phryne. Continuez. Pourquoi la princesse m'a-t-elle emmenée chez Mme Breda ?

— Pour vous montrer comment ça fonctionne. Le soir où je vous ai rencontrée, étant sous la protection spéciale de *Notre-Dame des sept douleurs**, j'ai été poursuivi par des sous-fifres ; j'avais été assister à une livraison, à Toorak.

— À Toorak ? lâcha Dot dans un hoquet de surprise.

Phryne prit bonne note de la réaction de la jeune fille.

— Oui, Dot, cela paraît curieux et invraisemblable, mais on a déjà vu des choses plus étranges, quoique rarement. Continuez, Sasha.

Sasha indiqua obligeamment l'adresse, que Phryne nota dans un calepin relié de cuir.

— Comment saviez-vous que la livraison aurait lieu à cet endroit ?

— C'est l'employée de Mme Breda qui l'a dit à la princesse ; je crois qu'elle s'appelle Gerda. Avec une stupidité sur laquelle je n'insisterai jamais assez, je me suis laissé avoir.

— Qui était le transporteur ?

— Madame en personne, à ce qu'il semble. Deux hommes la suivaient, à distance. Ce sont eux qui m'ont poursuivi. Madame se rend au domicile de ses clientes favorites, avec Gerda, pour les masser ; elle en profite pour vendre ses « poudres de beauté ».

— Ces hommes vous connaissent ? demanda Dot, l'air concentré.

— Forcément. Ils servent de gardes du corps à Madame lorsqu'elle transporte la neige ; la plupart du temps, ils ne sont pas avec elle. C'est heureux, ils ne sont pas très intelligents.

— C'est possible, concéda Phryne en revoyant mentalement les deux malfrats.

Sasha se leva et s'étira.

— Et maintenant, milady, puis-je prendre congé ?

Phryne tendit sa main. En dépit de son attirance pour le jeune homme, elle ne lui faisait pas confiance et préférait le garder à portée de vue.

— Non, restez donc jusqu'à demain matin, lui répondit-elle en souriant. Il est trop tard pour traîner dans les rues. Vos parentes ne vont pas s'inquiéter ?

— Non, ma sœur saura que je vais bien. Nous sommes jumeaux.

Il salua Dot d'une légère inclination de tête et se retira dans la salle de bains, en raflant au passage la robe de chambre masculine de Phryne. Dot et Phryne échangèrent un regard.

— Allez-vous repartir chez votre mère, maintenant que ma dépravation est apparue au grand jour ? s'enquit plaisamment Phryne.

Le visage de Dot s'illumina d'un immense sourire.

— Je pense que vous êtes différente, miss, vous vous moquez des règles. Et lui, c'est un cheik. Vous avez de la chance de l'avoir, peut-être. Je vais au lit, il se fait tard.

— En effet. Bonne nuit, Dot.

— Bonne nuit, répondit Dot en refermant la porte de sa chambre.

Phryne se retira dans son lit afin de puiser dans la philosophie et dans les bras de Sasha de quoi se fortifier contre les épreuves à venir. Le lendemain, indubitablement, lui en réservait quelques-unes.

10

Prisez, prisez, prisez-moi
Tout le monde me prise...

The Cocaine Blues, chanson traditionnelle américaine

Lesdites épreuves s'annoncèrent à huit heures du matin en la personne du Dr MacMillan. Dot, qui était réveillée, introduisit la visiteuse agitée, et alla frapper discrètement à la porte de la chambre pour réveiller Phryne. Celle-ci roula, dans un demi-sommeil, entre les bras de Sasha et passa cinq minutes captivantes à tenter de s'extraire de cette étreinte. Pour finir, Dot entra avec deux tasses de thé. Phryne avala la sienne, remit de l'ordre dans sa coiffure et tituba jusqu'à la salle de bains.

Quand elle en émergea vingt minutes plus tard dans une tenue décente, elle réclama de l'aspirine et, d'un mouvement de poignet languide, mit en garde son amie :

— Elizabeth, je suis incapable de réfléchir pour l'instant, grogna-t-elle. Dot, faites monter du café.

Elle alluma une cigarette et s'affala dans le canapé. Le docteur la considéra avec sévérité.

— Si vous passez vos nuits à vadrouiller et que vous commencez la journée avec du café et des cigarettes, vous serez entre mes mains dans un mois, jeune fille, souligna-t-elle. Et vous deviendrez une vieille sorcière avant l'heure. J'ai quelque chose d'important à vous dire, et une parturiente en plein travail attend mon retour. Un peu d'attention, s'il vous plaît.

Phryne but son café et le voile devant ses yeux se dissipa ; elle était réveillée et alerte.

— Excusez-moi, Elizabeth, je me comporte comme une idiote ! Allez-y, bien sûr.

— Ces sachets que vous m'avez envoyés. À quoi jouez-vous ?

— Quoi ? Que contenaient-ils ?

— Celui-ci, dit le docteur en posant devant elle le sachet de papier blanc scellé à la cire rouge, contient du chlorure de sodium : autrement dit, du sel. Celui-ci, poursuivit-elle en produisant le sachet enveloppé de mousseline, contient de la cocaïne pure. L'endroit où vous vous l'êtes procurée ne me regarde pas, très chère, mais je vous conseille d'être prudente. Ces gens ont la réputation d'être expéditifs.

— C'est également ce que je me suis laissé dire… murmura Phryne.

Ainsi donc, le sachet qu'elle avait trouvé dans sa poche en partant de chez Mme Breda renfermait de la cocaïne pure, quand l'autre, qu'elle avait racheté à la princesse, ne contenait que du sel.

— Un sel d'une variété intéressante, ajouta le docteur. On y trouve des traces de toutes sortes d'éléments. Il s'agit à mon avis de sel de la mer Morte – on en utilise dans certains salons de beauté, vous savez. Bon, je dois filer.

— Prenez au moins une tasse de thé, Elizabeth ! protesta Phryne.

— Les processus biologiques n'attendent pas qu'on ait pris son thé, répondit le docteur en secouant la tête.

Elle prit congé et croisa Mr. Smythe, qui arrivait.

Le directeur se montra poli, mais ferme. Il avait bien compris que sa cliente était parfaitement innocente des méfaits qui lui avaient valu, la veille, la visite de la police, et était ravi que toute l'affaire se soit terminée à l'amiable, mais cela ne devait en aucun cas se reproduire. Encore un incident de cette sorte et, pour le bien de son établissement, il serait contraint et forcé de demander à Miss Fisher de trouver à se loger ailleurs. Phryne l'assura avec le sourire qu'elle ne prévoyait rien de tel, et que pour apaiser ses sentiments blessés elle ajouterait une attention conséquente à sa note. Mr. Smythe se retira, débordant d'une onctueuse satisfaction, et referma tranquillement la porte derrière lui.

— Dot, vite ! Tirez le verrou ! s'écria Phryne. Sinon, quelqu'un d'autre va débarquer et réclamer une audience avant le petit déjeuner. N'ouvrez à personne, sauf au service d'étage ! « Jamais mots ne m'ont à ce point accablé depuis le jour où pour la première fois j'ai dit Père au père de mon frère. » Qui a dit cela ? Shakespeare, je crois. Sasha ! Il est l'heure de se lever !

Le jeune homme, qui s'était à l'évidence rendormi, bondit du lit et fut habillé en un instant. Il rejoignit Phryne qui, à le voir aussi vif qu'un gardon et sans le moindre faux pli, en conçut une certaine irritation et lui décocha un regard lourd de ressentiment.

— Comment faites-vous pour paraître en aussi grande forme de si bonne heure ? C'est surnaturel. Effrayant. Bref. Qu'avez-vous à faire, aujourd'hui ?

— Je dois regagner le *Scott*. Ma sœur et moi nous produisons en matinée, à dix heures d'abord, puis à trois heures, et ce soir, nous donnons un spectacle au *Tivoli*. Je pense que la princesse aimerait vous parler, ajouta-t-il.

— J'aimerais également lui dire deux mots. Oh, Seigneur, quoi encore ? pesta-t-elle en entendant qu'on frappait à la porte.

Dot alla ouvrir et revint en poussant le chariot du petit déjeuner.

— Enfin ! lança Phryne en jetant son dévolu sur un œuf à la coque.

À neuf heures, elle descendit en compagnie de Sasha, et trouva deux lettres qui l'attendaient à la réception : un pli mince, dans une enveloppe bleue ornée de coins dorés, et un autre, épais, dans une enveloppe blanche sans fioriture. Elle les fit disparaître dans son réticule, à l'insu de Sasha, afin de les lire plus tard. Il n'entrait pas dans ses intentions de partager toutes ses informations, avec qui que ce soit. Elle avait donné à Dot le numéro de téléphone de l'admirable inspecteur principal, avec ordre de contacter ce dernier si elle n'était pas de retour dans trois heures. Sasha lui offrit le bras et Phryne glissa une main gantée entre le coude et le doux flanc musclé du jeune homme – qui était décidément très séduisant.

Comme si celui-ci avait lu dans les pensées de son amante, un sourire lui releva le coin des lèvres – un sourire intime et autosatisfait que Phryne aurait trouvé très irritant de la part d'un autre homme mais qui, chez Sasha, était touchant. Sa fierté n'était pas celle du mâle qui tire vanité de sa conquête, mais plutôt celle, puérile, du comédien qui reçoit les applaudissements mérités d'un public averti. Le soleil timide du matin enveloppait les cheveux brillants de Phryne d'une coiffe de lumière rousse. Lorsqu'ils arrivèrent au *Scott* – un établissement qui, sans être du *dernier cri**, n'en était pas moins respectable –, le portier considéra l'accoutrement de Sasha avec une réprobation appuyée et ouvrit la porte à contrecœur –

et n'en conçut que plus de dépit en voyant que ce geste ne lui valait aucune rétribution.

Dans leur chambre, Elli et la princesse étaient en train de compter des piles de shillings. Lorsque Sasha entra, elles levèrent la tête, puis reprirent leur tâche.

— Mon garçon, tu dois prendre un bain et t'habiller ! lui lança sèchement la vieille dame. Tu as un spectacle dans une heure. Elli, ramasse ces pièces et range-les. Prenez un siège, je vous prie, Miss Fisher. Du thé ?

Phryne accepta, écarta trois paires de bas filés abandonnés sur une chauffeuse, et s'assit, disposée à se montrer réceptive.

Pendant qu'Elli rangeait les pièces dans une bourse et disparaissait dans une autre pièce, sans doute pour donner à Sasha un justaucorps et des collants propres, la princesse remplit une tasse en porcelaine au robinet de son samovar et la tendit à sa visiteuse. Phryne, se souvenant qu'elle avait encore le masque de la Mort dans la poche de son manteau, le sortit. La princesse s'en empara d'un geste vif, et posa un doigt effilé et noueux sur les taches rouges qui en souillaient le bord.

— Vous ? lança la princesse d'un ton acéré.

Phryne, de la main, indiqua la pièce voisine.

— Lui, répondit-elle avec une brusquerie identique.

Le visage de la vieille femme sembla se ratatiner.

— Bon, il me racontera, alors. Vous n'avez pas été blessée ?

— Non, naturellement. Lui-même ne l'a été que superficiellement. Une estafilade le long du bras. Rien qui soit susceptible de le handicaper.

— Ah ! exulta la princesse. Vous a-t-il agréablement divertie ? Si seulement quelqu'un pouvait l'épouser ! Ce sont là ses deux seuls talents – ça, et la danse. Si la chance ne nous sourit pas, il va devenir gigolo et ce n'est pas une vie pour un descendant de prince. Nous ne savons rien faire ! On ne m'a rien appris – rien ! – quand j'étais enfant, car on pensait que le travail était réservé aux paysans. Mais j'ai appris en découvrant des choses par moi-même. Ensuite, quand les filles du tsar sont devenues infirmières, j'ai été autorisée à cultiver d'autres talents. Mais ce n'est qu'en arrivant à Paris, toutefois, que j'ai découvert que mon talent le plus monnayable était le même que celui de Sasha. Ah… je me suis bien amusée, mais cela pourrait se terminer bientôt. Que s'est-il passé ?

— Quelqu'un l'a poursuivi. Nous nous sommes échappés par ruse. Princesse, saviez-vous que la poudre que vous m'avez vendue était du sel ?

Le visage ridé de la vieille dame ne laissa transparaître aucune émotion, mais sa voix chuta d'une demioctave lorsqu'elle répéta lentement :

— Du sel ? Ce n'est pas ce pour quoi j'ai payé. À quoi Gerda joue-t-elle ?

— Je n'en sais rien. Lui en aviez-vous déjà acheté, auparavant ?

— *Oui… enfin, pas tout à fait**, expliqua la princesse. Elle trouvait toujours une bonne excuse pour ne pas m'en vendre.

— Une excuse ?

— Oui. Elle prétendait que Madame l'observait, ou que la came n'avait pas été livrée, ou que tout était déjà vendu… Du sel ! Et nous l'avons payé au prix de la cocaïne !

La vieille dame partit d'un éclat de rire ; après un moment, Phryne se laissa à son tour gagner par le comique de la situation. Elle but une gorgée de thé ; il était très fort, et parfumé au citron, ce qu'elle n'aimait pas.

Restait le problème du sachet de vraie cocaïne retrouvé dans la poche de son manteau, avec le petit mot sibyllin. La remarque du sergent Ellis – « comme elle a dit ! », s'était-il exclamé – lorsque le sachet de bicarbonate était tombé de sa poche indiquait que la personne qui avait manigancé de faire accuser Phryne était au courant de la transaction qui avait eu lieu chez Mme Breda. Cela limitait les suspects à trois personnes – la princesse, Gerda et éventuellement Mme Breda. N'importe laquelle des trois femmes aurait pu glisser la vraie cocaïne dans la poche de Phryne.

La princesse recouvra son calme, se tamponna les yeux et se resservit du thé.

— Avez-vous progressé dans cette enquête ? lança-t-elle avec un mouvement de menton interrogateur.

Phryne secoua la tête.

— Je peux vous aider, reprit la princesse. J'ai une adresse, à moins que ce ne soit le nom d'une personne.

Elle exhuma un papier plié des profondeurs de son vêtement – constitué d'un corset à l'ancienne mode et d'une longue et somptueuse robe bleue défraîchie par endroits. Phryne déplia la feuille, qui était gribouillée avec une vilaine encre.

— Soixante-dix-neuf Little Lon, déchiffra-t-elle, non sans difficultés.

— Qui est ce Lon, voilà ce que je voudrais savoir, reprit la princesse. Peut-être est-il notre *succinsin.*

— *Succinsin* ?

— Notre crapule.

— Je le trouverai, promit Phryne avant de prendre congé.

Le beau Sasha l'embrassa avec une infinie douceur et la présenta à sa sœur, qui désirait elle aussi l'embrasser. Le frère et la sœur se ressemblaient tellement que Phryne n'opposa aucune objection. Elle connaissait leur dessein de se partager ses faveurs et commençait à trouver que tout cela ouvrait des perspectives extrêmement captivantes. Arrachant de force son corps et son esprit à la contemplation de ces idées lubriques, elle s'éloigna dans le vestibule d'un pas sonore, puis rebroussa chemin sur la pointe des pieds pour écouter à la porte. La vieille dame était en train de parler, en français.

— Alors, elle était comment, la vache à lait ? Tu l'as satisfaite ?

— Tout à fait, répondit Sasha avec hauteur. Je l'ai caressée jusqu'à ce qu'elle ronronne. Elle est d'une sensualité inhabituelle pour une Anglaise. Je pense que je l'ai séduite. Elle aura encore envie de moi.

— T'a-t-elle payé ? grinça la voix usée, et sans doute Sasha haussa-t-il les épaules car Phryne entendit la vieille dame lui donner une tape.

— Bonne-maman, ne soyez pas aussi cupide ! protesta-t-il en riant. Elle payera la prochaine fois. Et pour finir, elle m'épousera.

Phryne espéra que ses grincements de dents ne s'entendaient pas à travers la porte.

— Peut-être. Mais veille à ne pas gaspiller tes forces en vain. Elle est généreuse, je pense. Oui. Et intelligente.

— Franchement, sa ruse m'a sauvé la vie - elle réfléchit à une vitesse incroyable. Je pense qu'elle trouvera le Roi de la Neige.

— Oui, elle le trouvera, et alors, nous la suivrons. Et ensuite…

Elle lâcha un bruit de suffocation, sans doute accompagné d'un geste évocateur.

— La revanche est douce, mes enfants, et nous lui soutirerons jusqu'au dernier centime avant son trépas. Grâce à ce profit, je pense que tu n'auras plus besoin de travailler, et ta sœur pourra faire un mariage d'amour.

Tandis que la vieille dame gloussait avec délectation, Elli protesta :

— Je ne me marierai pas. Je n'aime pas les hommes. Emmène-moi avec toi, Sasha, la prochaine fois que tu vas voir Miss Fisher ! S'il te plaît, Sashouska, s'il te plaît !

— Je ne sais pas si ça lui plairait… répondit Sasha, hésitant. Mais je lui poserai la question. Je dois me baigner – nous avons un spectacle. Viens me laver le dos.

Phryne s'éloigna à pas de loup. Elle passa sans un mot devant le portier, qui décocha un regard morose à son dos et soupira. Cette femme avait de la classe, ça crevait les yeux, et il était sage d'être du côté de ceux qui en possédaient – du moins à ce qu'il s'était laissé dire, car, jusque-là, ça ne lui avait jamais rien rapporté.

Phryne ne tarda pas à s'apercevoir que, primo, elle attirait l'attention en marchant aussi vite, et que, secondo, courir avec une jupe étroite, un manteau ample et des talons hauts requérait une concentration dont elle se sentait incapable pour l'instant. Elle entra donc dans un café, commanda du thé, alluma une cigarette et laissa libre cours à sa rage. Voilà donc la raison pour laquelle ces Russes l'avaient adoptée ! Pour s'en servir comme appât ! La perfidie de ces créatures était inouïe !

Elle but son thé trop vite et se brûla la langue. À quoi bon s'énerver ? Les Russes étaient aussi amoraux et séduisants que des chatons. Elle se jura cependant que Sasha n'obtiendrait pas un sou d'elle, et qu'elle ne l'épouserait pas. Se faire exploiter était le destin de bien des femmes, mais Phryne n'irait pas grossir leurs rangs. Pas si elle pouvait l'éviter.

Elle ouvrit la première enveloppe, la blanche, et y découvrit une invitation d'un goût irréprochable : Mr. Sanderson, le député, la conviait à dîner, le soir même. Elle replaça l'épais bristol dans l'enveloppe et déchira l'autre, qui était parfumée. De quelques mots jetés sur une grande feuille de papier lilas gravée à son adresse, Lydia Andrews demandait à Miss Fisher de l'appeler le plus tôt possible. Phryne grogna. Cette femme était un crampon, tout compte fait. Elle froissa la lettre en boule, quitta le café et lâcha l'invite de Lydia dans une poubelle. Elle irait dîner chez les Sanderson, mais, avant cela, Dot et elle avaient des gens à voir.

Pour commencer, il lui fallait louer une auto. Phryne était bonne conductrice, et dépendre constamment des taxis l'agaçait.

Il y avait, se souvint-elle, un garage automobile au bas de cette rue, vers la sortie de la ville, là où se trouvaient naguère les écuries de louage pour les cabs. Phryne grimpa à bord d'un funiculaire, en se cramponnant – comme il était recommandé. Elle respira l'étrange odeur combinée de cendre et d'ozone qui enveloppait la ville, jusqu'à ce qu'on la lâche à l'angle de Spencer Street. Le garage était vaste, repeint de frais, et un jeune homme prévenant, bien que maculé d'huile, se leva sitôt qu'il la vit entrer. L'intérieur sombre de l'ancienne écurie était éclairé par des lampes de cuivre astiquées avec amour. Le jeune homme essuya avec empressement ses mains sur un chiffon et se hâta vers sa cliente.

— Oui, m'dame. Que puis-je faire pour vous ?

— Je veux louer une voiture. Qu'avez-vous à me proposer ?

Le jeune homme lui indiqua une Duchesse raisonnable, haute sur roues et dotée d'un habitacle fermé fabriqué par un constructeur de fiacre reconverti. Phryne eut un large sourire.

— Je ne suis pas prête pour un modèle aussi sage. Et celle-ci ? demanda-t-elle en flattant la carrosserie rouge vif d'une Hispano-Suiza.

Le bolide reposait avec désinvolture sur un châssis très bas, et logeait sous son imposant capot un moteur d'une diabolique puissance. Le jeune homme toisa Phryne, tentant de jauger son sang-froid.

— Allons faire une petite balade, voulez-vous ? proposa-t-elle. Vous verrez par vous-même que je suis parfaitement capable de la conduire. Je répugnerais à faire du mal à une si belle dame… mais j'ai besoin d'une auto qui roule vite. Venez.

Le jeune homme jeta le chiffon et emboîta le pas à sa cliente, impuissant.

Il l'observa attentivement lancer le démarreur d'un geste exercé et mettre en marche le moteur. Les cylindres lâchèrent un grondement ; le silencieux n'était pas une pièce standard sur ce véhicule. Phryne posa les mains sur le volant, lâcha le frein, avança jusqu'à la chaussée et s'engagea dans Spencer Street avec adresse.

Ils avaient parcouru deux kilomètres et longeaient le terrain de cricket quand elle mit les gaz et laissa le moteur propulser le bolide à pleine puissance. L'aiguille du compteur bascula dans le rouge.

— C'est bon, miss ! hurla le mécano en se penchant vers elle. Je suis convaincu. Vous pouvez la prendre.

Phryne ralentit et, pour la première fois, détacha les yeux de la route. Elle semblait un peu déçue.

— Oh, très bien, marmonna-t-elle.

Elle exécuta un demi-tour dans un crissement de pneus et rebroussa chemin avec plus de promptitude et d'adresse que n'en avait jamais vu son passager. Ils rentrèrent dans le garage et Phryne coupa le contact. Le jeune homme observa le casque de cheveux noirs de sa cliente et remarqua que pas une mèche n'avait été déplacée.

— Je la prends une semaine, pour commencer, déclara Phryne avec affabilité. Peu m'importe ce que ça coûte, ajouta-t-elle. Et si vous rechignez à la louer, je vous l'achète. Un beau véhicule… Combien ?

— Je ne veux pas la vendre, miss, protesta-t-il. Je vais la piloter moi-même… J'ai reconstruit le moteur, ça m'a pris deux mois…

— Cinquante livres la semaine ? proposa-t-elle.

Le mécanicien, avec une célérité qui n'était pas uniquement provoquée par cette offre exorbitante, lui tendit la manivelle et accepta la liasse de billets.

Phryne ralluma le moteur encore chaud, positionna la voiture sur le seuil du garage tel un cheval devant une haie dans une course d'obstacles et s'élança dans Spencer Street au grand effroi des piétons. Le jeune homme regarda la carte que lui avait donnée sa cliente, vit que celle-ci résidait au *Windsor* et ferma boutique avant l'heure. Il avait besoin d'un petit remontant.

Phryne freina devant l'entrée de l'hôtel et héla le portier.

— Je peux la laisser là ?

Le portier, bouche bée, s'empressa vers elle.

— Garez-la ici, miss. Je vais la surveiller. Une voiture magnifique ! Une Lagonda, n'est-ce pas ?

— Hispano-Suiza. Vous voyez la cigogne, sur le bouchon du radiateur ? La toute première a été construite pour le roi Alphonse d'Espagne – celle-ci, c'est la 46 CV. Une splendeur, n'est-ce pas ?

Phryne rangea le bolide le long du trottoir et coupa le moteur. Elle déglutit pour recouvrer l'usage de son ouïe. L'Hispano-Suiza poussait des rugissements dignes d'un lion.

Phryne gravit au pas de charge les marches du perron puis celles du grand escalier et entra en trombe dans sa suite. Sous l'effet de la surprise, Dorothy, qui était en train de repriser un bas, se piqua le doigt.

— Laissez tomber ça, Dot, on part se balader en auto.

— En auto, miss ? demanda Dot en suçotant son doigt. Comment voulez-vous vous habiller ?

Phryne était déjà en train de passer en revue sa garde-robe, en sortant des vêtements de l'armoire par brassées.

— Un pantalon, peut-être, et un gros manteau. Je sais qu'on est en mai, mais on gèle, dehors. On pourrait pique-niquer ?

— Il risque de pleuvoir, observa Dot d'un ton dubitatif, en suspendant les vêtements au fur et à mesure que Phryne les sortait.

— Ce n'est pas grave. L'auto a une capote. Appelez en bas et demandez qu'on nous prépare un panier de pique-nique. Et un parapluie.

Pendant que Dot s'exécutait, Phryne trouva son pardessus et revêtit un pantalon de serge sombre qui n'aurait pas déparé sur un banquier.

— Ce sera prêt dans dix minutes, miss.

— Parfait. Comment allez-vous vous habiller ? Voulez-vous que je vous prête un pantalon ?

Elle éclata de rire en voyant que sa suggestion arrachait un frémissement à la jeune fille.

— Mettez votre manteau, le chapeau cloche bleu, et prenez le plaid, vous n'aurez pas froid. Je ne sais pas jusqu'où nous irons.

— Mais, miss, on peut pique-niquer dans tous les parcs de la ville, ce n'est pas la peine de sortir de Melbourne ! protesta Dot, qui n'avait aucun goût pour les grands espaces, sans sécurité ni confort.

— C'est parti ! répliqua Phryne. Vous avez tout ?

Dot rassembla son sac, le manteau et le plaid – qui était en peau de kangourou – et emboîta le pas à sa patronne surexcitée.

Les cuisines leur avaient procuré un panier que le portier avait déjà rangé à l'arrière de l'auto. Phryne sauta derrière le volant tandis que Dot se calait avec précaution sur le siège du passager.

— Miss, vous avez l'intention de conduire ? chuchota-t-elle.

Phryne se mit à rire. Le portier lança le moteur, qui démarra avec un ronronnement de gorge.

— C'est Miss May Cunliffe, championne du rallye automobile du Caire en 1924, qui m'a appris à conduire, et elle m'a dit que j'avais l'étoffe d'un coureur, déclara Phryne. Vous ne craignez rien avec moi, Dot. Merci ! cria-t-elle au portier en lui glissant quelques pièces.

L'homme inclina la tête.

— La voie est libre, miss ! hurla-t-il tandis que Phryne s'élançait sur la route.

Dot ferma les yeux et recommanda son âme à Dieu.

— Huit cylindres, arbre à cames en tête, embrayage à disques multiples, essieu rigide à lames ! hurla Phryne par-dessus le fracas du moteur, qui évoquait à Dot celui d'un gros fusil. Elle a gagné au Brickyard, dix-huit heures à cent dix kilomètres-heure – un engin épatant ! Cent chevaux vapeur, mille six cents tours par minute… je me demande s'il changerait d'avis et me la vendrait ! Dot ? Dot, ouvrez les yeux !

La jeune fille obéit, crut à une collision imminente avec une camionnette de maraîcher et les referma aussitôt.

— Ça ira mieux lorsque nous serons sorties de la ville. Je dois passer prendre deux amis. Ils m'attendent à l'angle de Spencer Street… Ah, les voilà !

Elle enfonça la pédale de frein et agita la main. Dot, projetée en avant, coula un regard lourd d'appréhension au vieux taxi. Elle vit un bras s'agiter, comme pour donner un signal, puis Phryne enclencha la vitesse supérieure. La voiture fila le long des rails du chemin de fer, et Dot, surprise de se découvrir toujours en vie, les yeux larmoyants à cause du vent, risqua un regard sous le rebord de son chapeau. Tous les points de repère s'évanouissaient les uns après les autres. Elles étaient sur Dynon Road, fonçaient vers l'ouest à toute vitesse et, bientôt, avaient presque entièrement dépassé les vastes marécages vert-de-gris qui appartenaient à la compagnie des chemins de fer ; elles traversèrent le pont comme en volant, et Dot avait l'impression que le grondement du puissant moteur, avec ses vibrations, pénétrait dans ses os. Une demi-heure passa ainsi.

— Où allons-nous ? hurla Dot, étonnée de s'entendre capable de produire un tel volume sonore.

— Là, près de la rivière ! cria Phryne sans quitter la route des yeux. Regardez s'ils nous suivent toujours, Dot…

Avançant vaillamment dans leur éblouissant sillage, le taxi n'était plus qu'un point sur la route. Phryne ralentit et s'engagea avec fracas dans le chemin de terre qui conduisait vers la berge, où plusieurs embarcations – des petits yachts et des bateaux de plaisance – étaient amarrées.

Sur l'autre rive, les jardins des maraîchers s'étendaient à perte de vue. Dot aperçut au milieu des étendues de choux et de brocolis les chapeaux de paille plats des travailleurs chinois.

— Oh, on va aux jardins de thé ! s'exclama Dot.

La Morris les rejoignit en cahotant, bifurqua à son tour sur le chemin de terre, et les deux véhicules avancèrent à une allure plus raisonnable.

Le plan de ces jardins avait été ingénieusement conçu, et l'on avait exploité le sol fertile des berges en plantant des massifs de plantes exotiques qui ajoutaient à l'agrément des acacias et des bosquets de caoutchoucs embaumant un parfum citronné. Comme on était au mois de mai, les jardins étaient silencieux et dépenaillés. « Même les arbres à feuilles persistantes ont l'air déprimés en hiver », songea Phryne. Elle coupa le moteur et annonça à Dot qu'elle était saine et sauve. La Morris, elle, s'immobilisa en vacillant sur ses roues et cracha, de sous le capot, un panache de fumée.

À la vue de ces visiteurs, un paon qui résidait là envisagea de déployer sa queue, puis se ravisa. Une voix monta de l'autre côté de la Morris.

— Cec ! Viens me donner un coup de main, veux-tu ?

— Qu'est-ce qui se passe ? demanda Cec, qui semblait engourdi.

— Cette maudite portière s'est encore détachée. T'aurais pas un bout de fil de fer ?

Cec farfouilla bruyamment, trouva ce qu'on lui demandait et répara la portière. Les deux hommes descendirent et étudièrent leur carrosse.

— Je crois qu'elle a bientôt fait son temps, camarade, observa Cec avec tristesse.

Bert retira sa casquette, s'épongea le front, et la remit en place.

— Non, camarade, elle va s'en sortir. Elle a juste besoin de souffler un peu. On pourra remplir le réservoir d'eau avant de partir – c'est pas l'eau qui manque, ici.

Ils rejoignirent Phryne qui, agenouillée devant Dot, lui offrait une gorgée de brandy.

— Une petite faiblesse, hein ? s'enquit Bert. Rien ne vaut une goutte de gnôle, c'est le meilleur remède.

Ça me soigne toujours, pas vrai, Cec ? Dites, cette auto est un vrai bolide. Heureusement qu'on n'a pas croisé les vaches.

Dot se redressa, refusa le cognac et déclara qu'elle avait complètement recouvré ses esprits.

— Bien, messieurs, j'ai apporté un pique-nique. Où nous installons-nous ? demanda Phryne en rangeant la flasque dans le vide-poche de la portière.

Bert coula un regard vers Cec.

— Y a ce machin, là, suggéra-t-il en désignant un belvédère qui, à n'en pas douter, avait été directement expédié par bateau du pavillon royal de Brighton.

— Bon, il y a un toit, et comme il n'y a pas assez de place pour quatre personnes plus le pique-nique dans l'auto... soupira Phryne, qui abhorrait l'architecture rococo. Allons-y.

Bert et Cec soulevèrent le panier, Dot rassembla le plaid et les sacs. Ce ne fut qu'une fois installés, dans un confort relatif, devant des assiettes garnies de faisan, de jambon et de salade russe que Phryne aborda le sujet.

— J'ai besoin de votre aide, messieurs, et vous avez besoin de la mienne. Encore un peu de salade ?

Bert, pour qui la *salade russe** était une nouveauté qu'il aurait volontiers adoptée, accepta d'un hochement de tête.

— Où vous êtes-vous rencontrés, tous les deux ? demanda impulsivement Phryne.

Bert avala sa bouchée et sourit.

— D'abord à l'armée. Et puis quand je travaillais sur les docks, et que Cec y travaillait aussi. On est devenus copains parce qu'on faisait partie de la même équipe. Les Rouges, qu'on nous appelait. Le Parti n'était pas très populaire, chez les patrons, et on s'est rendu compte qu'on nous embauchait plus au mur des Lamentations, les contrefiches faisaient semblant de pas nous voir.

— Le mur des Lamentations ? répéta Phryne, déroutée. Les contrefiches ?

— Ouais, le point de rendez-vous pour l'embauche, c'est ça, le mur des Lamentations, et les contrefiches, c'est les contremaîtres, expliqua Bert. Alors, avec Cec, on s'est dit que c'était un sale boulot, et on a laissé tomber. Un de nos camarades nous a prêté le taxi, et on a commencé à gagner notre croûte en faisant des courses. C'est pas de tout repos, souligna Bert avec tristesse. Répéter à tout bout de champ « oui, monsieur », « non, monsieur », c'est pas dans notre nature. Mais c'est un gagne-pain comme un autre, conclut-il. Il reste un peu de cette volaille, miss ? Et qu'attendez-vous de nous ? À quoi jouez-vous ? Sans vouloir vous offenser, j'veux dire.

— Remplissez vos verres et je vais vous conter une partie de l'histoire.

Sans rien révéler des présomptions d'empoisonnement sur la personne de Lydia Andrews – ce qu'elle regardait à présent comme une excellente idée –, Phryne raconta aux chauffeurs l'histoire des danseurs russes, de l'établissement de bains de Mme Breda, de la perquisition et du sachet de vraie cocaïne. Elle leur divulgua son unique piste : soixante-dix neuf Little Lon.

— Little Lonsdale Street ! s'exclama Bert. Et vous pensez que ces contre-révolutionnaires ne l'ont pas pigé tout seuls ?

— Non, je ne crois pas, temporisa Phryne. Ils n'en auraient parlé à personne, et ils supposaient que Little Lon était une personne. Cependant, il peut s'agir d'un piège. Je soupçonne que Gerda tient la princesse en haleine avec ce qui lui tombe sous la main – je n'ai aucune preuve contre Mme Breda, sinon le témoignage de Sasha, qui m'assure qu'il la suivait lorsqu'il a été poignardé. C'est la nuit où vous nous avez chargés à Toorak.

— Ouais, et vous m'avez collé un pistolet sur la tempe, gloussa Bert, sans manifester aucun embarras au souvenir de l'épisode. Vous reconnaîtriez les gangsters, miss ?

— Oui, assura Phryne.

Les répugnants visages des deux voyous étaient imprimés dans sa mémoire.

— Vous les avez vus ?

— Non, mais il se pourrait qu'on les ait aperçus plus tôt dans la soirée. T'as vu Cokey Billings, hein, Cec ?

— Quand ? Et où ? demanda impérieusement Phryne.

Cec se frictionna la mâchoire.

— Vers minuit et demi, dans cette même rue. Avec Gentleman Jim et Bull.

— Qui sont-ils ?

— Des sales types, miss. Cokey Billings n'a jamais travaillé avec nous – c'est un larron qui vous déleste de votre argent sans le moindre scrupule. Il est prêt à tout pour se payer de la coco, depuis qu'il a commencé à en prendre. Le dentiste lui en a donné pour lui arracher une dent, et depuis, il ne peut plus s'en passer. Gentleman Jim est un arnaqueur – on lui donne du « gentleman » parce qu'il n'arrête pas de dire « un gentleman ne devrait pas se mêler à la populace » et des trucs dans ce goût-là. Il trimballe en général un surin et il lui arrive de s'en servir – il a un peu de sang italien, je pense. Quant à Bull – c'est pas pour rien qu'on l'appelle Taureau, c'est une vraie baraque et une andouille finie. Ah ça, il est fort ! Il vous sortira une porte de ses gonds plutôt que de trouver comment tourner la clé dans la serrure. Pas une once de cervelle.

— Cokey et Gentleman Jim m'ont l'air d'être mes deux gangsters, observa Phryne. Mais ils avaient aussi des revolvers. D'ailleurs, en y réfléchissant, pourquoi donc ont-ils poignardé Sasha, avant de tirer sur lui ?

— Un coup de couteau dans les côtes, ça ne fait pas de bruit, et normalement, il aurait dû tomber raide mort. C'est quand il s'est enfui qu'ils ont dû risquer le truc du massacre de la Saint-Valentin[1]. Mais si c'est après eux qu'on court, on est dans de vilains draps. Des sales types, je vous dis.

Phryne était encline à le croire, dans la mesure où Bert réservait apparemment l'étiquette « sale type » aux meurtriers récidivistes.

— Mon intention, c'est de me rendre au 79 Little Lon, pour voir qui s'y trouve et ce qui s'y trame. Vous savez où c'est ?

— Ouais. C'est derrière la synagogue. Pas loin du croisement avec Spring Street. Y a quasiment que des chambres meublées, dans le coin. Le 79, tu vois où c'est, Cec ?

Cec vida son verre et le reposa avec d'infinies précautions.

— C'est la baraque en pierre noire, camarade, celle avec la boutique en devanture. Là où on vend tous ces remèdes. À côté de chez la vieille mère James.

— Cec est incroyable. À croire qu'il a un plan dans la tête. Il suffit de lui donner une adresse, et il sait où ça se trouve. C'est une pharmacie, précisa Bert, au cas où. Comme s'ils en avaient besoin dans Little Lon !

— Ouais, à Little Lon, on trouve tout et n'importe quoi. Des douilles, des surins, des godillots, des bou-

1. Allusion à un épisode de la guerre des gangs passé dans les annales : le 14 février 1929, à Chicago, lors d'une livraison d'alcool, Al Capone et ses hommes tendirent un piège à des contrebandiers concurrents et les massacrèrent. *(N.d.T.)*

teilles cassées – et tous les gangs de Melbourne s'y retrouvent pour régler leurs embrouilles. Ce n'est pas un endroit pour vous, miss.

— Vraiment ? riposta Phryne d'un ton inquiétant. Il n'y a donc pas de femmes, à Little Lon ?

— Si... il y a des grues, mais elles ressemblent pas à celles qu'on voit au cinéma. À mon avis, aucune de celles qui traînent dans cette rue n'a un cœur d'or. Et faut les voir, ces greluches ! Elles se battent comme des chats sauvages – ça se tire les cheveux, ça se griffe, ça pousse des cris à vous percer les tympans. Un spectacle qui vous retourne l'estomac !

— Et la mère James, que fait-elle ? demanda Phryne. Elle tient un bordel ?

— Non, miss, pas exactement. Elle vend du thé et du café, de la soupe, des saucisses et de la purée, et des grogs en douce. Et aussi des tourtes, quand on est assez fou pour en acheter.

— Elle m'a l'air d'une femme remarquable, observa poliment Phryne, implacable.

Bert savait reconnaître une femme déterminée quand il en croisait une.

— Très bien, miss, que voulez-vous qu'on fasse, moi et Cec ?

— Les guides et les gardes du corps, répondit Phryne tandis que Dot sortait le dessert – un pudding aux framboises.

— Miss, moi et Cec, on ne cherche querelle qu'aux capitalistes.

— Servez-vous donc de pudding, messieurs. Il y a du thé dans cette flasque. Réfléchissez. Je dois me rendre là-bas, et je ne peux pas demander à Dot de m'accompagner – c'est une fille sage. L'endroit est dangereux, ainsi que vous venez de l'expliquer. Je vous donnerai assez d'argent pour acheter une nouvelle auto. J'ai besoin de votre aide, messieurs.

— Merci, mais non merci, répliqua Bert.

Cec se tint coi.

— Réfléchissez alors à ça : la cocaïne est un fléau. Trois ou quatre doses suffisent à rendre quelqu'un dépendant et, ensuite, on doit en consommer toujours davantage. Cette drogue détraque le cerveau, abîme les yeux et, si on la prise, la gorge. S'en désintoxiquer est une épreuve terrible – ça fait bâiller et transpirer, ça donne des convulsions et des crampes qui vous arrachent des larmes de douleur, et ensuite viennent les hallucinations, puis les démangeaisons, et si on ne vous empêche pas de vous gratter, vous vous arrachez la peau par lambeaux. C'est une drogue diabolique. Et quelque part dans une belle demeure d'un quartier arboré, loin des bruits et des cris, il y a un gros homme avec un cigare qui se remplit les poches et se moque du monde. Un capitaliste en manteau de zibeline, un type avec un chauffeur et trois domestiques, un type qui roule sur l'or grâce à la coco. Et puis, souligna-t-elle, vous voulez que je vous rende un service, pas vrai, Bert ?

Phryne se servit une tasse de thé – elle l'avait bien méritée, jugea-t-elle. Cec coula un regard vers Bert. Celui-ci contempla longuement le sol. Dot lui resservit du thé. Il fixa les profondeurs de sa tasse fumante, déchiré entre ses principes de Rouge et son profond instinct de conservation.

— D'accord, bougonna-t-il. Vous pouvez compter sur nous.

— Bien. Je vous retrouverai demain à minuit au même endroit que tout à l'heure. Bon, revenons à nos moutons. J'ai décidé d'aller à la poste de Footscray parce que les communications y sont automatiques. Nous n'avons pas envie d'expliquer nos affaires à une opératrice. Combien de numéros avez-vous récoltés ?

— Trois, dit Bert en sortant une boîte d'allumettes au dos de laquelle étaient griffonnés des numéros.

— Et moi, un, intervint Dot. Mais Muriel m'a dit que cette femme était infirmière.

— Bon travail. Vous verrez que je vais remplir ma part de contrat, Bert. Nous allons trouver ce George. Quelqu'un aurait-il de la petite monnaie ?

Cec, avec un grand sourire, fouilla dans sa poche et fit tomber quelques pennies dans la main de Phryne.

Les deux véhicules gagnèrent la poste sans traîner en chemin. Phryne gara l'Hispano-Suiza et descendit en chargeant Dot, quelque peu nerveuse, de la surveiller.

— Klaxonnez si vous avez besoin d'aide, lança-t-elle avant de se caser, avec la boîte d'allumettes et les pennies, dans une cabine téléphonique carrossée de rouge.

Les dix minutes qui suivirent furent éprouvantes. Au premier numéro qu'elle composa, Phryne dut attendre douze sonneries avant qu'une femme lui réponde, d'une voix empreinte de méfiance :

— Oui ?

— J'ai des ennuis, chuchota Phryne en prenant son meilleur accent australien.

Il y eut un silence à l'autre bout du fil.

— Je viens juste d'emménager dans cette maison. Vous cherchez Mrs. Smith ?

— Oui. Elle tenait une maison de convalescence.

— C'est exact. Mais je regrette, elle est partie, sans laisser d'adresse. Désolée.

La femme raccrocha. Phryne composa un autre numéro.

— Oui ?

Encore une femme.

— J'ai des ennuis, répéta Phryne.

— Vraiment, ma chère ? dit la femme d'une voix qui se teinta de sympathie. Il va falloir faire quelque chose. Vous en êtes où ?

— Deux mois.

— Ça fera vingt livres. Le docteur vient tous les mardis. Du travail soigné, et très propre. Avec de l'éther et tout et tout.

— Un docteur ?

— Évidemment, mon petit, s'anima la voix. Personne ne cherche les complications, n'est-ce pas ? Ne mangez rien pendant les vingt-quatre heures qui précèdent. Voulez-vous noter l'adresse ?

— Non… je dois réfléchir, répondit Phryne, hésitante.

Ce n'était à l'évidence pas l'établissement de George le Boucher.

— Comme vous voulez, mon petit, mais ne tardez pas trop, d'accord ? Le docteur ne pourra rien au-delà de trois mois.

— Merci.

Phryne raccrocha, assez ébranlée, et composa le dernier des numéros notés sur la boîte. Cette fois, un homme répondit.

— J'ai des ennuis, pleurnicha Phryne.

— Et en quoi ça me regarde ? demanda hargneusement la voix.

Phryne essaya un mot de passe.

— Je cherche George.

— Ah ouais ? Fallait le dire tout de suite. Quelqu'un vous retrouvera à trois heures demain après-midi sous l'horloge de la gare. Vous porterez une fleur rouge ; et apportez dix livres. Comment vous vous appellez, ma fille ?

— Joan Barnard.

— À demain, Joanie, dit l'homme, avec onctuosité cette fois, avant de raccrocher.

Phryne se sentit prise de nausée. Elle inspira profondément et glissa un autre penny dans la fente.

— Phryne Fisher à l'appareil. Pouvez-vous appeler le Dr MacMillan, s'il vous plaît ? Oui, c'est important. Oui, j'attends.

Elle regarda Bert et Cec par la paroi vitrée de la cabine et tendit le pouce. Le visage de Bert s'illumina d'un grand sourire.

— Elizabeth ? J'ai pris rendez-vous avec votre avorteur. Comment s'appelle votre sympathique policier, déjà ? Robinson, c'est ça. Je vais l'appeler. Évidemment que je serai prudente. Au revoir.

Elle alluma une cigarette et utilisa le dernier penny de Cec pour appeler Russell Street. Avec un peu d'insistance, elle obtint de parler à l'inspecteur principal.

— Si une femme policier avec une fleur rouge attend demain à trois heures sous l'horloge de la gare, George le Boucher viendra la chercher. J'ai arrangé ce rendez-vous par téléphone. Le nom que j'ai donné est Joan Barnard. Est-ce clair ?

Elle écouta impatiemment les protestations de l'inspecteur, puis le coupa d'un ton sec :

— Je me suis servie de mon bon sens. Vous auriez pu en faire autant. Je ne comprends pas ce qui vous en a empêché – sinon votre bêtise. Si vous désirez plus de détails, vous pouvez m'appeler au *Windsor*. Mais c'est votre meilleure chance de lui mettre la main au collet. Ah, au fait, ça coûte dix livres, ajouta-t-elle avant de raccrocher.

Elle sortit de la cabine téléphonique et expliqua aux deux chauffeurs ce qui était convenu.

— C'était un de vos numéros, Bert. Où l'avez-vous eu ? Vous vous en souvenez ?

Bert examina ses pieds.

— Bon, soupira Phryne. Dites à votre source que le numéro est désormais hors service.

Bert éclata de rire.

— Quand voulez-vous aller à Little Lon, miss ?

— Eh bien, demain soir, naturellement. Ce soir, je dîne chez un député. Je n'ai pas envie de louper le récital de la Melba.

— Oui, bien sûr, renifla Bert. Le récital de la Melba.

L'inspecteur principal Robinson sortit sur le seuil de son bureau.

— Sergent ? appela-t-il d'une voix tonitruante. Qui est de service demain ? Des femmes ?

— Uniquement l'agent Jones, monsieur.

— Envoyez-la-moi, grogna-t-il.

Le sergent convoqua l'agent Jones, en se demandant ce qui avait pu mettre son chef dans un tel pétard.

— Jones, je veux que demain vous veniez en civil. Je veux que vous ayez l'air pauvre, et anxieuse. On va capturer ce George, l'assassin des filles.

— George le Boucher, monsieur ? On a enfin une piste ? demanda Jones avec empressement.

Les femmes étaient à peine tolérées dans la police, et seule la quantité d'enfants abandonnés et de prostituées de l'État de Victoria rendait leur présence nécessaire. Jones savait qu'elle ne deviendrait jamais officier et que son salaire demeurerait inférieur à celui d'un simple employé de bureau, mais peut-être tenait-elle là une chance de promotion. On ne pouvait pas envoyer un officier mâle capturer un avorteur. Jones haïssait ce George. C'était elle qui s'était occupée du corps outragé et mutilé de Lil Marchent. Prostituée ou pas, cette victime hantait Jones, et George le Boucher n'allait pas trouver en elle une proie aussi facile.

Son chef, cependant, semblait bien moins heureux qu'elle ne l'aurait cru à la perspective d'appréhender un meurtrier notoire.

— Une de nos voitures filera sa camionnette, précisa l'inspecteur. En même temps que quelques hommes à pied. Tout ce que vous aurez à faire, c'est afficher une mine désespérée et lui donner l'argent. Dix livres. Prenez note de tout ce qu'il dira, ajouta-t-il. Et soyez prudente. S'il y a du danger dans l'air, filez.

— Je n'y manquerai pas, monsieur. Comment avez-vous trouvé sa piste ?

— Par un informateur, soupira l'inspecteur principal avec résignation. Par un informateur, Jones.

11

Je ne sais que préférer,
La beauté des inflexions
Ou la beauté des allusions,
Le merle quand il siffle,
Ou juste après.

Wallace STEVENS, *Treize façons de regarder un merle*

Phryne avait du pain sur la planche. Elle procéda rapidement au tri de ses priorités tout en fonçant le long de Footscray Road. Dot, qui avait d'abord fermé les yeux, s'autorisa à regarder entre ses doigts. Finalement, songea-t-elle, elle pourrait s'habituer à ça. Dans une centaine d'années. Le vent lui tirait les cheveux. Le vieux tacot était largement distancé et peinait comme une fourmi dans leur sillage.

— Je dois d'abord faire quelques courses ! cria Phryne. Dot, où achète-t-on les vêtements les moins chers dans cette ville ?

— Chez Paynes ! s'égosilla Dot. Bon marché et vilains ! Rien que vous puissiez porter, miss !

— À voir. Après quoi, je dois filer à Toorak rendre visite à Lydia, et ensuite, je suis conviée à un dîner et un gala par Mr. Sanderson. Après quoi… je rentre et dodo.

Elle bifurqua à l'angle de Spring Street, s'arrêta devant l'entrée de l'hôtel, tendit les clés au portier et avait déjà gravi la moitié du perron quand elle s'aperçut qu'elle parlait dans le vide.

— Dot ! lança-t-elle. Vous pouvez rouvrir les yeux !

Le rouge aux joues, Dot entreprit de s'extraire de l'Hispano-Suiza avec plus de hâte que de grâce et courut rejoindre Phryne.

— Bien, allons chez Paynes. Il me faut une robe vraiment outrancière, et vous m'accompagnez, Dot. Je veux votre avis, lui annonça sa maîtresse, en plein dévoiement.

C'est ainsi que Phryne fit l'acquisition d'une robe Fugi à franges qui ne cachait pas grand-chose, d'un rose aveuglant communément appelé « fesses de bébé », d'une paire de bottines faussement ingénues perchées sur cinq centimètres de talon et d'un réticule de soirée, inutilisable à force de franges et de perles ; elle acheta aussi des bas couleur pêche, et un affreux chapeau cloche avec un bord en peluche bleu électrique.

Pour choisir ces atours, Phryne procéda selon une méthode fort simple : tout ce qui arrachait à Dot un « Oh, non, miss ! » épouvanté, elle l'achetait. Elle se laissa également tenter par un châle rose doté de poches, ourlé de plumes de cygne, qui, bien que neuf, avait l'air d'une guenille. Elle termina par un saut au Woolworth, où elle fit emplette de deux bagues et d'un très long sautoir en perles qui ne venaient en aucun cas de Venise, ainsi que de jarretières fantaisie d'un goût douteux et de sous-vêtements.

Les deux femmes regagnèrent le *Windsor* chargées de paquets, et Phryne donna à Dot la plus étrange des instructions que la jeune fille eût jamais reçues.

— Enfilez ces frusques, Dot, et usez-les pour moi. Je n'ai pas le temps.

— Les user ?

— Oui, marchez et usez les talons, renversez quelque chose sur la robe puis lavez la tache, mais pas trop soigneusement, déchirez un peu l'ourlet puis ravaudez-le. Tout ça doit donner l'impression de n'être plus de première jeunesse. Cassez aussi quelques plumes et cabossez cet épouvantable chapeau. Vous pigez l'idée ?

— Oui, miss, soupira Dot en emportant tout l'attirail dans sa chambre.

Phryne demanda qu'on lui avance son auto et, bientôt, elle filait le long de Punt Road en se remémorant la raison pour laquelle on l'avait envoyée en Australie.

« Je me demande si Lydia est dépendante ; j'ai du mal à voir ce balourd de John empoisonner qui que ce soit – il n'a pas assez d'imagination. Étrangler, oui, défoncer un crâne avec le premier objet contondant qui passe, sans aucun doute, mais empoisonner ? Non. D'un autre côté, si on avait envie de se débarrasser d'un tel mari – et qui n'en rêverait pas ? –, s'auto-administrer un produit relativement inoffensif… Eh ! Minute !… Qu'avait écrit Lydia, déjà ? *Je suis malade, mais Johnny se contente d'aller à son club.* »

Elle était si absorbée par l'idée qui venait de lui traverser l'esprit qu'elle dut freiner de toutes ses forces pour éviter une collision avec un tram. Par chance, les automobiles de course sont dotées d'excellents freins. Sur Toorak Road, elle ralentit et roula en respectant la limitation de vitesse pour se donner le temps de réfléchir.

« Si j'ai raison, c'est relativement facile à prouver, songea-t-elle. Je dois juste soudoyer sa bonne… et à mon avis, Lydia traite fort mal ses domestiques… »

La bonne, une Irlandaise nerveuse et volubile, babilla :

— Ah, c'est vous, Miss Fisher. Madame est souffrante et alitée, mais elle a donné l'ordre de vous recevoir si vous veniez. Par ici, miss.

Phryne emboîta le pas à la jeune femme et la retint par le bras.

— Pas si vite. Parlez-moi de la maladie de Mrs. Andrews. S'est-elle déclarée brutalement ?

— Oui, miss, Madame allait plutôt bien hier soir, et puis ces horribles vomissements ont recommencé, et le docteur ne sait pas d'où ça vient. Aucun remède ne semble marcher.

— Combien de temps durent ces crises, en général ?

— Un ou deux jours, jamais plus longtemps, mais ensuite, Madame est épuisée. Il lui faut une semaine pour s'en remettre.

— Et Mr. Andrews ? Est-il malade, lui aussi ?

— Non, miss. C'est bien ça qui étonne tout le monde. Sinon, on pourrait penser que ça vient de quelque chose qu'elle a mangé. Mais ils mangent la même chose, et nous, on termine les restes en cuisine, et on n'est pas malades. C'est un mystère, conclut la bonne en s'arrêtant devant une porte rose. Nous y voilà.

— Attendez encore un peu. Comment vous appelez-vous ?

— Maureen, miss.

— Maureen, j'essaie de découvrir la cause de cette maladie, et j'ai besoin d'aide. C'est la famille de Mrs. Andrews, en Angleterre, qui m'envoie. J'ai besoin de quelques informations.

Elle lui tendit un billet de dix shillings sur lequel Maureen referma les doigts avec gourmandise.

— Tout d'abord, où est Mr. Andrews ?

— À son club, miss. Avant, il restait à la maison, quand Madame était souffrante, mais ces derniers temps, on dirait que ça lui est égal.

— Vous l'aimez bien ?

— Oh, miss ! protesta la bonne en grimaçant.

Phryne patienta. La réponse finit par arriver, dans un murmure tendu.

— Non, je ne les aime pas, ni l'un ni l'autre. Elle est mollassonne et cruelle, elle a l'air toute gentille, mais elle est dure comme la pierre, et lui, il a les mains baladeuses. Je donnerai mon congé dès que j'aurai trouvé un travail à l'usine. Ça gagne mieux, et les horaires et la compagnie y valent mieux aussi.

— Bon. C'est bien ce que je pensais. Comment s'entendent-ils ?

— Mal. Ils se disputent sans arrêt. Avant, c'était à cause de ses incartades, et maintenant, c'est surtout à cause de l'argent. Elle lui reproche de dilapider toute sa fortune sur les projets extravagants de cet Honorable Matthews. Lui, il lui reproche son manque de courage. Ensuite, elle se met à pleurer et il part en trombe.

— Depuis combien de temps durent ces querelles à propos de l'argent ?

— Des années, miss – mais elles se sont envenimées depuis qu'il s'est acoquiné avec cet Honorable.

— Vous m'avez été d'une grande aide. Une dernière chose. Vous vous entendez bien avec sa femme de chambre ?

— Plutôt, oui, c'est ma sœur, Brigit.

— Parfait. Voilà ce que j'attends de vous. Il y a dix livres à la clé pour vous deux.

Phryne expliqua à Maureen ce qu'elle voulait. La fille hocha la tête.

— On peut y arriver. Mais pourquoi ?

— Ne vous occupez pas de ça. Livrez ce que je vous demande au Dr MacMillan, au Queen Victoria Hospital, en lui précisant que c'est moi qui vous envoie. Et si jamais vous vous faites prendre et renvoyer, venez me voir au *Windsor*. Mais je vous conseille d'être prudente, ajouta-t-elle en prenant brusquement conscience qu'elle mettait peut-être cette fille en danger.

Maureen sourit.

— Brigit et moi, on a fait des choses plus difficiles, dit-elle avec douceur. Je vous annonce, miss.

— Très bien. Si on vous pose des questions, répondez que je voulais juste vous soutirer quelques commérages.

— Et c'est la vérité, miss, dit Maureen en ouvrant la porte rose. Miss Fisher, annonça-t-elle avec son accent du Donegal, en s'effaçant pour laisser entrer la visiteuse.

La pièce était plus rose que tout ce qu'avait pu voir Phryne. Par égard aux goût modernes en matière de décoration, il n'y avait ni fanfreluches, ni tentures de tulle ou de mousseline, ni lit à colonnes. Mais les murs étaient tapissés de papier à fleurs roses sur fond rose, le sol était tendu d'une moquette rose à motifs William Morris, et les deux lampadaires ainsi que la lampe de chevet étaient également roses, du pied à l'abat-jour. Phryne, vêtue de noir et de vert, eut le sentiment de détonner terriblement.

Lydia était étendue sur une chaise longue recouverte de velours rose, et était elle-même accoutrée d'une luxueuse robe de chambre en soie d'un rose aveuglant. Phryne eut l'impression d'être entrée dans un cauchemar. Lydia avait tout d'une poupée – les cheveux blonds et bouclés, le délicat teint de porcelaine, les petites mains potelées… Phryne s'assit à l'extrémité du sofa.

— Comment allez-vous, Lydia ? demanda-t-elle d'un ton qu'elle espérait sympathique.

— Pas bien du tout, pleurnicha Lydia avec un filet de voix enfantine et haut perchée. Voilà des heures que je vous ai envoyé un mot, et je me morfonds depuis tout ce temps !

— Je suis navrée, mais votre message est arrivé en mon absence. Je suis venue dès que possible. Avez-vous vu le docteur ?

— Oui, et il ne trouve pas ce qui cloche chez moi. Mais il y a quelque chose qui cloche. Ce n'est pas juste. John mange les mêmes choses que moi, et il n'est pas malade. Et il n'est pas là, non plus. Il est tellement cruel !

— N'y a-t-il rien que vous mangiez et que lui ne mange pas ?

Lydia plissa son front lisse.

— Uniquement le chocolat. Il n'aime pas ça.

— Pauvre Lydia. Voulez-vous que je demande une tasse de bouillon de viande ? De la soupe ?

— Non, je ne pourrais rien avaler, déclara Lydia, en se laissant choir lourdement dans l'étreinte des coussins.

Phryne, muselant ses répugnances, prit la petite main dans la sienne. Elle était très chaude.

— Lydia, avez-vous jamais pensé que quelqu'un pourrait chercher à vous empoisonner ? demanda-t-elle avec le plus de douceur dont elle était capable.

L'art de l'euphémisme n'était guère envisageable pour une telle question. Lydia lâcha un vagissement de terreur très théâtral et se cacha le visage.

— Allons, vous y avez pensé, n'est-ce pas ?

Lydia se mit à sangloter bruyamment, mais Phryne, en se penchant, discerna quelques mots :

— John… si cruel…

— Oui, je suppose que c'est lui le principal suspect. D'où vient votre chocolat ?

— Eh bien, c'est John qui l'achète… il l'a toujours fait… Le chocolat ! s'exclama-t-elle en écarquillant ses yeux bleu de Chine. Je tombe toujours malade après en avoir bu ! Et c'est lui qui l'achète ! C'est forcément lui !

— Calmez-vous, Lydia. Et soyez sincère. Ce n'est pas la première fois que cette idée vous effleure, n'est-ce pas ?

Un son étouffé monta des profondeurs des coussins.

— Non…

— Ne lui en avez-vous jamais parlé ?

— Non. Comment le pourrais-je ?

Le visage livide émergea, encadré de cheveux joliment ébouriffés.

— Pourquoi ne me laisseriez-vous pas lui en toucher deux mots ?

Aussitôt, Phryne sentit des doigts étonnamment forts lui broyer la main.

— Non ! hurla Lydia. Non, n'en faites rien. Phryne, vous devez me jurer… me promettre de ne pas lui en parler ! Je ne pourrais pas le supporter !

— Et pourquoi donc ? s'étonna Phryne avec placidité. S'il essaie de vous tuer, il faudrait lui signaler qu'on l'a à l'œil. Un seul avertissement devrait suffire.

— Non ! Promettez-moi.

Phryne se laissa fléchir.

— D'accord, d'accord, je ne dirai rien. Je vous le promets. Je vous le jure. Mais vous voyez bien qu'on ne peut pas en rester là, Lydia.

— Si, on le peut, trancha celle-ci d'une voix où l'hystérie menaçait. Il me suffira de ne manger que ce qu'il mange, et je ne risquerai rien.

— Comme vous voudrez. Je dois me sauver, à présent, il faut que je m'habille, je vais à un gala ce soir. Voulez-vous que je sonne votre bonne ?

— Non, je vais bien. Mais revenez me voir bientôt, d'accord ? supplia-t-elle.

Phryne, perdue dans ses pensées et en proie à un dégoût certain, retrouva seule son chemin et regagna le *Windsor*.

Dot avait renfilé ses propres vêtements, et reprisait tranquillement des bas en écoutant la radio. En entendant ce sirupeux arrangement de valses de Strauss offenser ses oreilles, Phryne se replia précipitamment dans sa chambre pour fouiller dans sa garde-robe.

— Éteignez-moi ça, Dot, j'ai ma dose de mièvreries pour la journée, et faites-moi couler un bain. Comment vous êtes-vous débrouillée avec les frusques ?

— Elles sont en train de se chiffonner gentiment, miss, répondit Dot en lui indiquant un ballot de vêtements roses humides et roulés en boule. D'ici à demain minuit, ils seront secs et dans un tel état qu'aucune fille respectable ne songerait à les porter. J'ai éraflé les chaussures, et le chapeau ne sera jamais plus comme avant.

— C'est très bien, ma petite. Bon, que vais-je mettre pour le gala ? La robe dorée ? Non, trop évident. Peut-être la bleu paon… Oui. Dot ! Trouvez-moi les pendants en saphir, et de la lingerie noire. Les souliers noirs, et ma zibeline.

Phryne se défit de son tailleur et commanda un café turc. Elle voulait, dans la mesure du possible, garder l'esprit en alerte.

12

J'étais le monde où je marchais, et ce que je voyais,
Entendais ou ressentais venait de moi seul,
Et là-bas je me trouvais, en plus vrai et plus étrange.

Wallace STEVENS, *Thé au palais de Hoon*

Imposante mais d'une élégance discrète, la maison des Sanderson évoquait davantage la demeure d'Européens aisés que celle, tapageuse, des Cryer. Un maître d'hôtel introduisit Phryne dans un salon décoré avec raffinement et sobriété. Les convives déjà présents se levèrent pour l'accueillir.

À sa grande surprise, elle trouva parmi eux Bobby, le *soi-disant** Honorable Matthews, l'as de la balle de cricket, ainsi que John Andrews, sans son épouse ; plusieurs hommes politiques complétaient la compagnie, si identiques les uns aux autres que Phryne échouait à se souvenir si elle s'entretenait avec Mr. Turner, indépendant, Mr. Jackson, travailliste, ou encore Mr. Berry, conservateur. Leurs épouses se servaient à l'évidence chez la même modiste et la même couturière, et les distinguer les unes des autres relevait d'un pari tout aussi difficile. Phryne salua Mr. Sanderson avec affection et fit la connaissance de son épouse, une femme rondelette et perspicace, à l'œil pétillant. Le restant des invités paraissaient ne pas savoir quelle contenance adopter face à Miss Fisher. Bobby Matthews, lui au moins, eut une réaction sans équivoque. À un moment où il savait que personne ne l'observait, il la fusilla d'un regard noir. Phryne sourit.

On servit le sherry et la conversation devint générale. Phryne se faufila parmi les convives et surgit derrière l'Honorable Bobby qui, surpris, sursauta et manqua de renverser son verre.

— Eh bien, Bobby, quel déplaisir de vous revoir ! On vous a exilé dans les colonies, n'est-ce pas ? Je me demande ce qu'elles ont fait, ces pauvres colonies, pour mériter un tel cadeau. Que trafiquez-vous à Melbourne ? Vous établissez quelques sociétés ? Vous vendez des actions pour des mines d'or en Argentine ?

— Je suis impliqué dans plusieurs affaires, répondit Matthews avec raideur. Et je n'aime pas votre ton, Miss Fisher. Qu'avez-vous fait, vous-même, du temps où vous séjourniez à Paris ? Voudriez-vous que je fasse à cette compagnie le récit de vos exploits *rue du Chat-qui-pêche** ?

— Faites donc. Je louerai quant à moi vos prouesses au cricket, lui rétorqua Phryne avec un sourire éblouissant.

Elle tendit sa cigarette et Bobby lui offrit du feu avec le regard explicite de celui qui aurait volontiers incendié Phryne plutôt que sa cigarette.

— Écoutez, reprit Bobby d'un ton de conspirateur, vous n'avez pas besoin de me griller, Miss Fisher. Je me débrouille bien, ici. Pour peu que vous ayez un accent aristocratique et un titre, ces gens des colonies vous font aveuglément confiance. Je partage le montant des recettes, si vous voulez.

— Asseyez-vous, Bobby, et arrêtez d'avoir l'air épouvanté. Je n'ai aucune intention de vous démasquer… mais comptez sur moi pour le faire si jamais vous vous en prenez à quelqu'un que j'aime.

— Et comment savoir de qui je ne dois pas approcher ?

— Disons ça autrement – vous pouvez tondre tous les gens qui sont ici, sauf Mr. Sanderson.

— Ça me laisse un champ d'action considérable.

— Savez-vous quelque chose sur le commerce de la coco, ici à Melbourne ?

— La cocaïne ? Je ne trempe pas dans ce genre de combines.

— Par excès de vertu ? demanda Phryne en soufflant un rond de fumée.

— Non, je tiens trop à ma peau. Ces gens-là ne valent rien à être connus. Mais j'ai entendu dire deux ou trois choses. Celui qui tire les ficelles se fait appeler le Roi de la Neige, mais, apparemment, personne ne connaît son identité. Je crois qu'on importe cette came par sacs entiers, mais ce ne sont pas mes affaires.

— Et depuis quand ce roi règne-t-il ?

— Trois ans, il me semble – j'ai cru comprendre qu'il avait absorbé tous les petits revendeurs, et qu'on a retrouvé certains d'entre eux dans la Yarra, enrobés de béton. Ses méthodes sont assez expéditives. Un de mes amis est impliqué dans la revente – il dit que le seul moyen de survivre est de payer au Roi le prix qu'il exige. Regardez où vous mettez les pieds, Miss Fisher, sinon, on va vous repêcher avec un gilet de ciment sur le dos.

— Ne vous réjouissez pas trop vite, mon cher Bobby. J'ai la ferme intention de regarder où je m'aventure. Maintenant, dites-moi ce que vous savez de la famille Andrews.

— Jusque-là, répondit Bobby avec un sourire, ça n'a pas rapporté gros. Le mari est un imbécile. Malheureusement, sa femme ne m'aime pas. Elle a un compte en banque bien nourri, mais elle m'a résisté sauvagement... C'est elle, la tête pensante de cet équipage.

— Vraiment ? Et elle n'est pas tombée entre vos bras on ne peut plus séduisants ? Curieux.

— C'est également mon avis, acquiesça Bobby sans modestie. Toute cette populace s'est montrée d'une incroyable avidité. Mrs. Andrews possède d'énormes parts dans plusieurs sociétés très lucratives. Les mines d'or d'Argentine, ce n'est pas pour elle. Heureusement, son mari a pris des participations majoritaires dans plusieurs de ces valeurs que j'ai eu la bonne idée d'emporter lorsque j'ai été banni. Et je suis sur le point de conclure un gros marché avec lui. Si ça marche, nous serons riches.

— Et si ça ne marche pas ?

— Alors *je* serai riche.

— Bonne chance, Bobby. Votre secret ne risque rien avec moi – mais tenez-moi au courant si jamais vous tombez sur un indice concernant le Roi de la Neige. Ce monsieur m'intéresse.

— Et j'enverrai des lis à vos obsèques, promit Bobby.

Phryne s'éloigna pour se lancer avec les quatre politiciens dans une passionnante conversation sur l'approvisionnement en eau potable.

Elle fut agréablement surprise par le dîner, servi avec distinction et préparé avec art. Lorsqu'elle en fit compliment à son hôtesse, celle-ci sourit.

— Ma chère, quand on a donné autant de dîners que moi, on peut faire face à tout. On dirait que les hommes politiques passent la moitié de leur vie à parler, et l'autre à manger. Ce soir, la compagnie est plutôt sélecte – certains de ces députés mangent comme des gorets. Attendez-vous le récital avec impatience, Miss Fisher ?

— Tout à fait. Il est donné en l'honneur de l'hôpital, n'est-ce pas ?

— Oui, c'est Mme Melba en personne qui a organisé le concert, afin de venir en aide à ses sœurs moins fortunées. Tous les bénéfices iront au Queen Victoria Hospital – cet argent ne sera pas de trop. Mme Melba a refusé un cachet. C'est une femme exceptionnellement charitable.

— L'avez-vous déjà rencontrée ?

— Oui, une fois... hier. C'est une petite dame corpulente et autoritaire, qui s'exprime avec une voix superbe et possède de charmantes manières. Le concert devrait être des plus intéressants. J'espère y voir le Dr MacMillan – je lui ai envoyé une invitation afin qu'elle nous rejoigne dans notre loge, puisqu'elle ne pouvait pas se libérer pour le dîner.

— Le Dr MacMillan ? *Mon* Dr MacMillan ? demanda Phryne.

— Je ne sais pas si elle est à vous, très chère, mais si vous voulez parler de la doctoresse écossaise, alors oui, c'est bien elle.

— Comment la connaissez-vous ?

— Je suis membre du comité directeur du Queen Victoria Hospital. J'espère vraiment qu'elle aura trouvé une robe pour l'occasion, je crains que Melbourne ne soit pas prêt pour les dames en pantalon.

— Si j'avais su qu'elle venait, je me serais chargée de l'habiller, regretta Phryne. C'est une femme incroyable.

— J'en sais quelque chose, très chère ! Elle a dû aller étudier à Édimbourg et tous ces hommes refusaient de la laisser exercer ; ils ont même tenté de bannir les étudiantes des cours d'anatomie, que Dieu leur pardonne, et maintenant, je lis dans le journal qu'ils essaient à nouveau de leur interdire l'accès des hôpitaux, en arguant qu'à présent qu'il y a un hôpital pour femmes, elles n'ont qu'à y aller et les laisser régner en paix dans les autres. Franchement, la sottise masculine me met en rage. Le Dr MacMillan a dû faire preuve d'une grande opiniâtreté pour devenir médecin.

Le gala fut tel que l'espérait le Tout-Melbourne. La salle était bondée, toutes les places avaient été vendues, et au ravissement de Phryne, Elizabeth MacMillan était là, vêtue d'une respectable robe longue en velours noir et coiffée d'un chapeau. Toutefois, comme d'habitude, elle embaumait la teinture d'iode,

— Tiens, Phryne, vous voilà ! Vous avez vu ? Je suis sur mon trente et un. Mes infirmières m'ont interdit de sortir en pantalon et m'ont habillée comme une gamine. Et moi, j'ai formellement interdit à mes patientes d'enfanter avant mon retour, donc tout devrait bien se passer. La Melba est-elle en voix ?

— Je crois. Chut ! La voilà.

Tandis que le chef d'orchestre allait l'accueillir, un tonnerre d'applaudissements salua l'entrée en scène de la cantatrice. Mme Melba arborait des frous-frous de soie rouge foncé, copieusement rebrodés de perles le long de l'ourlet et des épaules. Il fallait une sacrée carrure pour supporter un tel poids de vêtements, songea Phryne. L'orchestre attaqua les premières notes de l'« Addio » de *La Bohème*, et la Melba commença à chanter.

Elle avait une voix impérieuse et cristalline, éclatante de puissance, et elle articulait distinctement chaque mot et les accentuait à bon escient. Ce que Phryne trouva toutefois le plus attachant chez elle était sa façon de charger chaque note d'émotion. Elle donnait corps à cette femme à l'agonie qui faisait ses adieux à la vie et à l'amour. Phryne sentit des larmes lui picoter les yeux. La petite bonne femme au corps trapu s'était effacée ; par la magie de la voix, il n'y avait plus que langueur, draperies blanches et soupirants éplorés. La Melba acheva l'aria et laissa l'orchestre faire montre de son talent en exécutant plusieurs rondos ; puis elle revint chanter la « chanson du Saule » tirée d'*Otello* et quand elle entonna l'*Ave Maria*, la majeure partie du public était en larmes.

Au rappel, noyée de fleurs jusqu'aux genoux, elle revint chanter « Voi che sapete [1] » d'une voix au timbre si cristallin, et avec une telle maestria, que le public se leva pour une ultime ovation, en l'applaudissant à s'en déchirer les gants.

— Belle voix, observa le docteur. Elle pourrait faire sortir les phoques de la mer.

— Il faut que je vous parle, lui glissa Phryne, à peine remise de ce rêve musical. Il se peut que je vous envoie des échantillons à analyser, pour rechercher du poison. Pourrez-vous faire ça pour moi ?

— Oui, enfin, le laboratoire, du moins. Et la cocaïne, où en êtes-vous ? Vous n'êtes pas allée nager en eaux troubles ?

— Si, et elles sont infestées de requins. Tenez, prenez cet argent et donnez vingt livres à la fille qui vous apportera les échantillons – ce sera Maureen ou Brigit. Je passerai vous voir demain.

Phryne embrassa son amie pour lui souhaiter le bonsoir, remercia chaleureusement son hôtesse de cette excellente soirée, et s'éclipsa du foyer grouillant de monde pour regagner le *Windsor*.

« J'espère que je sais ce que je fais », se dit-elle tout en gravissant la côte en direction du Parlement.

1. Air de Chérubin, dans *Les Noces de Figaro*, de Mozart. *(N.d.T.)*

Dot buvait du thé en lisant le journal.

— Vous avez passé une bonne soirée, miss ? s'enquit-elle en posant sa tasse.

— Délicieuse, lança Phryne par-dessus son épaule tandis qu'elle filait se déshabiller dans sa chambre. Quelqu'un a-t-il appelé ?

— Oui, miss. Mrs. Andrews, pour vous rappeler que vous avez promis de revenir la voir bientôt.

— Personne d'autre ? questionna Phryne d'une voix étouffée par l'épaisseur d'un vêtement.

— Non, miss, sinon ce policier. Il était très contrarié de ne pas vous trouver et il a demandé que vous le rappeliez dès votre retour.

— Il est minuit passé, je l'appellerai demain. Lancez-moi une robe de chambre, Dot, je vous prie.

Dot s'exécuta et Phryne sortit de la salle de bains.

— Une lettre est arrivée pour vous, miss.

Phryne la prit. L'enveloppe portait l'emblème du *Scott* dans le coin supérieur gauche. Elle la déchira.

« Très chère Phryne, commençait la lettre dans une écriture fleurie et extravagante. Permets-moi une fois encore, je te prie, d'adorer le temple de ta beauté. J'appellerai à ton hôtel à onze heures demain. » La missive était signée « Ton dévoué Sasha ». Phryne ricana, froissa la lettre et la lança dans la corbeille. La nature mercenaire de Sasha se révélait au grand jour. Néanmoins, songea Phryne en se glissant entre les draps, le jeune homme avait ses charmes.

Elle s'endormit en souriant paisiblement, mais son corps – le traître ! – ne se souvenait que trop bien de Sasha. Deux heures plus tard, elle s'éveilla, empourprée et moite, et alla prendre, à cause du jeune Russe, son second bain de la soirée.

13

Le poison croît dans cette ombre
C'est dans l'eau des larmes
Qu'éclosent ses fleurs noires.

Wallace STEVENS, *Autre femme en larmes*

L'agent Jones épingla une fleur de géranium rouge au revers de son tailleur de mauvaise coupe et gravit l'escalier de la gare. Elle était arrivée à trois heures moins dix, et, à présent, il était trois heures passées de cinq minutes. Elle craignait que George le Boucher, ayant flairé le piège, ne se montre pas. Elle était plus excitée qu'effrayée. Elle croisa des mains vierges de toute alliance sur son ventre matelassé avec art et surveilla la circulation, toujours dense aux abords de la gare de Flinders Street. Elle remarqua un vieux tacot – un taxi – qu'elle était certaine d'avoir déjà aperçu cinq minutes auparavant. Il repassa une fois de plus devant elle. Jones se mit à arpenter le trottoir et regarda la vitrine du chapelier tout en essayant de contrôler sa respiration.

Quand elle se retourna à nouveau, la camionnette était là, et un grand bonhomme aux cheveux courts lui faisait signe.

— Joan Barnard ? demanda-t-il.

Jones hocha la tête.

— Tu as l'argent ?

Elle montra son sac.

— C'est bon, monte. À l'arrière.

Elle grimpa dans la camionnette qui empestait le moisi et s'assit à même le sol. Les vitres étaient trop hautes, elle n'avait aucune visibilité. Il lui sembla qu'ils bifurquaient une fois, deux fois, avant de s'engager dans une longue artère. De temps à autre, la camionnette s'immobilisait en ballottant. Les vitesses étaient défectueuses et grinçaient. Jones ne pouvait pas voir le conducteur.

Ils s'arrêtèrent dans une rue bruyante qui sentait les odeurs de cuisine. La portière s'ouvrit et l'agent Jones fut tirée sans ménagement par le bras, et entraînée avec tant de hâte qu'elle eut à peine le temps de reconnaître Little Bourke Street, et d'apercevoir ce même taxi qu'elle avait remarqué auparavant.

On lui fit franchir une porte dotée de vitres opaques, et elle se retrouva dans un salon. C'était un intérieur très démodé, avec un piano, des chauffeuses, et une table sur laquelle trônait un bouquet en cire sous une cloche de verre. Incongrûment, dans un coin, à bonne distance de la fenêtre, il y avait aussi deux lits de camp, recouverts de vieilles couvertures.

— Tu as l'argent ? demanda l'homme aux cheveux courts d'une voix autoritaire, en tendant une main crasseuse.

Jones lui donna le billet de dix livres et le visage de l'homme se fendit d'un grand sourire répugnant.

— Enlève tes sous-vêtements et allonge-toi sur la table. On va t'arranger ça en moins de deux, indiqua-t-il en retirant le bouquet, la cloche et la nappe. Allonge-toi et je vais faire disparaître tous tes soucis. Tu pourras recommencer à jouer les saintes-nitouches.

Il approcha d'elle en débouclant sa ceinture. Jones recula, tout en fouillant dans son sac, et se trouva acculée contre la table.

— Si tu veux être libérée de ton fardeau, ma petite, tu peux compter sur moi. Je peux te faire une ristourne – si tu es gentille. Dix pour cent, t'en dis quoi ?

Jones trouva enfin son sifflet et souffla de toutes ses forces. Le bruit strident résonna dans la petite pièce. George sursauta et se précipita vers une porte. Jones, tremblante d'avoir frôlé les derniers outrages, s'élança à ses trousses, lui fit un croc-en-jambe et se laissa choir de tout son poids sur son dos, puis lui tira les deux mains en arrière en lui tordant vicieusement les bras. L'homme cessa aussitôt de se débattre et poussa un vagissement.

Une minute plus tard, trois policiers enfoncèrent la porte d'entrée et volèrent à la rescousse de Jones. Ils menottèrent le prisonnier et le conduisirent dans la rue.

Le vieux taxi était encore là ; deux hommes se tenaient près de lui. L'un était grand et blond, l'autre petit et noiraud.

— C'est lui, fit remarquer l'un des deux.

Cec marcha vers l'agent Jones.

— C'est George Fletcher ? demanda-t-il poliment.

Jones opina du chef. Cec approcha du prisonnier en deux grandes enjambées, tourna le visage de George le Boucher vers lui et lui décocha le meilleur crochet du gauche qu'on ait vu à Little Lon depuis la dernière descente de police.

Tandis que sa mâchoire claquait, le type décolla du sol puis s'effondra, terrassé, entre les bras de Jones médusée. Bert et Cec remontèrent dans leur guimbarde et filèrent. Jones et ses collègues bouclèrent George le Boucher dans le fourgon et filèrent en direction de Russell Street.

— Qui était ce gars qui lui a collé un crochet ? demanda le sergent Ellis.

— J'en sais rien, mais on ne va pas en parler, répliqua Jones en mettant de l'ordre dans sa coiffure. N'est-ce pas ?

— C'est vraiment lui, George le Boucher ?

— C'est lui.

— Alors, on ne dira rien du gnon, acquiesça Ellis.

Comme elle se l'était promis, Phryne dormit jusqu'à midi. Dot, conformément aux ordres, avait éconduit Sasha, éperdu d'amour. À son réveil, Phryne prit un petit déjeuner léger, puis partit aux bains municipaux, où contre quelques pennies elle obtint la jouissance temporaire d'une serviette, d'un casier, et du grand bassin. Elle enfila son costume de bain noir, sans jupette ni dos, un bonnet de caoutchouc et plongea dans le bassin. Nager l'aidait toujours à mieux réfléchir, avait-elle découvert.

Son problème était double, raisonna-t-elle. Tout d'abord, il y avait Lydia, qui semblait victime d'un empoisonnement. Les analyses que le Dr MacMillan allait pratiquer sur les cheveux et les ongles que lui apporterait l'une ou l'autre des domestiques irlandaises de Lydia le confirmeraient probablement. Selon toute vraisemblance, le poison utilisé serait de l'arsenic – il avait été à la mode, des siècles durant, pour de semblables affaires et la vogue semblait perdurer. Andrews devant hériter d'une fortune au cas où Lydia viendrait à disparaître sans progéniture, cela le désignait comme suspect principal. Ses affaires avec Bobby n'allaient lui rapporter aucun bénéfice – Lydia avait vu juste sur ce point-là. Bobby Matthews n'était pas digne de confiance. Mais Lydia ? Pouvait-on lui faire confiance ? Elle était aussi crampon qu'une vigne vierge de l'espèce la plus virulente, mais elle possédait, en matière de finance, un esprit bien tourné que lui auraient envié la plupart des actuaires, et elle était perspicace dans son appréciation des gens. Ensuite, il y avait l'autre problème : que se tramait-il dans l'établissement de bains de Mme Breda ?

Phryne arriva à l'extrémité du bassin, fit demi-tour, et repartit. L'eau glissait sur ses épaules et tourbillonnait autour de son cou. Elle était seule dans la piscine. Chacun de ses mouvements semblait résonner.

Mme Breda. Comment une femme aussi saine aurait-elle pu vendre de la drogue ? Impossible. Toutefois, son établissement était une grande bâtisse qui donnait, à l'arrière, sur Little Lonsdale Street, ce repaire de voleurs. Phryne se souvenait vaguement d'avoir vu, lorsque la bonne les avait introduites, la princesse et elle, une plaque en cuivre apposée sur la porte de Mme Breda… Que disait-elle ? Phryne roula sur le dos, se laissa flotter et ferma les yeux. Ah oui. *Chasseur et Cie**, cosmétiques. Mais aucun des produits ou des poudres que leur avait présentés Gerda ne portait l'estampille de cette marque. Tous étaient oblitérés de l'oiseau égyptien, l'emblème de Mme Breda. Si les drogues transitaient par l'établissement de Madame, il y avait de grandes chances pour que ce *Chasseur et Cie** soit le revendeur. Et l'indispensable Gerda devait tenir le rôle de coursier. Gerda était la seule personne qui pouvait avoir glissé ce sachet de cocaïne dans la poche de Phryne. C'était Gerda qui, par conséquent, lui avait laissé ce message lui indiquant de prendre garde à la rose.

Mme Breda se rendait au domicile de ses clientes, et Gerda l'accompagnait – ç'avait été le cas lorsque Sasha s'était fait surprendre à Toorak. Quoi de plus simple pour Gerda que de contacter, sur place, la personne qui était dépendante aux produits de *Chasseur* *et Cie** et de procéder à la vente ? Gerda avait des griefs contre Madame, et quelle meilleure vengeance qu'utiliser son Temple de la Santé pour un commerce de drogue ?

« Temple » fit dériver son esprit vers Sasha, et le sexe. Mmm... La préposée au bain l'avait caressée d'une façon intime, saphique, et paraissait fort bien entraînée. Était-ce pour cette raison que Lydia n'était pas tombée enceinte et qu'elle n'avait donc pas échappé au projet d'élimination ? Était-elle lesbienne ? Andrews, en y repensant, avait des façons de mâle frustré ; sa cruauté pouvait découler d'un rejet constant de la part de sa femme. Lydia pouvait être adepte des mœurs saphiques depuis ses années de pensionnat, et son père avait signalé qu'à Paris elle s'était liée avec de drôles d'oiseaux. Phryne savait qu'il existait à Paris toute une culture lesbienne souterraine, une société composée de femmes qui s'habillaient en hommes, se promenaient au Bois à cheval et fréquentaient certains bars. Son vieil ami, le gigolo Georges Santin, l'avait accompagnée dans plusieurs de ces établissements. Les habituées semblaient accepter la présence de Georges. À la différence de bien des gigolos, Georges aimait vraiment les femmes. Phryne avait peu de penchant pour l'homosexualité, mais elle avait aimé les bars de lesbiennes. Dans ces lieux exempts de toute domination masculine, une société entière se recréait.

— Je me demande si je peux trouver quelqu'un qui a connu Lydia à Paris, dit-elle à voix haute.

Ses mots lui revinrent en écho. Non, pas le temps. « Ce soir, je vais partir en exploration, et voir ce que je peux trouver », décida-t-elle en nageant sous l'eau. Mais qui était la Rose ? Une personne ? Un lieu ? Il y avait peu de chances que l'avertissement concerne un bouquet chargé d'explosif. Quelles étaient les caractéristiques communes des roses ? Le parfum ? On en trouvait de toutes sortes de couleurs. Phryne laissa tomber ses réflexions, se hissa hors du bassin et alla faire trempette dans les bains d'eau chaude.

À cinq heures, elle était de retour à l'hôtel, dans les temps pour recevoir un coup de fil d'une Elizabeth MacMillan aux anges.

— Très chère, ils ont coffré George le Boucher ! L'aimable policier vient tout juste de m'appeler. Ils ont dû faire appel au chirurgien de la police. Notre ami Cec a cassé la mâchoire de ce salaud.

— Ils se sont battus ?

— Non, je ne crois pas. Cec l'a frappé, c'est tout. Bon, ça me libère l'esprit d'un souci. Et il passe aux aveux aussi vite que le lui permet sa mâchoire abîmée, donc Alice n'aura pas besoin de témoigner. Et qu'avez-vous à me dire à propos de ces macabres reliques que vous m'avez envoyées ?

— Les cheveux et les ongles ? Pas de trace d'arsenic ?

— Bourrés à craquer, ma petite. Après examen des cheveux, je dirais que la personne absorbe de l'arsenic depuis environ six mois. Ne devriez-vous pas prévenir la police, Phryne ? Proviennent-ils d'un cadavre ?

— Non, la dame est bien vivante. Je préviendrai la police, Elizabeth, mais en temps voulu. Conservez ces échantillons en lieu sûr et je vous contacterai. Auriez-vous le temps de dîner, ce soir ?

— Non. J'ai une urgence, une fausse couche. Au revoir, Phryne, et soyez prudente !

Son amie avait semblé inquiète, songea Phryne. Les gens se faisaient toujours du souci à son sujet. Bah ! Ça les occupait, se rassura-t-elle en s'habillant pour le dîner.

Elle regagna sa chambre aux alentours de onze heures et trouva Dorothy en train de vérifier l'anéantissement des vêtements achetés chez Payne. C'était un spectacle affligeant. En séchant, la robe s'était froissée et elle était semée d'auréoles ; Dot avait déchiré l'ourlet, puis l'avait maladroitement ravaudé. Ce mauvais bricolage lui avait coûté, mais Phryne était ravie.

— Splendide, Dot ! s'exclama-t-elle en jetant un coup d'œil par la fenêtre – sans rien apercevoir qui soit digne d'intérêt. Dites-moi, quelle est la première chose qui vous vient à l'esprit quand je dis le mot « rose » ?

Dot s'arracha à la triste contemplation de sa vilaine reprise.

— Ben… la couleur, miss. Pourquoi ?

— Oui… évidemment, dit Phryne, l'esprit soudain illuminé par un éclair de compréhension, qui lui provoqua un léger vertige. Je ne sais pas pour combien de temps j'en ai, mais ne m'attendez pas. Ne sortez pas d'ici avant mon retour, s'il vous plaît, et tenez la porte verrouillée. Ne laissez entrer personne, à part moi. C'est bien compris ? Ah, et voici vos gages en avance – et vos références – au cas où…

— Bien, miss. Puis-je vous aider à vous habiller ?

— Oui, tirez le verrou et apportez les frusques.

Dot s'exécuta et aida Phryne à revêtir la robe amochée, les bas méticuleusement troués, les chaussures éraflées et le chapeau cabossé. Sur le bord du châle, Dot avait cassé trois plumes, qui pendaient pitoyablement. Phryne retira tous ses bijoux et enroula deux fois autour du cou le rang de perles en verroterie qui descendait jusqu'aux jarretières.

— Donnez-moi du cirage, Dot, je suis trop propre, décréta-t-elle.

Elle se décora le cou de traces de crasse, endeuilla ses ongles, saupoudra ses cheveux de talc pour en ternir l'éclat, emprunta à Dot son fard rouge et s'en tartina les joues.

— Immonde, déclara-t-elle en s'examinant dans le miroir. Quelle heure est-il ?

— Onze heures et demie. Vous ne pouvez pas sortir d'ici dans cet accoutrement, miss ! Et que dois-je faire si quelqu'un appelle ?

— Dites que je dors et que j'ai donné l'ordre qu'on ne me réveille pas. Je n'enverrai personne, Dot, alors verrouillez la porte et tenez le siège jusqu'à mon retour. Si jamais je ne rentre pas dans le courant de la nuit, attendez midi et ensuite apportez ce paquet à la police. Compris ?

— Oui, miss.

— Et je ne vais pas sortir de l'hôtel comme ça. Donnez-moi mon grand manteau noir. Je tiendrai le chapeau à la main. Bon, j'ai tout… argent, pistolet, cigarettes, briquet… C'est bon. Au revoir, Dot. À demain… ou à un de ces jours.

L'instant d'après, elle avait filé, enveloppée dans son grand manteau. Dot verrouilla la porte selon les instructions et commença à se ronger les sangs.

14

— Mon oncle, approuvez-vous les clubs pour dames ?
— Oui, mais seulement une fois que toutes les autres méthodes pour les faire tenir tranquilles ont échoué.

Dessin humoristique, *Punch*, 1928

La tension qui flottait dans l'air confiné de Little Lonsdale Street produisait sur Phryne le même effet qu'une drogue. Elle remarqua plusieurs femmes lorsqu'elle se percha sur un tabouret crasseux, devant l'estaminet de la mère James, pour boire un thé infect en feignant de se régaler.

C'était une rue sordide mais tranquille dans la journée, qui ne révélait sa vraie personnalité qu'aux alentours de minuit. Les petites échoppes malpropres s'illuminaient, les trottoirs se remplissaient de monde, des bruits de voix et de la musique jaillissaient des venelles adjacentes, découpées tels des canyons entre les murs des quelques immeubles dont l'arrière donnait sur cette artère galeuse. Ça empestait le poisson, les frites, la poussière, la combustion de détritus et, sous les exhalaisons de *Californian Poppy* dont les jeunes hommes semblaient enduire libéralement leurs cheveux, l'être humain pas lavé.

Phryne observait depuis une heure l'activité commerciale de la pharmacie et avait quasiment acquis la certitude qu'il s'agissait du centre de distribution qu'elle recherchait.

L'officine possédait une devanture largement ouverte sur la rue, avec un comptoir sur lequel trônaient les deux immenses pots remplis de liquide rouge et vert, qui symbolisaient, dans l'esprit des gens, une pharmacie. Derrière le comptoir se trouvaient un petit homme bedonnant et son assistante – une femme vêtue d'une robe à franges verdâtres et dont la blondeur ne devait rien à la nature, qui distribuait des pansements et des poudres. Quelques clients assez élégants et un authentique gentleman en habit de soirée vinrent demander ce dont ils avaient besoin en chuchotant. Le petit pharmacien leur délivra, contre cinq livres, un sachet rose renfermant une poudre. À une clientèle moins distinguée, il délivrait pour dix shillings l'équivalent d'une cuillère à thé de cette même poudre. Phryne avait beau s'escrimer et tendre l'oreille, elle n'arrivait pas à entendre ce que demandaient les clients.

— Il est temps d'aller faire une petite balade, les gars, murmura-t-elle à Bert, qui termina d'un trait son thé et se leva.

Cec, lui, ne bougea pas. Phryne, perchée sur ses horribles chaussures, tangua légèrement, prit le bras de Bert et gagna la pharmacie sur la pointe des pieds. Elle tapota le bras de son compagnon.

— Attends-moi ici, chéri, dit-elle avec l'accent australien. Je vais nous chercher quelque chose.

Elle s'avança devant le comptoir, en prenant son temps. Le petit bonhomme reporta son attention sur cette poule à moitié grise. Il ne l'avait encore jamais vue, mais comme il aimait à le répéter, il était impossible de connaître toutes les grues qui traînaient à Little Lon. Phryne le salua.

— Un peu de poudre rose, grasseya-t-elle.

Le pharmacien ne réagit pas, comme s'il attendait qu'elle achève sa phrase. La cervelle de Phryne, qui faisait des heures supplémentaires, trouva une idée. Sur tous les flancs des trams, on pouvait lire la légende « Les pilules roses du Dr Parkinson pour les gens pâles ».

— Cette poudre rose pour les gens pâles, ajouta-t-elle en tendant un billet de dix shillings.

L'homme hocha la tête et lui donna en échange un carré de papier rose, barré du fameux slogan et qui renfermait une petite quantité de poudre. Phryne branla du chef, l'air dans les vapes, et retourna vers Bert.

— En route, matelot, dit-elle en haussant la voix et en s'appuyant lourdement sur son bras.

Bert l'enlaça et la conduisit jusqu'à la Morris, qui attendait dans le caniveau, un peu affaissée comme à son habitude. Cec les avait suivis, d'un pas léger.

— Cec, vous apportez ça au Dr MacMillan et vous revenez, ordonna Phryne en lui glissant une enveloppe dans la poche. Bert et moi continuons à faire ribote. Allons, mon vieux, on retourne chez la mère James.

— Vous n'avez pas ce que vous voulez ? siffla Bert.

Il trouvait toutes ces manœuvres usantes pour les nerfs – encore que tenir Phryne contre lui fût une sorte de compensation.

— Pas encore. Je veux voir qui d'autre vient ici, expliqua-t-elle en l'entraînant.

Chez la mère James, ils trouvèrent d'autres sièges. Ce genre d'auberge était une première pour Phryne. Elle occupait, en façade d'une vieille bicoque, une véranda ouverte sur la rue. La mère James, une monstrueuse Irlandaise qui devait aller sur ses trois cents ans, une femme à poigne avec un visage à faire cailler le lait, servait ses écœurants breuvages aux clients installés sur la véranda. L'établissement, qui puait les vieux excréments et la friture récente, était bruyant ; Phryne songea que rien, même pas un état de famine avancé, ne pourrait la contraindre à manger quoi que ce soit sortant de cette cuisine, dans les profondeurs de laquelle aucun inspecteur de l'hygiène publique n'aurait osé s'aventurer.

Sous les ferronneries de la véranda, trois ou quatre belles de nuit sirotaient leur gin ou leur bière en scrutant Phryne, qui songea brusquement qu'elle était environnée de dangers. Non contente d'enquêter sur un trafic de cocaïne, elle pouvait encore offusquer une de ces filles par sa seule présence sur leur territoire, et si la fille déclenchait une scène, ou appelait son souteneur… L'idée ne lui plut guère.

— Je crois qu'on devrait rentrer, chéri, dit-elle à Bert en forçant la voix. Faut que j'aille à l'usine aux aurores.

Les femmes se détendirent, puis détournèrent les yeux. Une amatrice, songèrent-elles, qui traînait juste pour prendre du bon temps et se mettre un petit extra dans la poche. Rien de menaçant. Phryne respira.

— C'est comme attendre avant de donner l'assaut, observa Bert.

— Je croyais que vous aviez dit que la guerre était un complot capitaliste, murmura Phryne.

— Ouais, ça l'est. Mais on y était jusqu'au cou, Cec et moi. On s'est rencontrés à flanc de rocher, à Gallipoli, poursuivit Bert. Il m'a sauvé la peau en m'enfonçant la tête derrière un mur de tranchée quand un Turc m'a canardé la tronche. On s'en est sortis entiers, ce qui n'est pas le cas de beaucoup. On a eu du pot, conclut-il. Et attendre, c'est toujours comme ça.

Le défilé des clients chez le marchand de coco continuait. Phryne calcula qu'en trois heures l'homme avait empoché près de cent livres. Elle se félicita de sa tenue. La robe criarde et les bas filés étaient parfaitement dans le ton du milieu. Il ne semblait rien se passer d'intéressant, et elle était sur le point de pousser Bert du coude pour lui suggérer de s'en tenir là quand la vue d'une silhouette enveloppée dans un long manteau, qui s'immobilisa quelques instants sous un réverbère, lui coupa le souffle.

— Mon Dieu !

Bert vit une grande et spectaculaire silhouette se présenter avec raideur au comptoir du pharmacien et demander avec assurance :

— De la cocaïne.

— C'est Sasha ! chuchota Phryne, médusée. Il ne manquait que lui !

— C'est le type qu'on a ramassé ? Celui qui s'était pris un coup de lame ? lui demanda Bert à l'oreille.

Phryne hocha la tête.

— Va falloir l'aider ? demanda Bert, abattu.

Il n'aimait pas trop les étrangers, à l'exception des camarades, et celui-là était un contre-révolutionnaire.

Phryne lâcha un gloussement haut perché et le réprimanda d'une tape sur la main, qu'elle avait posée sur son genou.

Le pharmacien avait pâli et son visage avait pris une intéressante couleur de suif ; l'assistante, elle, s'était prudemment éclipsée. Tous les habitués de la mère James s'étaient redressés sur leurs sièges et observaient la scène. Trois hommes, avec une précision inhabituelle à Little Lon, étaient en train de se diriger droit vers Sasha. Phryne rongea son frein. Seul un artiste, ou un imbécile, pouvait se comporter de la sorte !

— Cec devrait être revenu, à l'heure qu'il est, s'inquiéta Bert. Ça lui ressemble pas d'être en retard pour la bigorne.

— Vous les connaissez ?

Bert hocha la tête et Phryne, avec un temps de retard, reconnut les deux voyous.

— Cokey, Gentleman, et celui qui est derrière, c'est Bull.

Phryne étudia ce dernier, impressionnée. Il mesurait près de deux mètres, avait des épaules aussi larges que trois manches de hache alignés et des mains comme des pelles. Tout en marchant vers Sasha, Bull retira sa cigarette du coin de la bouche et l'écrasa dans sa paume.

— Vous avez vu ça ? souffla Phryne.

— Ouais. Il était maçon, avant, précisa Bert, nullement ému.

— Je crois qu'on n'a pas le choix, soupira Phryne. Il faut aider Sasha.

Elle commença à se lever, mais Bert la retint.

— Vous voulez découvrir qui est derrière tout ça ? Ils vont le conduire jusqu'à leur chef et, nous, on va les suivre.

— Mais s'ils le tuent ici ?

— Non. Ils voudront savoir ce qu'il sait, marmonna Bert du coin des lèvres tout en commençant à rouler une sèche.

— Les flics ne vont pas venir ?

— À Little Lon ? Ils ne se pointent ici qu'en force. On regarde la baston, et ensuite, on avise. Il va arriver des centaines de types en moins de deux, la bagarre, ça les attire comme des guêpes un pot de miel... Regardez !

Bull était arrivé à la hauteur de Sasha. Il lança son poing, mais Sasha esquiva le coup en se baissant, et le poing du mastodonte s'enfonça dans le mur – une mince cloison de lattes enduites de plâtre – et y resta coincé. Gentleman Jim se glissa sous le bras de son acolyte, feinta du droit et assena vicieusement du poing gauche un coup dans la poitrine de Sasha, qui vacilla en arrière, chancela puis recouvra l'équilibre. Il lança le pied en direction des genoux de son assaillant, manqua sa cible et cogna dans les tibias. Puis il lâcha une bordée d'épithètes peu châtiées lorsque Cokey Billings l'attaqua par-derrière et lui lança une écharpe lestée autour du cou.

— Grabuge ! Grabuge ! psalmodièrent les habitués de la mère James.

Plusieurs d'entre eux descendirent en trébuchant sur la chaussée pour se joindre à la mêlée. Des coups de poing partirent sans discrimination, dont l'un atterrit avec force sur l'épaule de Phryne. Elle riposta en flanquant un coup de pied dans les tibias de son agresseur et emboîta le pas à Bert. La rue résonnait de cris perçants et de grognements, que ponctuait, tel un martèlement régulier, le bruit d'un poing qui cogne la chair, d'un corps heurtant le sol. Bert, entravé par des pieds, trébuchant sur des corps, réussit à se faufiler, tête rentrée dans les épaules, jusqu'à la porte du pharmacien, qui essayait de tirer son volet. Mais en vain. Il avait bien trop de monde en travers de son passage.

Bert et Phryne arrivèrent juste à temps pour voir Bull, qui meuglait comme l'animal dont il avait pris le nom, extraire sa main du mur – non sans emporter quelques lattes au passage – et filer à la suite de Gentleman et de Cokey, qui avait balancé Sasha sur son épaule, par une porte qui s'ouvrit à l'extrémité du comptoir.

— Bert ! On y va ! cria Phryne.

Ils se frayèrent à coups de poing un chemin à travers la foule jusque dans la ruelle perpendiculaire – un havre de paix, en comparaison.

— Où sommes-nous ?

— Là, c'est la synagogue. La ruelle débouche sur le jardin. Je me demande où est passé Cec… Quelle misère ! On ne peut vraiment compter sur personne !

Phryne tira sur sa robe et se passa la main dans les cheveux. Puis, brusquement, elle enlaça Bert et l'attira contre elle.

La bouche de Bert chercha la sienne et Phryne l'embrassa avec avidité. Ses lèvres étaient douces et volontaires et Phryne sentait combien ce corps était musclé. Bert la serra tout contre lui, et Phryne vacilla sur ses talons cassés.

Le faisceau d'une lampe torche les aveugla. Bert redressa la tête, sans relâcher Phryne.

— Vous voyez pas qu'on est occupés ? grogna-t-il.

L'homme à la lampe s'excusa et rebroussa chemin. C'était Cokey Billings.

— Ils nous ont pas repérés, chuchota Bert.

— Non, pas encore. Cette maison va jusqu'où ? Et vous n'avez pas besoin de me serrer si fort.

Bert la lâcha aussitôt.

— Je pense qu'elle donne contre le dos de cet établissement de bains, répondit-il lentement.

— Chez Mme Breda ?

Phryne alluma une cigarette bon marché adaptée à son rôle et s'adossa au mur.

— On dirait que la bagarre se calme.

Bert alla risquer un œil à l'angle de la ruelle.

— Ouais, ça dure jamais longtemps. Voilà Cec. Hé, camarade ! Je nous ai trouvé une poule ! brailla-t-il.

Cec les rejoignit, l'air flegmatique, et se faufila dans la ruelle sans attirer l'attention.

— Le docteur a dit que c'est OK, commenta Cec. Et maintenant ?

— Ça barde, résuma Phryne en allant à l'essentiel. Nous voici, avec ce mur entre Sasha et nous. Je pense que l'officine du pharmacien se trouve à l'arrière de la maison de Mme Breda. Qu'allons-nous faire ?

— C'est vous le chef, rétorqua Cec, peu coopératif.

À cet instant, ils entendirent un hurlement d'indignation et de douleur, suivit d'un flot d'invectives en russe.

— Bon, au moins, il est pas mort, observa Bert.

Cec et lui se tournèrent vers Phryne, que ce hurlement avait galvanisée. Sasha était sans nul doute un idiot – un idiot qui aurait remporté le premier prix dans n'importe quel concours d'idiots du monde occidental – mais elle avait partagé sa couche avec lui et, de là, avait conçu une profonde affection pour cette chair qu'en cet instant on maltraitait derrière ce mur.

— Je vais l'escalader, décida-t-elle. Vous pouvez m'aider ?

Cec interrogea du regard son camarade, qui se contenta de hausser les épaules. Le mur ne mesurait pas plus de deux mètres cinquante. Bert entrecroisa ses doigts pour lui faire la courte échelle. Un sourire éclaira le visage excessivement maquillé de Phryne.

— Restez dans les parages, chuchota-t-elle. Ça pourrait devenir intéressant.

— C'est tout ?

— Et allez chercher les flics, ajouta-t-elle en posant un pied sur les mains de Bert.

Elle se hissa avec légèreté, se mit à califourchon sur le sommet du mur en dévoilant ses bas l'espace d'un éclair, puis se suspendit à bout de bras de l'autre côté du mur et se laissa choir, le plus silencieusement possible.

La cour à l'arrière de l'officine du pharmacien était froide et humide, visqueuse, et était plongée dans l'obscurité. Phryne fut contrainte d'avancer à tâtons le long du mur jusqu'à atteindre celui de la maison voisine, et ne s'arrêta que pour se démêler de mètres et de mètres de ce qu'elle devina être du linge mouillé étendu sur un fil. C'était pourtant difficile d'imaginer quiconque, dans cette maison, se donnant la peine de laver du linge. La cour était jonchée de vieilles boîtes et de cadavres de bouteilles ; finalement, elle se mit à quatre pattes pour progresser à travers les détritus et fit par conséquent bien plus ample connaissance qu'elle ne l'aurait souhaité avec cet environnement répugnant. Elle fut ravie de rencontrer enfin le mur de la maison et de localiser la porte.

Un rai de lumière filtrait dessous. Phryne colla l'oreille contre le ventail de bois. Les voix n'étaient qu'un murmure indistinct. Elle tâtonna encore le long du mur et trouva, un peu en hauteur, une fenêtre dont la vitre était certes crasseuse, mais conduisait mieux les sons.

Son cœur, comme sa respiration, s'était considérablement accéléré, mais Phryne s'amusait. Le goût de l'aventure, on l'a dans le sang, ou pas.

— Conduisez-moi à votre Roi, alors ! était en train de hurler Sasha d'une voix rauque. Je veux le rencontrer avant de mourir !

— Pour ça, tu vas le rencontrer, sale métèque. Il meurt d'envie de faire ta connaissance ! le rassura Gentleman. Toi et ta famille, vous avez été pour lui une source considérable de problèmes. D'ailleurs, où sont ces bonnes femmes qui fourrent leur nez partout ? Nous devions présenter à Son Altesse la tribu au complet.

— Je ne sais pas, dit Sasha d'un ton sombre.

Il y eut un silence, pendant lequel quelqu'un frotta une allumette, puis, de nouveau, un cri – qui effilocha les nerfs de Phryne. Elle n'osait pas tenter d'ouvrir la porte car il se pouvait que quelqu'un la surveille ; elle préféra rebrousser chemin, toujours à tâtons le long du mur, jusqu'à l'angle de celui-ci, afin de contourner la maison et se mettre hors de portée d'oreille. Mais ce mur s'avéra mitoyen ; cela n'arrangeait pas ses affaires. Lentement, sans bruit, elle se déplaça vers la droite et découvrit un étroit passage, à peine large d'une soixantaine de centimètres, ménagé entre la maison et le mur de brique. Elle s'y glissa, en espérant découvrir une fenêtre qui ne serait pas sous surveillance.

Elle entendit la porte s'ouvrir brusquement. Elle se figea, le visage collé contre le mur. Le faisceau d'une torche électrique balaya le secteur, et l'aveugla. Puis la porte se referma en claquant.

— Non, personne, entendit-elle Bull dire. Tu es sur les nerfs, Cokey.

« Il est sur les nerfs », songea Phryne, en agrippant ce qui lui semblait être un appui de fenêtre.

Elle délogea un couteau de sa jarretière, trouva à tâtons le loquet, qu'elle força sans difficulté, puis souleva la fenêtre, qui émit des grincements épouvantables, et se hissa. Elle pénétra dans une pièce noire, referma la fenêtre derrière elle et s'assit sur l'appui, aux aguets.

Elle n'avait pas rangé son couteau, aussi, lorsque l'assaillant fondit sur elle sans prévenir, le brandit-elle de toutes ses forces. Touché, le corps s'affaissa aussitôt. Phryne s'était entraînée aux combats de rue avec des maîtres apaches, mais jamais encore elle n'avait réellement poignardé qui que ce soit. Le cœur au bord des lèvres, elle se dégagea, laissa le corps de son assaillant s'avachir par terre, puis elle le retourna. À la lueur d'un petit réverbère qui filtrait par la fenêtre, elle reconnut Gerda. Cette pièce était, à l'évidence, sa chambre. Le couteau de cuisine qu'elle tenait tomba de sa main inanimée. Phryne se pencha et colla l'oreille contre sa poitrine. Elle n'était pas morte. La lame s'était enfoncée sous la clavicule et avait provoqué une blessure qui n'avait rien de fatal. Phryne en conçut un soulagement qui aurait désespéré ses maîtres parisiens.

Elle trouva des allumettes, localisa la chandelle de Gerda et retira la taie de l'oreiller pour bander la blessure. Comme elle avait lâché la lame aussitôt après avoir porté son estocade – ce qu'on lui avait expressément recommandé de ne jamais faire –, il n'y avait eu que peu de sang répandu. Elle s'assura une fois de plus que Gerda n'était qu'évanouie, puis elle l'emmaillota comme une momie, et utilisa les vêtements de sa victime pour la ligoter au lit et la bâillonner. Phryne avait l'intuition que Gerda ne serait pas d'excellente humeur lorsqu'elle reprendrait connaissance. En attendant, il lui fallait voler au secours de Sasha – qui continuait à pousser des cris d'orfraie – et s'entretenir avec le Roi de la Neige.

Phryne approcha de la porte à pas de loup, son couteau à la main. Elle soupesa celui de Gerda, qu'elle jugea trop lourd pour un usage leste ; elle le glissa sous le lit. Plus aucun son n'émanait à présent de la cuisine mais on entendait quelqu'un faire les cent pas dans le hall. Phryne huma une délicieuse bouffée de ces bains dont Mme Breda s'était fait une spécialité et déplora de ne pouvoir gagner l'avant de la maison pour se rafraîchir. Gerda avait un broc et une bassine ; Phryne se savonna pour enlever la crasse récoltée dans la cour, tout en restant attentive aux pas, dans le hall, qui allaient et venaient.

Elle éteignit sa chandelle, entrebâilla la porte et vit Cokey Billings, en train de se ronger les ongles. Il marcha jusqu'à la porte d'entrée, l'ouvrit, passa la tête à l'extérieur, soupira puis referma le battant. Apparemment, sa dernière dose remontait à un certain temps. Passer discrètement dans son dos serait impossible. Sasha, lui, s'était tu. Qu'étaient-ils en train de lui faire ? L'avaient-ils tué ? Phryne fouilla dans les vêtements de Gerda et dénicha un peignoir de bain. Elle retira ses bas troués, glissa le pistolet dans la poche, et risqua une nouvelle fois la tête dans l'entrebâillement de la porte. Cokey avait été rejoint par Gentleman Jim.

— Arrête de tourner comme un animal en cage ! aboya ce dernier. Sa Majesté a dit que tu aurais droit à quatre doses par jour, et tu les as eues. Il te reste trois heures à tirer avant demain.

— Ça ne fait plus effet aussi longtemps qu'avant, pleurnicha Cokey. Juste une prise… juste une… J'ai les nerfs en pelote…

— Non, je viens de te dire que le Roi a dit quatre doses.

— Juste… une pincée… personne ne le remarquera, supplia Cokey.

Gentleman se laissa fléchir et sortit un sachet de sa poche.

— Juste pour cette fois, prévint-il en filant vers la cuisine.

Phryne attendit que Cokey se fût assis sur les marches de l'escalier, les yeux clos, puis se faufila discrètement vers l'avant de la maison. À l'insu de la sentinelle, qui était partie dans son monde.

15

Des langueurs rallumées et rassemblées
Des délices inféconds et impures
Des monstruosités stériles, tu es la pâle
Reine vénéneuse.

Algernon Charles SWINBURNE, *Dolores*

Le Dr MacMillan, tiré du lit, enfila ses pantoufles, réceptionna une fois de plus un mystérieux colis des mains d'un messager laconique, puis gagna à pas feutrés le laboratoire pour effectuer les analyses de rigueur. Elle établit que la poudre contenue dans le sachet était composée de sel, de cochenille et d'environ cinq pour cent de cocaïne. Elle nota les résultats de l'analyse, emballa l'échantillon et le document, et les rangea dans le coffre du laboratoire.

— J'espère qu'elle arrive au terme de cette aventure, marmonna-t-elle en se préparant du thé dans la cuisine des infirmières. Je me fais du souci pour cette petite.

Elle avait presque terminé sa tasse de thé lorsqu'une infirmière novice vint la chercher, en proie à une vive excitation. Sans rien oublier de son inquiétude, Elizabeth MacMillan avala son reste de thé et fila s'occuper d'une délivrance par le siège en salle quatre.

Dot, qui dormait dans son lit, entendit un coup sec frappé contre la porte, puis un clic tandis qu'on déverrouillait la serrure. Elle se figea, en essayant de retenir sa respiration. À deux reprises, la porte buta contre l'entrebâilleur. Dot entendit un soupir exaspéré, puis le bruit du verrou qu'on remettait en place. Le reste de la nuit passa sans autre incident, mais Dot n'arrivait plus à fermer l'œil. Les couvertures tirées par-dessus la tête, elle regrettait d'avoir jamais quitté Collingwood.

Phryne se retrouva dans le bureau de Mme Breda, hors de vue de Cokey, et poussa jusqu'aux salles de vapeur, juste pour s'assurer qu'il s'agissait du même lieu. Le délicat parfum des bains l'enveloppa. Elle retourna sur ses pas, entra dans le bureau, en laissant la porte entrebâillée, et commença à fouiller à la lueur qui filtrait du hall. Elle trouva un tiroir verrouillé, força la serrure, et sortit un tas de documents : des connaissements pour des sels de bain et des cosmétiques fabriqués en France. *Chasseur et Cie**. Des sachets de poudre rose. Elle replaça les papiers dans le tiroir et s'écarta, au moment où Cokey Billings poussait la porte avec fracas.

— Qui êtes-vous ? demanda-t-il, impérieux.

— La cousine de Gerda, répondit Phryne en contrefaisant un accent. Je me suis perdue, je cherchais les lavabos.

Elle baissa la tête, pour ne pas croiser son regard, et resserra les pans de son peignoir contre sa poitrine. Le stratagème aurait réussi si Cokey n'avait pas retrouvé son discernement grâce à sa récente dose.

— Eh ! Vous êtes la poule que j'ai vue à Toorak ! s'exclama-t-il en avançant vers elle.

Son exclamation aiguë attira Bull et Gentleman. Les trois hommes se jetèrent sur elle. Elle esquiva aisément l'assaut de Bull, mais juste au moment où elle allait se saisir du couteau glissé dans sa jarretière, Gentleman Jim lui lança une serviette par-dessus la tête et l'assomma avec un objet lourd. Les contours du monde autour d'elle s'évanouirent dans une brume, mais Phryne ne perdit pas connaissance. Elle s'affaissa dans les bras de son agresseur, tout ouïe.

— Je te dis que c'est la poule qu'on a croisée sur Toorak Road, la nuit où on a suriné ce métèque ! piailla Cokey.

— Bon, on va mettre les deux oiseaux dans la même cage, et Sa Majesté s'occupera d'eux. Bull ! Arrête de baver ! Ce n'est jamais qu'une grue. Aucune lady ne porterait pareils sous-vêtements, indiqua Gentleman Jim.

Phryne réprima un frisson de dégoût en sentant les mains de Bull se balader sur son corps.

— Balance-la avec l'autre ; on en tirera peut-être quelque chose, s'ils bavardent ; magne-toi, Bull, le Roi doit arriver dans une heure !

Phryne se rendit compte qu'on la lâchait sur un sol recouvert de linoléum glacé et qu'à un moment donné dans les quelques heures qui suivirent on braqua une torche sur son visage. Ce ne fut que lorsque l'aube mit un terme à la plus effroyable nuit de son existence qu'elle reprit pleinement conscience. Elle était étendue dans les bras de Sasha, souffrait d'un épouvantable mal de tête et se sentait l'esprit brumeux.

— Je dois arrêter les mélanges de cocktails, déclara-t-elle en enfouissant le visage contre le torse du jeune homme. J'ai une migraine !

Sitôt qu'elle avait rouvert les yeux, elle avait jaugé la situation. Sasha s'apprêta à parler mais elle lui plaqua une main impérieuse sur les lèvres. Se lovant plus étroitement contre lui, elle colla la bouche contre son oreille.

— Nous ne nous connaissons pas, chuchota-t-elle.

Puis elle lâcha un gémissement et adopta son accent australien.

— Qui êtes-vous ? demanda-t-elle avec circonspection.

Sasha pigea la manœuvre.

— Je m'appelle Sasha, *mademoiselle**, répondit-il avec raideur. Et vous, qui êtes-vous ?

— Janey Theodore, répondit Phryne en donnant le premier nom qui lui passait par la tête et diffamant du même coup un homme politique en vue. J'ai mal à la tête. Où sommes-nous ?

Phryne regarda autour d'elle. C'était une petite pièce, dotée d'une haute fenêtre en vitraux bleus et rouges, relativement propre et meublée de deux sofas et d'une commode. À en juger par les effluves d'onguent qui y flottaient, elle avait servi de cabine de massage. Phryne s'examina. On l'avait délestée de son revolver, du couteau, et on lui avait retiré son peignoir. Elle n'avait sur le dos que ses dessous et sa robe en lambeaux. Sasha, vêtu d'un pantalon de flanelle et d'une chemise foncée copieusement tailladée et déchirée, était assis par terre, où il avait bercé Phryne toute la nuit. Le choc lui avait assombri les yeux.

— Ils nous ont laissé de l'eau ; buvez un peu, suggéra-t-il.

Phryne se rinça la bouche et recracha l'eau.

— On ne sait jamais ce qu'ils ont pu y mettre, expliqua-t-elle. Que s'est-il passé pendant la nuit ?

— Après m'avoir enfermé ici, ils vous ont amenée, vous aussi. J'ai craint que vous ne fussiez morte, *mademoiselle**, mais non. Quelque deux heures plus tard, quelqu'un est venu voir ; je n'ai pas pu distinguer de qui il s'agissait, mais ils ont braqué une torche sur votre visage, ils ont semblé vous reconnaître et puis ils ont éteint. Depuis, plus rien.

— Que t'ont-ils fait ? demanda Phryne en renonçant à son faux accent.

Le subterfuge ne servait plus à rien. Sasha ouvrit sa chemise et montra à Phryne les cloques qui parsemaient sa peau soyeuse.

— Des brûlures de cigarette ? devina-t-elle.

Sasha hocha la tête.

— Ils voulaient savoir où se trouvent *Grand-mère** et Elli. Je ne leur ai rien dit. Je m'attends qu'ils reviennent à la charge, ajouta-t-il d'une voix lourde de fatalisme slave.

Révoltée, Phryne se leva, les jambes flageolantes.

— C'est le matin. Ils pourraient au moins nous apporter un petit déjeuner. Il y a quelqu'un ? hurla-t-elle, en lançant le pied contre la porte – ce qu'elle regretta aussitôt, car elle était pieds nus. Hou-hou ! Il y a quelqu'un ? Où est le petit déjeuner ?

La porte s'ouvrit violemment. Bull empoigna Phryne dans l'une de ses pattes de géant, et Sasha dans l'autre. Il les traîna, sans aucune résistance de leur part, à l'extérieur de la pièce, à travers le hall et jusque dans la salle de la piscine, où il les poussa sans ménagement sur des fauteuils en rotin.

— Attendez, grommela-t-il en claquant la porte derrière lui.

Aussitôt, Phryne se releva et entreprit d'examiner les issues. Les fenêtres étaient équipées de barreaux, la porte était verrouillée, le mobilier rudimentaire. Elle avisa sur un des fauteuils son châle orné de plumes, abandonné. Le revolver n'y était plus, mais les cigarettes, si. Elle en alluma une pour Sasha et ils fumèrent en silence.

— Que vont-ils nous faire ? demanda le jeune homme.

— Nous infliger certainement quelque châtiment inutilement monstrueux pour nous faire prendre la mesure de notre stupidité, et ensuite je crains fort que ce ne soit un plongeon dans la rivière, avec une bonne brique autour du cou. Pauvre de moi, je me demande qui va hériter de mon argent. Je n'ai pas fait de testament. Cela ne m'aurait pas déplu de le léguer à la Société de protection des chats.

—Trop tard, observa Cokey Billings avec un grand sourire depuis le seuil. Mais ce ne sera pas la rivière – on y retrouve trop de corps. Pour vous, Miss Fisher, et pour ce gigolo, nous avons prévu ce que le Roi appelle « une jolie petite fin scandaleuse ».

— Vous voulez dire que j'ai attendu tout ce temps et que je ne vais pas rencontrer le Roi ? se récria Phryne, indignée.

À ce moment-là, une main écarta Cokey et le Roi de la Neige fit son entrée. Il prit place, avec des poses de monarque, sur un des fauteuils en rotin. Sasha resta bouche bée. Phryne alluma une autre cigarette.

— Bonjour, Lydia, dit-elle avec indifférence. Bien remise de votre petit excès d'arsenic ?

Lydia Andrews, vexée par un tel manque de stupéfaction, fixa sa prisonnière d'un regard enfiévré. Sasha attrapa le bras de Phryne.

— Le Roi de la Neige… c'est lui… elle ? bafouilla-t-il, médusé.

— Eh oui ! Et elle ourdissait le plan parfait pour éliminer son mari, un prétendu butor qui dilapide la fortune conjugale. Mais l'arsenic est gage d'une mort tellement immonde ! Je ne serais pas étonnée d'apprendre que ces chères Beatrice et Ariadne manigancent d'en finir de la même façon avec leurs époux insatisfaisants. Ces choses-là ont tendance à marcher par trois – comme les accidents d'avion et les révélations indécentes. Vous pourriez au moins m'offrir une tasse de thé, Lydia, avant de me liquider !

— Que voulez-vous dire, au sujet de mon mari ? Il essaie de m'empoisonner, c'est vous-même qui l'avez suggéré.

— Lydia, je me suis peut-être fait capturer par vos sbires à cause d'une erreur élémentaire de ma part – jamais je n'aurais dû tenter de m'introduire ici sans aide, mais Sasha est mon amant et vos amis étaient en train de le torturer... reconnaissez que j'ai des excuses –, mais je ne suis pas stupide. Dans la mesure où votre bonne m'a dit que vous gardiez un sachet d'arsenic dans votre nécessaire de toilette, et compte tenu que vos ongles et vos cheveux sont farcis d'arsenic, n'importe quel imbécile aurait compris ce que vous tramez. De petites quantités prudemment dosées, juste assez pour vous rendre malade et renforcer votre résistance, et ensuite... décès de l'homme d'affaires bien connu, on découvre de l'arsenic dans son corps, on soupçonne l'épouse, puis on retrouve de l'arsenic également chez l'épouse, vient ensuite la preuve qu'elle a interverti les tasses de chocolat du soir, et *voilà** ! L'homme d'affaires essayait d'empoisonner sa femme, il est mort accidentellement, l'épouse recueille des tonnes de sympathie et hérite de tout le patrimoine. Assez ingénieux, Lydia. Assez ingénieux. Bien, puis-je avoir une tasse de thé ?

— Cokey, du thé ! ordonna Lydia. Bull, tu restes là, et si jamais Miss Fisher tente de m'approcher, tu lui casses le bras.

Sasha avait remarqué la broche en forme d'oiseau qu'arborait Lydia – qui était bien trop élégante au vu de l'heure et des circonstances. Il se pencha pour l'observer de plus près. La dernière fois qu'il l'avait vue, elle retenait une orchidée sur l'épaule de sa mère.

— Mais pourquoi le meurtre, quand vous gagnez certainement des fortunes avec ce commerce de coco ? demanda Phryne pour entretenir la conversation.

Lydia haussa les épaules.

— Il exige… des choses. Il appelle ça ses droits conjugaux. Il est… répugnant. Il doit disparaître, conclut-elle.

Phryne la fixa. Elle ressemblait toujours à une poupée de porcelaine, avec ses boucles blondes, ses joues roses, son visage de bébé. La délicatesse avec laquelle elle donnait des ordres à ses hommes inspirait un sentiment d'horreur indescriptible. Phryne s'appuya contre Sasha, qui glissa un bras autour d'elle.

— Vous savez, j'étais prête à jurer que vous aviez des visées sur ma personne, observa-t-elle doucement. Vos inclinations penchent-elles dans ma direction, Lydia ?

Cokey reparut, en poussant le thé sur une table roulante, la mine revêche.

— Je fais le service ? demanda Lydia avec un sourire. Lait et sucre ?

Sasha et Phryne échangèrent un regard dérouté.

— Du lait, mais sans sucre, répondit Phryne. Et fort, s'il vous plaît, je crois que j'ai reçu un choc.

Elle but avidement son thé et mangea deux sandwiches au concombre. Était-ce Bull qui les avait préparés ? se demanda-t-elle en se retenant de pouffer. Sasha buvait son thé, frappé d'hébétude.

— Bien, vous avez le choix, Miss Fisher, annonça cérémonieusement Lydia. Entrer dans le jeu avec moi, ou… euh… mourir.

— Entrer dans le jeu avec vous ? Cela signifie-t-il entrer dans votre lit ? demanda Phryne sans détour. Si c'est le cas, non merci.

Lydia rougit.

— Pas du tout. Je vous propose une excellente affaire. Les frais généraux sont bas, les dépenses de transport modérées et le personnel est de confiance.

— Comment vous êtes-vous débrouillée pour devenir le Roi de la Neige ? voulut savoir Phryne.

Lydia tripota sa broche Fabergé.

— J'étais à la recherche d'un bon investissement, quand j'étais à Paris, la première année de mon mariage. J'ai fait la connaissance de quelqu'un – une femme – qui songeait à se retirer. Elle avait tous ses marchés en Europe et n'avait jamais pensé à l'Australie. J'avais un peu d'argent à investir – un legs de ma tante – et il me fallait assurer mon indépendance financière. Alors j'ai racheté le marché, dans sa totalité. Les grossistes livrent à Paris – je n'ai rien à voir avec cela – et la marchandise arrive ici en tant que sels de bain *Chasseur et Cie**. Nous avons une clientèle très exclusive, des dames fortunées, et Gerda livre les poudres de beauté en accompagnant Madame lorsqu'elle fait ses massages.

— Mme Breda trempe-t-elle dans la combine ? demanda Phryne.

— Non. Elle nous autorise à utiliser quelques pièces pour entreposer les cosmétiques de *Chasseur et Cie** en échange d'une contrepartie financière. Jamais elle ne tremperait dans un commerce aussi malsain que celui de la drogue. Comme je viens de le dire, notre principal agent de vente, c'est Gerda.

— Et qu'en est-il de la pharmacie de Little Lon ? s'enquit Phryne en acceptant une seconde tasse de thé.

— C'est notre point de vente public, concéda Lydia en sirotant délicatement son thé – qui était excellent. Allons, Miss Fisher, avec vos relations, nous pourrions élargir notre commerce au monde entier, et non pas nous contenter de Paris ou de Melbourne.

Chaque jour, on dépense des millions de livres pour la drogue. Ça semble dommage de ne pas… « accaparer le marché » – il me semble que c'est l'expression consacrée.

— Proposition intéressante. Quelle est l'alternative ?

Lydia mordit dans son sandwich et découpa une bouchée à l'arrondi parfait.

— Nous vous déshabillons tous les deux et nous vous enfermons ensemble dans le bain turc. Vous devriez suffoquer en trois heures.

— Ce sera un peu difficile d'expliquer ce qui s'est passé à Mme Breda, non ? observa Phryne.

Lydia réfléchit à l'objection.

— Non. Nous lui dirons que vous mouriez d'envie d'essayer votre nouveau divertissement – lui, je veux dire, précisa-t-elle en désignant Sasha d'un index nacré – dans une ambiance tropicale. Épuisés par vos transports amoureux, vous vous serez endormis, et un terrible accident se sera produit. Il se peut qu'on ferme l'établissement, mais jamais personne ne soupçonnera la vérité.

— Bien. À présent, je me dois de vous prévenir que j'ai laissé une déposition détaillée, qui fait état de votre implication dans ce réseau et de vos tentatives de meurtre sur la personne de votre mari, en plus d'échantillons de votre marchandise ; tout cela sera remis à ce charmant policier dont le nom m'échappe si je ne suis pas de retour au *Windsor* avant midi. Mettez donc ça dans votre poche et votre mouchoir par-dessus. Un peu plus de thé, s'il vous plaît.

Lydia la resservit en la dévisageant.

— Où avez-vous bien pu laisser ça ? Chez cette insupportable suffragette de docteur ? Ou dans votre chambre, avec votre bonne ? Je ne peux accéder à votre chambre, la fille a bloqué la porte – certainement sur votre ordre. Mais à mon avis, c'est une feinte. J'ai dans l'idée que cela se trouve chez le docteur.

— Vous croyez ? Et à votre avis, où ai-je dîné hier soir ? lança Phryne pour l'orienter sur une fausse piste.

Lydia pâlit.

— Chez Mr. Sanderson ?

— Selon vous, où de telles instructions seraient-elles le plus à l'abri ? Entre les mains d'une jeune sotte, chez une dame d'un certain âge, ou chez un homme d'État, qui de plus possède un coffre-fort ? Vous êtes dans le pétrin, Lydia. Vous feriez mieux d'abandonner.

Lydia se leva, raide de fureur.

— Venez ! lança-t-elle à ses hommes.

Elle quitta la pièce avec son escorte. Phryne attendit qu'ils referment et verrouillent la porte, puis elle prit le dernier sandwich et l'ouvrit.

— Mets ça sur tes brûlures, Sasha, et écoute-moi. Je crois que j'ai trouvé le point faible de Mrs. Andrews.

Sasha étala avec obéissance du beurre sur ses cloques et écouta Phryne lui exposer son plan.

— Ça ne marchera pas, dit-il pour finir.

— Ça a intérêt à marcher, rétorqua Phryne. À moins que ça ne te tente de cuire à l'étouffée. Elle va envoyer un de ses sbires à chaque endroit : chez Sanderson, chez Dot et chez Elizabeth. Tous sont capables de se débrouiller - du moins je l'espère. Ce qui la laisse seule avec nous. Tu veux coopérer, oui ou non ?

— Je ne suis pas au mieux de ma forme, avoua Sasha en lissant ses cheveux. Mais je vais essayer.

Phryne alla coller l'oreille contre la porte.

— Bull, tu vas au *Windsor*, et tu récupères la déposition dont a parlé Miss Fisher. Elle est dans la suite trente-trois. Ne te fais pas remarquer, et ne reviens pas sans cette lettre, sinon, je serai très contrariée. Mr. Billings : vous vous introduisez dans le Queen Victoria Hospital, vous menacez cette désagréable bonne femme avec ce qui vous passera par la tête, et vous récupérez les échantillons et les résultats d'analyse, s'il y en a. Ensuite, si ça vous chante, vous pouvez l'éliminer. Cela fait, vous aurez droit à votre retour à trente grammes pour vous tout seul. James, vous allez vous attaquer au coffre de Mr. Sanderson au cas où la lettre se trouverait bien là. Soyez tous prudents. Et si vous échouez…

Elle gloussa.

— … vous m'en verrez vraiment très contrariée. Vous vous souvenez tous de ce qui est arrivé à Thomas quand il a bravé mes ordres ? J'ai encore le pistolet avec lequel je l'ai tué, et il ne manque à personne. Allez-y, conclut-elle.

— Je me demande, chuchota Phryne à l'oreille de Sasha, si elle est vraiment lesbienne ou si elle abhorre la chair. Qu'en penses-tu, enchantement de mes nuits ?

— À mon avis, la chair ne lui donne pas le moindre plaisir, observa Sasha, lèvres collées contre le cou de Phryne. Est-ce du cirage, que je sens ?

— Oui, je voulais avoir l'air sale. Donc, elle n'est pas lesbienne ?

— Je ne pense pas. Ses manières envers toi manquent de… d'assurance. Elle m'évoque davantage un enfant, avec une volonté puérile, et une tournure d'esprit têtue. Elle ne te touche pas, pas plus que moi – ça, ce serait un test. Elle trouve le sexe méprisable, ça saute aux yeux. Sale. Dégoûtant. Son mari l'a maltraitée ; aucune femme ne naît glaciale… quel est le terme ?

— Frigide. Tout cela ne serait donc que compensation ?

— Non, chuchota Sasha. Ce qu'elle aime, c'est le pouvoir. Tu as vu ses yeux, quand elle disait qu'elle allait nous assassiner ? Ils brillaient comme ceux d'une femme amoureuse. C'est le pouvoir qu'elle aime.

— Et le sexe qu'elle déteste.

— Et c'est sur sa haine et son dégoût du sexe que repose notre seule chance, *hein** ?

— *Oui**, reconnut Phryne.

Le bébé qui avait décidé de naître par le siège avait donné bien du fil à retordre au Dr MacMillan ; une fois celui-ci tiré d'affaire, il lui avait fallu s'occuper de la mère, qui semblait déterminée à mourir. À neuf heures passées, enfin certaine que la mère et l'enfant avaient tous deux l'intention de rester en vie, le docteur put enfin monter prendre un bain, boire une tasse de café fort et grappiller une heure de sommeil avant de commencer la journée de travail. Elle était levée, habillée, et se brossait les cheveux devant le miroir quand un bruit, à la fenêtre, attira son attention. Quelqu'un était en train de se hisser le long de la canalisation. Un homme agile, avec une écharpe de soie noire autour du cou.

Le docteur était habitué au fait que n'importe quel établissement exclusivement féminin attirait les voyeurs et les pervers de tout poil. Le souvenir du combat à mains nues qui l'avait opposée une fois à un charretier de Glasgow lui arracha un gloussement. Elle attendit, et sitôt que Cokey Billings passa la tête à travers la croisée ouverte, elle l'assomma de toutes ses forces avec la bassine de toilette – fabriquée dans une épaisse porcelaine blanche d'hôpital – puis suivit d'un œil expert la dégringolade de l'intrus jusqu'au sol. Une chute du premier étage ne l'avait sans doute pas tué ; aussi gagna-t-elle le rez-de-chaussée afin de porter, si nécessaire, les soins de premiers secours.

— Quel gâchis ! grommela-t-elle. Une bassine en si bon état !

Bull, qui avait localisé le *Windsor* sans se perdre plus de trois ou quatre fois, décocha un regard aigre au portier qui venait de lui refuser l'entrée de l'hôtel avec une aisance d'élocution qu'il avait trouvée blessante. À présent, il ne savait pas quoi faire. S'il ne pouvait pas pénétrer dans ce fichu hôtel, comment pourrait-il fouiller la suite trente-trois et trouver cette lettre que lui demandait le chef ? En attendant, il décida d'aller boire un coup dans un établissement voisin, d'où il pourrait surveiller la porte.

Gentleman Jim s'introduisit dans le bureau de Mr. Sanderson par la fenêtre, localisa le coffre et fit rouler la manette entre ses doigts. Son ouïe, entraînée à ce genre de travail, distingua le premier déclic, quasi imperceptible, de la combinaison. Il n'était plus qu'à deux chiffres du but quand il fut empoigné sans ménagement par deux policiers, et menotté. Mr. Sanderson avait équipé la fenêtre de son bureau de cette nouvelle alarme anticambriolage, qui sonnait directement à Russell Street. Ainsi qu'il seyait à un gentleman, le cambrioleur se laissa emmener sans faire d'histoires.

Plus l'heure avançait, plus Dot était gagnée par la panique. Elle était sans nouvelles de sa maîtresse, mais quelqu'un l'avait demandée à la réception.

Elle avait reprisé tous les bas et elle se morfondait, désœuvrée. Sans compter qu'elle était affamée car, depuis qu'elle était au service de Phryne, elle n'avait plus l'habitude de commencer la journée sans petit déjeuner.

Il était dix heures du matin.

Phryne entendit les talons de Lydia marteler le sol du vestibule et s'allongea aussitôt en travers des genoux de Sasha.

On déverrouilla la porte et Lydia, de retour sans ses auxiliaires, se trouva confrontée à un spectacle offensant pour sa vue. La robe lacérée de la prisonnière gisait dans un coin, avec la chemise tailladée et tachée de sang de Sasha. Phryne, qui avait déchiré sa combinaison-culotte jusqu'à l'entrejambe pour écarter tout obstacle aux caresses de Sasha, était étendue sur le dos, les yeux voilés de désir.

Lydia se figea et hurla :

— Arrêtez !

Voyant que les deux amants ne lui accordaient aucune attention, elle avança en brandissant son pistolet et cria de nouveau, en éclaboussant Sasha de postillons :

— Laissez-la tranquille !

Le visage tordu par une grimace, les lèvres retroussées, elle braqua son arme sur le jeune homme ; à ce moment-là, Phryne lança la chemise par-dessus la tête de Lydia et s'empara de la main qui tenait le pistolet.

Elles roulèrent par terre ; Lydia poussait des grognements et tentait de mordre Phryne tandis que celle-ci, agenouillée à califourchon sur elle, cognait la main armée sur le bord carrelé du bassin.

— Sasha ! Aide-moi, elle a une force de cheval !

Le jeune homme s'empressa de venir ajouter le poids de son corps à celui de Phryne.

Lydia, le poignet cassé, lâcha son arme. Phryne fit rouler sa prisonnière et lui attacha les mains avec les lambeaux de sa robe. Lydia se débattit comme un beau diable, en silence, mais quand Sasha lui empoigna les chevilles pour les ligoter, elle devint aussi molle qu'une poupée de chiffon et se mit à gémir.

— Pourquoi ne se débat-elle plus ? s'étonna Phryne tout en suçant une morsure au doigt.

Sasha frissonna et son visage vira au vert-de-gris.

— Elle croyait que j'avais l'intention de la violer.

— Inutile de t'approcher. Surveille-la – tu n'as pas besoin de lui parler, ordonna Phryne. Je veux aller jeter un œil dans la maison. J'espère qu'elle est vide, mais je n'en sais rien. Et tu n'as décidément aucun talent pour l'intrigue.

Phryne ouvrit la porte avec précaution et tendit l'oreille. Au-dessus de sa tête, elle entendit un martèlement sourd et lent : Gerda était en vie. Phryne lui devait une sacrée chandelle. C'était Gerda qui l'avait avertie de se méfier de la Rose.

Phryne dénicha un bout de corde et jeta un œil dans la cour. En la découvrant à la lumière du jour, elle frissonna.

— Quelques bidons de paraffine et une allumette ne feraient par de mal à ce capharnaüm, marmonna-t-elle.

Peu désireuse de voir surgir une mauvaise surprise dans son dos, elle verrouilla la porte et alla rejoindre Sasha. Ensemble, ils ficelèrent Lydia Andrews aussi solidement qu'une dinde de Noël. Phryne se couvrit de son châle, qui était en piteux état.

— Je ne comprends pas, murmura Lydia entre ses lèvres livides. Tout se passait si bien avant que vous arriviez…

— Et vous savez le fin du fin, n'est-ce pas ? gloussa Phryne. C'est votre père qui m'a envoyée ici, afin de découvrir si votre mari était en train de vous empoisonner. Je ne me suis intéressée à ce trafic que parce que la cocaïne a tué la mère de Sasha. Alors, Sasha ? Maintenant que nous avons trouvé notre Roi de la

Neige, l'homme que vous aviez juré de tuer… veux-tu toujours le faire ?

Sasha tressaillit.

— Cette femme est un monstre, dit-il lentement. Elle est la fille d'un chien, une servante de l'antéchrist, mais je n'ai pas envie de la tuer.

— Nous avons de la compagnie, annonça Phryne en attrapant le revolver.

Elle avait entendu la fenêtre sur rue voler en éclats.

Bert surgit, suivi de Cec et de plusieurs policiers.

— On aurait dû s'en douter, Cec ! s'exclama-t-il, dépité, en s'arrêtant net, à l'écart de la ligne de mire de Phryne. De l'aide ? Mais elle n'en a pas besoin, ajouta-t-il en observant l'élégante silhouette de Phryne à travers les accrocs de ses vêtements. J'ai amené quelques cognes avec moi, miss, mais j'ai été retardé parce que ces demeurés refusaient de me croire. Il a fallu qu'ils coffrent le petit pharmacien et sa vendeuse, et qu'ils passent le stock au peigne fin avant d'être convaincus. Les flics ? Ne m'en parlez pas !

Un policier, l'air embarrassé, approcha et menotta Lydia. Elle ne broncha pas, mais fit volte-face pour cracher au visage de Sasha.

— Et vos manières ? fit le policier d'un ton réprobateur. J'ai un message pour vous de la part de l'inspecteur principal, Miss Fisher. Il a récupéré tous les échantillons et il souhaiterait vous voir le plus tôt possible. Peut-être une fois que vous serez habillée, ajouta-t-il en détournant les yeux.

— Comment Dot a-t-elle fait passer le message ? demanda Phryne.

— Elle a téléphoné à l'inspecteur et lui a demandé de venir le chercher. Simple comme bonjour, pas vrai ? dit le policier avec un grand sourire. Et nous avons aussi coffré un type qui a voulu lui sauter dessus quand elle est sortie de l'hôtel avec l'inspecteur.

C'est le portier qui la lui a désignée. Un bonhomme immense. Il a fallu nous y mettre à quatre pour le maîtriser. Je vais également coffrer celle-ci, miss.

— Montrez-moi votre mandat, s'il vous plaît, demanda Phryne qui n'avait toujours pas lâché son revolver.

Le policier lui présenta une carte qui indiquait qu'elle avait affaire à l'inspecteur Malleson. La jeune femme abaissa son arme.

— Je suis d'un naturel suspicieux, avoua-t-elle. Et il y a aussi Gerda. C'est elle qui m'a mise sur la piste de Mrs. Andrews. Malheureusement, j'ai dû lui donner un coup de couteau et je l'ai ligotée sur son lit. Il va vous falloir une civière.

L'inspecteur hocha la tête, donna quelques ordres et partit, accompagné de trois agents, charger Lydia à bord d'un fourgon, qu'il regarda s'éloigner. Phryne se jeta au cou de Bert et l'embrassa sur la bouche.

— On a réussi ! jubila-t-elle. Vite, trouvons un pub pour fêter ça ! Non, mieux : vous allez tous venir déjeuner au *Windsor*.

— Euh… vous comptez sortir dans cette tenue, miss ? demanda Bert avec un rictus.

Phryne enfila la chemise de Sasha sur ses vêtements en loques, puis le châle par-dessus. Le résultat était indescriptible.

Une exclamation ébahie, en allemand, résonna dans le hall tandis que Mme Breda, en arrivant, croisait Gerda qu'on emportait sur une civière. En entendant de quel nom la traitait la blessée, les joues pétulantes de santé de Mme Breda prirent une teinte cyclamen.

— Pas le temps de vous expliquer, madame. Votre établissement a été utilisé pour un trafic de drogue. Venez déjeuner et je vous expliquerai tout – ou presque tout. Une heure au *Windsor* ! lança Phryne en recrachant une plume cassée.

Elle enlaça Sasha et Bert, gambada jusqu'au taxi miteux et *en route** pour l'hôtel de Melbourne le plus exclusif, vêtue en tout et pour tout d'une chemise et d'un sourire.

16

Selon que son pur intellect applique ses lois,
Sur ses griffes de cuivre acérées il ne bouge pas.

Wallace STEVENS, *L'Oiseau aux griffes de cuivre acérées*

L'apparition de Miss Fisher en haillons, escortée par un danseur torse nu et deux chauffeurs de taxi au sourire extatique, produisit une impression durable sur le portier du *Windsor*, qui n'aurait pas hésité à parier avant ça qu'il avait déjà tout vu.

Dot attendait sur les marches, en versant autant de larmes que tout un cortège d'enterrement, mais l'exubérante Miss Fisher lança ses jambes nues en l'air en passant devant le portier et s'engagea dans le hall puis dans l'ascenseur avec autant d'aisance que si elle n'avait pas offert un effroyable spectacle. Le monde du portier vacilla sur son axe.

Phryne étreignit Dot.

— Vous avez été remarquable, Dot ! Remarquable – je suis fière de vous. Commandez du café pour quatre, et trouvez une chemise à Sasha, car il doit aller chercher la princesse et Elli. Oui, tu dois y aller, le réprimanda-t-elle, en le réduisant au silence par un baiser sur les lèvres. Et j'ai grand besoin de prendre un bain, je suis dégoûtante. À une heure, Sasha, dans la salle à manger. Dot, appelez et réservez une table pour dix. Bert, Cec, entrez… et excusez-moi.

Phryne fila dans la salle de bains se planter sous la douche. Une bouffée de vapeur en émergea, accompagnée de quelques trilles. Dot tendit à Sasha une chemise d'homme bleu roi que Phryne portait de temps en temps avec une jupe noire, puis le jeune homme s'éclipsa. Bert et Cec s'installèrent avec circonspection au milieu de tout ce luxe et acceptèrent du café, servi dans de minuscules tasses.

— Tout est terminé ? demanda Dot d'une petite voix.

— Ouais, la rassura Bert en lui tapotant le bras. Le réseau de coco est démantelé, leur chef est en prison, et les sales types aussi. Vous pourrez dormir sur vos deux oreilles, cette nuit.

Dot se tamponna le visage et sourit pour la première fois depuis plusieurs jours.

— Oh, la table du déjeuner ! s'exclama-t-elle.

Elle appela aussitôt le maître d'hôtel, avec un aplomb qui impressionna Bert.

— À mon avis, dit-il en se resservant du café, elle n'a pas du tout eu peur. Elle s'est retrouvée dans un gros pétrin, dans cette maison de bains, mais n'a pas perdu son sang-froid. Un sacré numéro, cette fille !

Cec acquiesça d'un signe. Dot jugea que les deux chauffeurs se permettaient quelques libertés de langage, mais elle était trop fatiguée pour leur en tenir rigueur. Elle se servit du café, le but en grimaçant, puis se mit en devoir d'apporter un peignoir à sa maîtresse – de crainte qu'elle n'oublie la présence de ses visiteurs et ne sorte de la salle de bains en tenue d'Ève.

Phryne, cependant, se délectait sous le jet d'eau chaude et savourait la vitesse à laquelle les effluves de *Fruit défendu* chassaient les remugles d'*eau-de**-Little

Lon. Elle se sécha vigoureusement les cheveux dans une serviette puis s'assit dans la baignoire pour faire tremper ses mains et ses pieds et retirer la boue et les diverses traces d'immondices qui souillaient ses nombreuses écorchures. Tout en espérant n'avoir pas contracté le tétanos, elle les badigeonna de teinture d'iode, en s'interdisant de ciller, puis s'enduisit le visage de Facial Youth : à un shilling le tube, du vol !

Dot se présenta avec un peignoir au moment où elle examinait ses genoux.

— Privée de charleston pendant au moins trois semaines, observa-t-elle d'un ton lugubre. Mais rien de pire. Merci, Dot. Allez donc enfiler votre plus jolie robe. Vous venez déjeuner avec nous. Si ! Et appelez le Dr MacMillan, l'aimable inspecteur principal Robinson et l'agent Jones pour leur demander de nous rejoindre. Bert et Cec sont toujours là ?

— Oui, miss.

— Bien. Je leur dois cinquante livres.

Phryne enfila le peignoir, un modèle sobre en étoffe mordorée, et alla prendre place sur le canapé, à côté de Bert.

— Je ne vous ai pas remerciés d'être venus à mon secours, observa-t-elle en allumant avec plaisir une de ses cigarettes. Comment avez-vous fait pour arriver aussi rapidement ?

— Nous aurions pu arriver plus vite et épargner quelques brûlures de cigarette à votre ami, mais je n'arrivais pas à me faire entendre de ces crétins de flics. Il a presque fallu que j'en traîne un de force chez le pharmacien de Little Lon et que je lui achète de cette poudre. Comme ça lui a anesthésié la langue, il a envoyé chercher des renforts ; nous avions beau leur dire que vous vous trouviez à l'avant du bâtiment, ils ont commencé par perquisitionner la pharmacie. Ce n'est qu'au petit matin qu'on a réussi à leur faire entrer dans le crâne qu'on ne plaisantait pas. Enfin, on a fini par arriver.

— Certes, et je vous en suis reconnaissante. Voici la somme dont nous étions convenus. Il se pourrait qu'on retravaille ensemble.

Au grand étonnement de Phryne, Cec répondit :

— Et comment !

C'était la première fois qu'elle l'entendait exprimer une opinion non sollicitée. Bert dévisagea son camarade, surpris.

— Tu crois ?

— Et comment ! répéta Cec, histoire de prouver que sa réponse ne devait rien au hasard. Bert et moi, faut qu'on aille s'occuper d'une autre affaire, mais on sera là pour le déjeuner. Je ne voudrais pas le rater pour tout l'or du monde.

Phryne et Bert dévisagèrent Cec, puis échangèrent un coup d'œil. Jamais ce garçon n'avait fait montre d'autant d'animation. Il se tramait quelque chose, mais aucun des deux n'aurait su dire quoi.

Sitôt que Bert et Cec eurent pris congé, Phryne et Dot se préparèrent pour le déjeuner.

Phryne enfila les sous-vêtements et la robe que lui tendait Dot, qui avait revêtu sa belle robe brodée. Elle se brossa vigoureusement les cheveux et se coiffa d'un petit chapeau bleu avec un bord mutin. Dot portait un chapeau cloche ajusté. Le grand miroir leur renvoya l'image de deux jeunes femmes minces, vêtues avec style.

— Allez-vous donner votre congé, Dot ? demanda Phryne au reflet en face d'elle. Vous en avez fait bien plus que ne l'exigent vos attributions, vous savez.

— Non, miss ! se récria le reflet de Dot, l'air consterné. Vous voudriez que je laisse tomber quand je commence à bien me débrouiller ?

— Alice, la dame docteur dit que tu pourras rentrer à la maison la semaine prochaine.

Cec était assis au chevet de la jeune convalescente et lui tenait la main. Elle avait de petites mains potelées, en temps normal gercées et rougies par les lessives. Mais presque toutes les marques disgracieuses avaient disparu. Le repos forcé avait donné à Alice, pour la première fois de sa vie, des mains de dame. Et qui avaient retrouvé de la vigueur, songea Cec en sentant les doigts d'Alice répondre à la pression des siens.

— Ce que je voulais te dire… Voilà : veux-tu m'épouser ? Je possède la moitié d'un taxi, j'ai un toit et… je me fiche du salaud qui t'a causé tous ces ennuis, encore que je lui romprais volontiers le cou si je savais qui il est… Je trouve que ce serait une bonne idée, bafouilla Cec en rougissant péniblement.

Calée contre ses oreillers, Alice le regarda. Il était grand, dégingandé, dévoué, et elle avait beaucoup d'affection pour lui. Mais, cette fois, elle n'allait pas commettre d'erreur.

— Tu es désolé pour moi, lui dit-elle. Tu ne peux pas m'épouser uniquement parce que tu es désolé pour moi.

— Ce n'est pas pour ça ! protesta Cec en agrippant avec force la couverture blanche.

— Donnons-nous six mois, proposa-t-elle en contemplant les grands yeux marron du jeune homme. Le temps que je me rétablisse et que je retrouve ma vie, mon papa et ma maman. Redemande-moi dans six mois, Cec, et là, on verra.

Cec lui décocha un de ses charmants sourires et lui tapota l'épaule.

— Ça me va, dit-il.

— Alors ? Elle a dit quoi ? demanda Bert qui patientait devant l'hôpital.

— Six mois, répondit Cec avec un grand sourire. Elle m'a dit de lui redemander dans six mois.

— C'est pas bon signe, ça...

— Ça me va très bien ! exulta Cec.

— Ah, tu es vraiment toqué de cette fille, gronda Bert, qui n'était pas le moins du monde ravi par la tournure que prenaient les événements. Allez, viens, l'amoureux transi, ça pourrait bien être notre seule et unique chance de déjeuner au *Windsor*.

Il y avait foule dans la salle à manger du *Windsor*. Libérer une table de dix couverts n'avait pas été une mince affaire ; le maître d'hôtel avait dû expédier le repas d'une tablée à une cadence impressionnante puis, à bout de souffle, signifier d'un sourire éblouissant leur congé à ces convives, arracher la nappe de ses propres mains et mander cinq domestiques pour dresser le couvert en un temps record.

Les invités de Miss Fisher étaient en train d'arriver. Le Dr MacMillan refusa une coupe de Veuve Clicquot et demanda à la place un doigt de whisky. L'inspecteur principal Robinson, qui avait abandonné à trois sergents le soin de peser la cocaïne de *Chasseur et Cie** trouvée dans l'établissement de Mme Breda, avait amené, ainsi qu'on l'en avait prié, l'agent Jones, à qui il ne savait trop que dire hors service. Sa subordonnée résolut le problème en bavardant avec Sasha, qui venait d'arriver avec la vieille princesse et sa sœur, et se jetait sur les *hors-d'œuvre** avec l'appétit d'un homme qui n'a rien mangé depuis une semaine. Dans la chemise ample d'allure bohème qui dissimulait ses brûlures, il était plus séduisant que jamais. L'agent Jones trouvait qu'il ressemblait à un cheik et était suspendue à ses lèvres.

L'inspecteur principal Robinson engagea la conversation avec le Dr MacMillan.

— Comment se porte cette fille, la dernière victime de George le Boucher ?

— Oh, elle va se rétablir. Je crois qu'elle ne souffrira pas trop des séquelles. C'est une jeune femme solide. Comment ce monstre prend-il sa détention ?

— Pas très bien, je suis heureux de le dire. Il semblerait qu'il ait du mal à supporter les espaces confinés. Il a tout avoué, y compris les viols et les meurtres, en arguant pour sa défense qu'elles n'étaient jamais que des grues qui méritaient leur sort. Mais il n'est pas fou, ajouta Robinson en prenant une bouchée au fromage sur un plateau de petits fours. Pas selon les termes légaux. Dieu merci, il sera pendu avant le printemps. Et le monde sera un endroit plus sûr sans lui. Et nous avons démantelé le réseau de cocaïne. Même mon chef l'a remarqué.

— Vous voulez dire que Phryne a démantelé le réseau et capturé les criminels.

— C'est exact.

— Et sans elle, jamais vous n'auriez capturé George le Boucher, n'est-ce pas ?

— Encore exact. Une fille formidable. Dommage que nous ne puissions pas l'avoir dans nos rangs.

— Il y a encore quelques années de ça, on prétendait que les femmes ne pouvaient pas exercer la médecine, lui rétorqua le Dr MacMillan d'un ton cinglant.

Robinson commanda un autre whisky.

Phryne, Dot, Bert et Cec se présentèrent ensemble dans la salle à manger, sous les applaudissements de tous les convives. Bert et Cec semblaient ébahis. Phryne salua l'assemblée d'une profonde révérence et Sasha la conduisit en bout de table, à la place d'honneur, en battant Cec d'une demi-tête pour s'asseoir à sa droite. Le danseur s'empara de la main de la jeune femme et l'embrassa, à l'approbation générale.

Phryne se pencha pour lui déposer un baiser sur la joue et chuchota :

— Ce n'est pas pour autant que je vais t'épouser, et il est toujours hors de question que je te paie.

— Je suis ton débiteur, car tu m'as vengé, répliqua Sasha avec sérieux. À présent, jamais je ne pourrai te rembourser ce que je te dois. Et jamais je n'ai cru que tu m'épouserais, hélas. Mais n'en dis rien à la princesse, sinon, elle me vendra ailleurs.

Phryne lui embrassa l'autre joue, puis les lèvres.

— Qu'est-il arrivé à Cec ? s'étonna le Dr MacMillan. On dirait qu'il a gagné à la loterie !

— Ah, ça me rend malade, se lamenta Bert. Cette donzelle que nous vous avons amenée, docteur, Cec est tombé raide amoureux d'elle. Et aujourd'hui, on dirait qu'elle est aussi tombée amoureuse de lui. Y a de quoi vous retourner l'estomac.

Bert descendit son verre de champagne, un breuvage nouveau pour lui et dont il n'aimait pas trop le goût, mais qui drapait le monde de rose et l'inclinait à de meilleurs sentiments, même envers cette Alice qui s'apprêtait à lui voler son camarade.

Phryne ajouta à la confusion de Cec en le félicitant d'un baiser lui aussi. Elle était d'humeur démonstrative.

— J'ai vu votre Roi, Miss Fisher, lança l'inspecteur Robinson. Il fait plutôt grise mine.

— Ce qui n'était pas le cas quand elle se préparait à nous faire cuire à l'étouffée dans les bains turcs, Sasha et moi.

— Mes bains turcs ! gémit Mme Breda.

Bert s'empressa de remplir son verre de champagne, en dépit des protestations de Madame qui affirmait ne jamais boire de vin.

— Commencez donc par le début, ma petite ! l'admonesta le Dr MacMillan. Nous voulons entendre toute l'histoire.

L'inspecteur principal, sachant que le procédé n'était pas très régulier, était sur le point de protester, mais il croisa le regard du docteur et préféra s'abstenir. On servit le potage, et Phryne commença son récit.

Tandis que le veau suivait le potage, puis un ragoût de poulet le veau, puis que le fromage, les glaces et le café faisaient leur apparition, Phryne égrena les péripéties de son aventure, en passant sous silence les détails les plus délicats. Les grandes lignes donnaient déjà assez de fil à retordre à son auditoire. Les broches Fabergé et la révolution russe, les Cryer et le pharmacien de Little Lon, les sachets de poudre dissimulés qui revenaient à tout bout de champ… les crimes, le saphisme…

— Quelle histoire invraisemblable ! résuma le Dr MacMillan. Cette garce intrigante est à présent sous les verrous, et tous ses complices ont été arrêtés. Cokey Billings est à l'hôpital, avec une cheville cassée et une bosse sur la tête. Qu'est-il arrivé aux autres ?

— Bull et Gentleman Jim sont tous les deux hébergés chez nous, indiqua Robinson avec une paisible satisfaction. Ainsi que le pharmacien, son assistante, et Gerda. Belle adresse au couteau, Miss Fisher. Deux centimètres à droite, et vous l'auriez tuée.

Phryne, qui sirotait son café, se garda de préciser que Gerda ne devait d'être encore en vie qu'à une chance aveugle, sans nul rapport avec sa dextérité.

— Portons un toast à Phryne Fisher ! lança le Dr MacMillan en levant son verre. Qu'elle continue à être un exemple pour nous tous !

Tout le monde but.

— Et comment ! marmonna Cec.

Phryne vida son verre.

« Il semblerait que je viens de gagner mes galons de détective, songea-t-elle en considérant l'idée avec le plus grand sérieux. Voilà qui pourrait être fort divertissant. Et en attendant, il y a du champagne et Sasha. »

— À votre santé à tous ! s'écria-t-elle en levant le verre qu'on venait de lui remplir.

La vie était décidément bien belle.

Achevé d'imprimer sur les presses de

BUSSIÈRE

GROUPE CPI

à Saint-Amand-Montrond (Cher)
en avril 2006

N° d'édition : 3832. N° d'impression : 061477/1.
Dépôt légal : mai 2006.

Imprimé en France